走过前门门洞的人们（2013年9月）

前门鲜鱼口兴华园浴池（2005年1月）

前门鲜鱼口天兴居（2005年1月）

广化寺内看告示的老人（2017年9月）

从东南角楼西望（2018年1月）

隆福寺街的中国书店门市部（2005年1月）

广安东里（2013年11月）

东岳庙里的游人（2017 年 10 月）

萧长华故居（2016 年 12 月）

法源寺一角（2010年3月）

北岗子街附近（2015年4月）

克勤郡王府西拆迁院落一角（2013年9月）

盔甲厂胡同（2014年4月）

北京孔庙的祭孔仪式（2012年9月）

街边的老者（2013年9月）

鲁迅故居里的小猫（2017 年 11 月）

达智桥（2016 年 12 月）

北辛安新华书店（2017年2月）

三家店龙王庙（2017年3月）

卢沟桥西街岱王庙（2017年6月）

琉璃渠村的特产（2014年11月）

长辛店大街（2017年5月）

门头沟煤矿横岭风井（2018年2月）

颐和园长廊（2017年12月）

在繁华隔壁——

何 宇 著　走过北京角落的篇章

北京燕山出版社
BEIJING YANSHAN PRESS

图书在版编目（CIP）数据

在繁华隔壁 / 何宇著 . -- 北京：北京燕山出版社，2019.9
　　ISBN 978-7-5402-5417-9

Ⅰ . ①在… Ⅱ . ①何… Ⅲ . ①游记－作品集－中国－当代Ⅳ . ① I267.4

中国版本图书馆 CIP 数据核字 (2019) 第 149098 号

在繁华隔壁——走过北京角落的篇章

作　　者	何　宇
责任编辑	满　懿
封面设计	梁元高
出版发行	北京燕山出版社
社　　址	北京市丰台区东铁营苇子坑路 138 号
电　　话	010-65240430
邮　　编	100054
印　　刷	北京鲁汇荣彩印刷有限公司
经　　销	新华书店
开　　本	170mm×240mm
字　　数	220 千字
印　　张	16.5
版　　次	2019 年 10 月第 1 版
印　　次	2019 年 10 月第 1 次印刷
定　　价	48.00 元

版权所有　　翻印必究

序

读史的一种方式

安晓宇

读何宇的文字，我眼前会出现他斜挎着背包，在北京高楼大厦的投影处逡巡的样子。青灰色的城墙，烟火气的胡同，尘覆的庙宇，风化的石碑，何宇穿行其间，专寻那灯火阑珊处，捧着个并不专业的相机，聚焦的也都是少有人关注的破砖烂瓦。

现在人出行都习惯用手机导航，何宇的导航软件是他满肚子的旧书。他在大街小巷翻找着旧时的古都，导航用的"语音"，有明代的杂记，有清朝的旧闻，有民国的丛考，有近代的资料。每一次，他目标明确，导航路线清晰，但是，结果却常常只收获遗憾。他像个笃信的穿越者，企图从现代繁华处穿越到隔世的京华，一次次地尝试，一次次被打回现实，有时能偶窥鸿爪，有时则物是人非，更多是完败而归。

他的这些游记都是先在微信公号上刊出的，却完全没有一点微信公号文章的噱头。他似乎从不追求阅读量和点赞数，这种不追求甚至到了过分的程度，文字无一丝矫情，像细密的流水账，严谨，朴实，像白开水。

何宇就在这流水账中自得其乐。

历来的说法，读史可以明鉴，可以知天下兴替，可以知治国之要，可以知官场规则。但何宇读史，没有这些功利，大概只为求知，甚至只为求乐。他从容地读书，从容地行走，"知""行"合一，然后再从容不迫地记录下每一次按图索骥的过程，不计成败，不喜不悲，偶有感叹，也不沉溺。这是他读史的一种方式。由此我想，在今天，一个普通人如何读史，如何看待历史，这是个值得思考的问题。

历史的根脉在这百多年被砍断了多次，活在当下的人，身上还有多少祖先的文化基因？当00后们纷纷从现实世界奔向虚拟世界的时候，我们更感叹历史正在被快速遗忘。

其实遗忘是非常自然的事情。人类不断进步，历史不断发展，每到一个节点，不遗忘就不能翻篇。不管是辉煌的宫殿，还是破陋的民舍，都可能被夷为平地；不管是繁复的经史子集，还是荒唐的歪理邪说，都可能会一同泯灭。所以遗忘是平等的。这或者是不幸，也或者是大幸。

但人类之进步，人类精神之可贵，正在于我们始终在抵抗遗忘。总有一些顽固的遗存，散落在现实的角落，让后世的人能够窥见前世的色彩；总有一些顽固的记忆，存活在思想的深处，把过往的经验变成今天的智慧。不管你是在为生活打拼，或是在失意中沉沦，亦或在小确幸中自得，了解点历史，都有助于你从尘世中站起，看清来路。摩天大楼里的孩子只知道炫耀现实的高度，而了解历史的人，更知道地基的厚度。对历史知道得越少，对现实就越容易产生偏见，而偏见越多，这个世界就越可怕，未来就越无望。

何宇就是我们身边一个抵抗遗忘的人，他这些寻古的游记，也许能唤醒那些遗存的地名，唤醒一两个每天在这片古老土地上穿行的现实的人。

但其实，他写这些文字的最主要目的，恐怕只是想保存自己对历史的记忆吧。

目 录

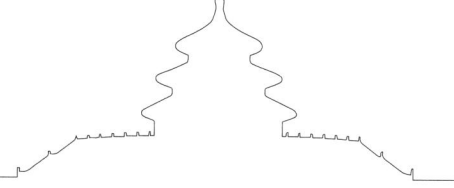

第一章　内城东南

天下之中正阳门 …………………………………………………… 003

盔甲厂里旧时光 …………………………………………………… 007

独上角楼望今古 …………………………………………………… 011

残雪正午智化寺 …………………………………………………… 014

通衢之下东安门 …………………………………………………… 018

两朝帝梦　普度风清 ……………………………………………… 021

第二章　内城东北

红楼左近感变迁 …………………………………………………… 027

黄叶飘零丞相祠 …………………………………………………… 031

大成殿后的开笔式 ………………………………………………… 033

留言季，诉心声 …………………………………………………… 036

立碑为证！看乾隆皇帝如何为张廷玉点赞 ……………………… 039

东岳庙无刘元塑 …………………………………………………… 043

i

第三章　内城北

箭楼巍峨德胜门······049
千佛后世拈花名······053
广化善缘月再开······056
什刹海西贝子园······060
土城唯余蓟门台······063

第四章　内城西北

西直门外觅关厢······069
小巷树影鲁博前······072
白塔历劫喜独存······075
好座大楼福绥境······078
万松塔下读书会······081

第五章　内城西南

祈福迎祥白云观······087
吕祖宫是火神庙······090
Love these forever happy memories!······093
此城不是西便门······097

第六章　正阳门外

繁华尽头西河沿······103
北京坊里味洋风······106
记住廊房二条······109
铅华散尽银号街······112
如今寂静前门东······115

目录

第七章　宣武门东

棉花头条凶宅在 ······ 121
偶逢故老铁门中 ······ 124
愚山故居宣城馆 ······ 128
海柏古藤废墟中 ······ 130

第八章　宣武门西

偶过闹巷达智桥 ······ 137
上下斜街寓名流 ······ 140
大椿一梦四百年 ······ 142
白纸坊里崇效寺 ······ 145
叠山祠堂今何在　彩钢薄板遮盖严 ······ 148

第九章　西南附郭

永定门外寻燕墩 ······ 155
有路难通中顶庙 ······ 157
残垣抔土金中都 ······ 159

第十章　西北长河

慈寿塔镇八里庄 ······ 165
长河古渡万寿寺 ······ 168
龙舟已去广源闸 ······ 171
长春桥下广仁宫 ······ 174
三探立马关帝庙 ······ 177
畅春园存两庙门 ······ 181
香山脚下谒忠魂 ······ 184

第十一章　西南大道

灞柳依稀拱极城 ················ 191
桥西短街岱王庙 ················ 194
古道老街长辛店 ················ 197
清明前后镇岗塔 ················ 200

第十二章　西山大道

古道新生田村路 ················ 205
再见，北辛安大街 ··············· 208
金口闸前永引渠 ················ 213
驼铃依稀模式口 ················ 216
古迹杂沓翠微山 ················ 219
黑陈路上双泉寺 ················ 223
古镇还看三家店 ················ 227
铁路小站旧沙场 ················ 230
永定河上洋灰桥 ················ 233
横岭探源门头沟 ················ 236

后记 ························ 240

第一章　内城东南

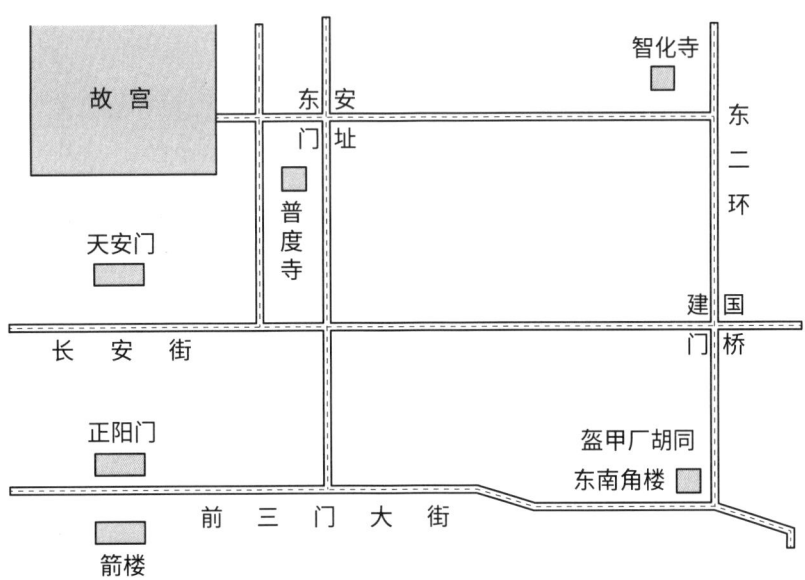

第一章　内城东南

天下之中正阳门

正阳门是北京城的正门，也是保存最完整的一座城门，北京的四处内城遗迹中，西南角楼北的城墙遗址只有残迹百余米，东南角楼是一座大型的敌楼，德胜门箭楼虽在，德胜门城楼却消失了近百年了，只有作为国之正门的正阳门，既有城楼又有箭楼，这座箭楼似乎比城楼更有名气，这就是大前门啊！

现在的正阳门城楼和箭楼是南北遥相呼应的两座建筑，它们之间是车流永远滚滚的前三门大街，是哪三门呢？就是北京内城南面的三座门，正阳门和东面的崇文门及西面的宣武门。地铁也在这条大街之下。正阳门城楼是开放的，也是北京市博物馆手册中开列在前的重要景点。要上城楼就要先通过安检进入天安门广场，入城口在城台北面的东侧，出口在西侧，可以现场购票也可以使用北京博物馆通票进入。

我从正阳门下路过很多年了，但上去还是第一次，这才知道上城要走城墙内部的现代化的楼梯。城台高度近15米，也相当于五层楼了。我还没有走出坡道，已经看到巨大的城楼金碧辉煌地压在眼前。

从一座城楼到成为天安门广场上一处独立的景点，这其中肯定要经过不少的改造和多次的营缮。不过据我看，正阳门城台到城楼上的沧桑感还是足够浓郁，从城楼两侧到城台上仍是城砖竖砌的马道，城台上的砖石也是新旧相杂，巨大的立柱走近了就会知道它令人吃惊的粗壮。

正阳门城楼是北京内九外七一共一十六座城楼中仅存的一座，作为北京的正门，正阳门的壮丽关系到天朝的威仪，因此正阳门和它的瓮城也是九门中最高大的。沿着城楼走上一周，就能看到这座伟大城市的核心区域。

城楼东南西北四面开门，现在只开南面的门，内有三层布展，关于正阳门历史的展览在二楼，通过这些图片和文字，可以了解明清北京城的很多知识。

据史料所载，元大都的正门为丽正门，大致相当于现在天安门的位置，明永乐十七年将北京城墙的南侧向南移动到现在前三门的位置，正门仍然沿用丽正门的旧称。明正统元年开始修建北京城九门的城楼，始将丽正门改为正阳门。它南侧瓮城上的箭楼也是同时建成的。此后迭经修补，庚子之变时，正阳门和箭楼先被八国联军炮火毁坏，后来驻扎在瓮城内的英军里的印度雇佣兵失火，将城楼完全烧毁。

丧权辱国的《辛丑条约》签订后，西太后和光绪皇帝从西安回到北京，当然要享受从正门直入的政治待遇，而正阳门和箭楼都已成废墟，这有多么难堪！于是想了个办法，临时在城上用木头加彩绸扎了一个五开间的牌楼遮羞。现存的正阳门和箭楼就是在这之后重建的，因为民力凋敝，前前后后花了五年的时间。重建时因为没有找到正阳门的施工图纸，只能参考在规格上仅次于正阳门的宣武门和崇文门，再放大一点儿尺寸。从这一点来看，东南角楼和德胜门箭楼还是明代的旧构，正阳门和箭楼实际只是一百年多一点的新建筑。

在展览中，就有关于正阳门这次毁灭和重建的珍贵图片，尤其有一张三人的合影让我感到新奇，中间一人便是时任直隶总督的袁世凯，另两人为朱启钤和张百熙，但图示上只标明了袁世凯——戴着官帽最矮的一个。他在当时主持修复工程，只有四十多岁，相貌谦和，与后来现大洋上的光头武夫形象完全不同，不过这已经是他出卖光绪皇帝之后的事了。

再往下看展览，发现袁世凯与正阳门的渊源着实不浅。民国成立之后，民间呼吁拆除正阳门城楼与箭楼之间的半圆形的瓮城以利交通，《燕都丛考》说："民国二年，国务院有规划全城电车之议，交内务部土木警政两司暨警察厅，会同议定拆卸月城，改修马路，移让房屋，增辟门洞各办法，

第一章　内城东南

……三年六月，两部会派人组织委员共同研究，决议将东、西月墙分别拆改，东西各辟二门，组织工程处与工程司罗克格磋定包修合同……是年（四年）六月十六日开工，十二月全工告竣。五年一月呈请派员验收，总其事者为内务部长朱启钤，交通总长梁敦彦，警察总监吴炳湘云。"而这时的大总统正是袁世凯。

关于这个事情，展览中有当时《政府公报》数页书影为佐证。其中一份是"督修正阳门工程交通部次长官麦信坚奏正阳门工竣请派员验收折并批令"，落款为"中华民国四年十二月二十九日"的文件，但文中却有"仰乞　圣鉴事"和"伏乞　　皇帝陛下圣鉴训示。谨奏"，批文是："政事堂奉　批令派著派朱启钤验收。此令。"查阅史事，中华民国四年，也就是公元1915年的12月12日，袁世凯接受所谓"推戴"，承受帝位，改"民国"五年为洪宪元年，于是几年前已经废止不用的封建术语又通统复活，让那一班熟悉恭请圣安之类套路的老文案们又有了大展手段的机会，这件用民国纪元的奏折也真算是一件奇文。

不过，皇帝梦可不是那么好做的。往前看，这个"伏乞圣鉴"的奏折发出的前四天，12月25日，蔡锷率部在云南起义，发动护国战争。向后看，偷偷摸摸做了八十三天皇帝的袁世凯在洪宪元年的3月22日被迫宣布取消帝制。于是这里展示的另一份文件，还是这个"督修正阳门工程麦信坚"的请示文件就没了"奏"字，而是"呈正阳门工竣请饬核销并送用款简明清单文"，里面是"仰祈　钧鉴"和"伏乞　　大总统钧鉴"，这时的落款是"中华民国五年五月二日"，于是民国和大总统都回来了。可惜又过了没几天，6月6日，袁世凯就进了棺材。

在这个展厅的中央还有一个特别的展区，朱启钤的半身塑像和一个玻璃躺柜，里面是搭在城砖上的一把镐头。1915年6月16日正阳门工程正式开工，朱启钤亲临施工现场，冒雨主持了开工典礼，手持袁世凯以大总统名义颁发的特制银镐，刨下了第一块城砖。银镐重30余两，在50厘米的红木手柄上嵌有银箍，上錾有铭文："内务部朱总长启钤奉大总统命令修改正阳门，朱总长爰于一千九百一十五年六月十六日用此器拆去旧城第一砖，俾交通永便。"根据旁边的说明，此镐为复制品，原件现收藏在首都博物馆。

民国初年正阳门的改造以及环城铁路的修筑是北京城史上的一件大事，除了用西式手法装饰四面的大前门外，城南面的宣武门和崇文门，东面的朝阳门和东直门，北面的德胜门和安定门，瓮城都统统拆掉了给铁道让路，不过各门的箭楼略加整修后仍旧保留，如我们今天看到德胜门箭楼的样子，只作为观瞻，而失去了防御工事的意义。

从西面的楼梯下城，再通过地下通道走出天安门广场，就来到了箭楼的南面，冬日晴空下的前门楼子格外壮观，城下正阳桥牌坊前，狗年春节的大红台子已经搭好，过不了几天，这里就会摩肩接踵，人潮涌动。

二〇一八年二月中

第一章 内城东南

盔甲厂里旧时光

今天不是个好天气,想要出去走走,去哪里呢?于是想到了好几次在地图上关注过的北京站附近的残存的平房区。从地图上看,北京站附近拆得差不多了,只有西北对面有一大片,有胡同名为镇江胡同,再有就是建国门往南这片地方,隐约有一些不是很成片的小块的胡同区。

我出了建国门地铁站 A 出口,只见一个正在修建的街心公园,观象台就在不远处,往南经过海关博物馆,到了一个十字路口,看门牌是柳罐胡同。没一会儿,再走过北京站东街的十字路口就是大羊毛胡同。这里路东拆了很多,显得比较空旷,一直走到顶头儿的丁字路口,才又显出胡同的生机来。这条东西向的胡同是盔甲厂胡同,有很多大树生长在私搭乱建的房根儿上,树枝从一侧垂下,很有意境。在路北看到了一个很大的门楼,从破碎的台阶上可以看出有一些年份了,奇特的是,这门楼上的最上部分明显是近年补建的,两侧的砖也是一边灰砖,一边红砖。虽然奇怪,但在这条安静的街上也不便找人来问,我于是退到对面的一个小胡同上的坡上拍照,又顺着小胡同往里走,不远处是一个很新的公厕,胡同从它的东边绕了过去,我有些疑惑是不是死胡同。

这时公厕对面的房子里走出一男一女,男的约有四十多岁,女的年轻一些,他们一前一后往胡同外走,女的说话像是外地口音。我走过去问,师傅,这胡同能过去吗?男的说,是死胡同,过不去。接着他有些警惕地看着我,放慢了脚步,问我照什么呢,拍老胡同?我说,是啊,我就是喜欢在城里转转,拍拍照片。这时他已经走过了我了,又回头问,这是给自己,还是给公家?我一想,他是把我当成拆迁办的人了,于是说,自己拍着玩。见他还有不信,于是又找补说,您看这点儿,给公家办事能这点儿出来?他听了直点头,这时刚才在那个大门洞里停车的一个高个子穿亮蓝外套的五十岁左右的大姐跟他们打招呼说,哪儿去啊?孩子没在家?男的打着招呼说,上幼儿园去了。

我见这男的挺好说话,于是跟他往下走,他停下了对我说,你要是拍照,就顺着这条胡同一直走下去,到头往右走,就能够到城墙边上了,以前往左边拐也能到,现在不行了。对于这样的指点,我当然很是感激,于是一指对面那个新旧相间的大门说,您看这个是什么古迹?他带我走到大门前指着说,这个东西可是有年头了,好像是抗战时期日本搞的什么学院,算是个保护单位,不让拆,不过里头改得可是不少。他一指那位蓝衣服大姐说,那门里面还有一个垂花门,一进去就是一个大影壁——影壁,知道吧?不过,现在可不行了,里面看不到什么了,以前可好了,这个门楼,也是后来修的。我忙问,为什么门楼一边儿的墙都是用的红砖?他说,你没听说过,里面着过火来着。我说,不知道啊。他很惊讶地说,你不知道?就是那个生电炉子弄出来的火,报纸电视都报了,你不知道?我说,还真不知道。

看着差不多了,我又问那师傅说,您这片儿地界这么好,是不是快拆了啊?他有些夸张地说,拆?说了三十年了,一直在说,一点动静也没有,看来拆不了啊。

离开了这里,我顺着他指的路沿着树荫往东走,路南东边还有比较整齐的院落,很气派高大的门楼早已被封成了一个房间。没走几步就到了头。路从西向东,这时折向了南面,正对着东西胡同方向的是一个大门,而路南是一个大杂院。

大杂院很像是一个原来工厂的样子,一个标准的工厂大门,上面还挂着"北京商标印刷五厂"的白底黑字牌子,并不十分破旧,门边台阶上是一个快递公司"白驹速递",这样的大杂院自然是随便就进,往里一看,

第一章　内城东南

住得很满,显然没有任何拆迁的迹象,既有20世纪五六十年代那种风格的二层的楼房,也有比较整齐的平房,当然私搭乱建的小房子也很多,最有意思的是,居然还有人在这个大杂院里砌起了围墙和小门楼,俨然院中之院了。

这种工厂院子没必要多看,我往回走,到了大门口忽见挂在一条绳子上,离地两米来高的几只鸟笼,里面各有一只八哥,叫得很热闹,一会儿是滴溜滴溜地一串清音,接着就是很深沉的男中音"你好"和"恭喜发财"。站在鸟笼下边,抬头一看,平房上是一棵巨大的杨树。已经发了绿。在城中许多次走过,我对于杨树的喜爱与日俱增,这种平凡得有些卑贱的速生树在挤得错不开身的大杂院中生长,也在后海边上的幽静的小资情调的水边生长,无论在什么环境,都是一样的高大和浓绿。

离开了这个院子,我又看到了盔甲厂胡同东侧拐弯处的一个大门。如果说明清故城是深深如海的胡同的集合,那么眼前这样子的胡同倒是和我这样四五十岁人眼里的北京一样,在那片记忆里,老城开始变了样子,灰砖瓦之间各种简易小楼挤在其中,不像现在这样,一铲起一片就完全没了旧日的影子。那时,胡同和故事都在,街边有小脚老太太,也有喇叭裤牛仔少年。

眼前这个景色确实是少年时常见到的,水泥大门上写着"北京国印招待所"几个红色大字,右边是一家正在开门营业着的"国营南馨园旅馆",破破旧旧,都是上世纪80年代的风格,走到那个大门里向上一看,原来那块"北京国印招待所"的牌子已经朽烂,不知是几合板的表面早已开裂,那脱了胶的木板条丝像开花一样向外拱起。门洞里的顶也有破损,露出里面黑乎乎的木头条和苇子席。我一直往里走,并没有见什么人活动,我想,这大概就是刚才那个师傅告诉我的有东西看的地方吧?

里面呈现出大杂院的宁静,走到尽头,是一座玻璃门窗的建筑,看牌子,这就是"北京国印招待所"了。越过它的屋顶,赫然便是城墙了,黑黑的。

从招待所入口的南边，有一个锁着的铁门，里面开着几树春花，春花上还是城墙，只是没法过去。嗟叹良久，我明白这就是刚才那位说的已经被挡住了的那个"左边"，只是刚才我没听清楚他说的是什么，原来是城墙。

从大杂院中退出，在大门口又流连了一下上世纪80年代的风味，往顺着胡同折向南。这条路两边全是高墙，应该都是工厂，有一个大铁门我进去看了一下，就是空的厂房，什么都没有，只有一个看门老头儿在阳光下睡着。到了南头再向东折，已经能看到二环路上的车水马龙了，多半截高城墙就在左面，高大但都没有垛口，依旧显得威严，前面是一个管理良好的公园。

这一段的城墙是幸运的，不管因为什么原因而侥幸残存下来，受到了那些被拆掉的城门城墙没有享受到的珍视，成为公园中的一景，它们不会与时俱进了，它们将永远存在，它们将默默地看着周边的人们和胡同，直到永远。

二〇一四年四月下旬

第一章 内城东南

独上角楼望今古

北京内城东南角楼是一个极为显眼的建筑，所有进出北京站的列车都会从这座巨大的城楼下驶过。几十年来，这座城楼就是很多人对北京的第一个印象，取代了民国时人们走出正阳门东、西车站时对前门的仰望。我也多次从城下经过，登上还是第一次。

东南角楼一带是北京唯一一段保持原状的城墙，也称为明城墙遗址公园，呈一个直角，北段较短，起于北京站东街，西段较长，起于北京站西街，两段的接合处即为东南角楼。经过多年的建设，这些残墙都已经得到了很好的维护，城下就是大片绿地供人们健身活动，东南角楼则是一处单独的景点，收费十元。

东南角楼的入口在城楼南面的西侧，是一座高与城齐的拱门，路是斜插过城墙的。据民国初年的《燕都丛考》记载，当时这里是没有路的，城角以内还是荒凉孤美的泡子河。细看这段过城之路，一侧本是城墙墙体，另一边是一堵同样高大的斜墙，两边都是城砖到顶，细看这堵应是后建的薄薄斜墙，已经出现了很严重的风化，一人高的地方有大片砖缝之间的砂浆已经脱落了。经查史料，这处穿城遗迹是民国初年修建环城铁路所为。铁路在此穿过内城的东南角，必须有一弧度，因此要在东南角楼内侧转弯，后砌的薄墙实际上是新建的一段城墙。从那时起，东南角楼就与内城隔开了。现在穿过城墙的路就是当年的铁路，只是已不见铁轨。

上城的马道有东西各一条，从东侧上城就是角楼了。马道旁的说明写道，在古代，上城的马道本应该是用城砖竖着砌起来，这样马才能跑上去，现在整齐的石块砌的坡道是为了方便游客而改的。

走上坡道，东南角楼就在眼前，如大家从城下所看到的，角楼要照应东和南两个方位，所以形状就是一个躺倒的"L"形。城楼是开放的，里面有北京城墙和城门的专题展览，虽然几乎没有游人，但楼内仍有一个保安在随时走动。楼内光线昏暗，梁柱林立，互相勾连，从外面看这里有三排的射孔，在里面，每排就是一层，城楼内的中间部分是一个很高的内部天井，每层的楼板实际上只是沿着射孔排成一圈，每层之间不是很高，这里的楼梯比一般的古建筑的楼梯要平缓很多，应该是出于实战的需要。

从城下看城上的射孔，觉得很大，到了城楼里面向外一望，就会发现这射孔实际上的尺寸很小，而墙很厚，从楼内伸手到窗户中间的玻璃都会觉得很勉强，这样既有利于守军的隐蔽，也有利于从内向外观察与射击。

楼内的老北京城门展览将北京内外城的十六座城门都逐一介绍，每个门还有一个模型，壁上还有它们的历史照片，看了很亲切，比如西直门的一张竖立的照片，左边是城楼，中间是马道，右侧小路边一株高柳，而空无一人，这种幽然的感觉是再也回不来了。除了模型与照片，还有一些实物展示，有明清两代的兵器等守城装备，还有不少是近代列强侵略的罪证。在展览的最后部分是最矮小的东西便门，不但城墙短矮，城楼也如普通民舍一般不起眼，西便门那张可见内外两重城门，上面站着一些侵略者——八国联军。

作为全国重点文物保护单位，明北京城东南角楼得到了很好的维护，楼内密密的高低粗细的立柱和楼板都刷着红漆，露在外面的几根大柱子有合抱粗细。不同于一般殿宇的敞亮，这里的柱子之多、楼层之矮，让人有些压抑。不过换一个眼光来看，这里的旧木材的蓄积量也就比其他的房子多上很多，拆一座可以得到很多马上就能使用的好木头。这也不是笑话，因为拆北京城的时候，一开始确定保留的城门和瓮城门不仅是现存的几座，有些城楼的消失仅仅是因为需要木材。

上得城才知道，东南角楼并非是齐着城墙修的，而是一个探出城墙外

第一章　内城东南

的堡垒，除了拐弯内侧有两处大门外，东南西北四面都是射孔，每一面都是不同的风景。出了城楼来到城墙上四望，最醒目的就是角楼北面的铁路线以及西面的北京站。

从此向北的城墙，只能用若隐若现来形容，从此向西的城墙却可用壮观来描述，这是不登临不能感受到的。先是一段百多米修复好的城墙，正好从城下看到的那个斜斜的拱门上通过，城上有三处平房，是守城士兵的值房，全部是三十年前左右修复的。第三座值房西边就是景区的边界，这里也是感觉最壮丽的地方。

从此西望，就是原生态的明代残城，一路延伸。它本是越向西越矮，加以天色不明，因此一眼望去，似乎不见尽头。残城上没有建筑和垛口，只有中间的夯土和两侧包裹的城砖，没有路也没有人，没有树也少有草，在冬日下一片白黄灰暗，而城外的大槐树刚刚高过城的残躯。在这城市最繁华的地段，一望之下豁然开朗，最远处迷离之中，隐隐一座城楼与此响应，那就是正阳门了。

二〇一八年一月下旬

残雪正午智化寺

难得的春分大雪！一早起来，天色大亮，向外一看，景物就如同铺满珊瑚与白沙的海底，心中不禁大喜，这可是一个踏雪寻古的好时候。城中那些游客密集的地方我想不必去，想来想去，还是到智化寺看看吧，那个地方的古乐很有名，还是明代的古刹，早该去看看了。那里也好走，从地铁四号线灯市口站东南口上来，向北一拐向东就是干面胡同了，这条胡同一直通到东二环，智化寺就在胡同的东端。

我初以为干面胡同可能是这里以前有卖面粉的店铺而得名，不想一看路口的街牌，原来这里就是明清的禄米仓了，运粮食的大车在这条小胡同里碾来碾去，尘土飞扬，于是人们就说，又下干土面儿了。一来二去，这条胡同也就被叫成干面胡同了。胡同两边的平房大部分已经变成了楼房，有干休所，也有世界知识出版社这样的机构，断断续续地保存着一些大杂院，路上也缺乏管理，渣土堆有好几处。眼看到了胡同的尽头，路上是一片稀泥般的雪水，路北就是智化寺。

智化寺远没有我想象的雄伟，由于门前的胡同经过反复垫高，智化寺的平面反而比马路低了有半米多，这也说明了此地的古老。我直奔门西的售票处，不想看到一行字："本日头两百名参观者免票"，不由大喜，从门口一个小伙子手里领到了一张票，就进了寺门。

这座古刹是第一批全国重点文物保护单位，自然有其特色。这里的建筑格局，以及现存的主要建筑都是明代的，但与万寿寺和长椿寺相比，这座由权阉王振的家庙改建成的寺庙的规模明显要差一些，不是那么宏伟，虽然还是比较轩阔。寺中的珍宝有死有活，在智化殿的东配殿，就展出了著名的智化寺明代宫廷音乐的一些资料，有人物介绍，也有乐器等。在智化门，每天都会有几场明代宫廷音乐的表演，不过下一场要等到下午三点了。

在智化殿的西配殿内有一件重器，一座与殿齐高的木雕转轮藏，殿是明代的，这座转轮藏也是当年的原物，上上下下雕满了各种护法神祇，底下是一格一格的抽屉。看门的是位五十岁左右的大姐，我还没进门，她就提醒我说，里边不许拍照。我连忙答应。她又说，小心，别蹭到门上。我一惊，这个门也要保护？再一看，原来正在维修。我问，这个还没有干啊？大姐说，这个可费事了，先是刷上灰，再加上一层麻，一层一层的。我看了看，果然有的地方是一层湿灰，一些地方是一层麻，并不是门扇整个都修。大姐说，这都是古建队来修的，他们中午吃饭去了。

我走进大殿，看那些精美的雕刻，正好转一圈，又从南边转到了北面。大姐说，你站到那个观佛台上看才方便呢。果然，殿的东北角靠外墙是一个小平台，我站上去，正好看到了转轮藏上面的一尊坐姿的佛像，它的实际高度应该在房檐之上了，房子没有顶棚才容得下它。此时是正午，外面的光线正强，加上地上雪光的映照，反射上来的光正好看得清佛像。大姐又说，你看墙上挂着佛像和它周围的照片。我凑过去一看，果然是佛像，还有九张金装的佛画像。大姐说，你看啊，这几张原来是在这边——她一手指着佛前竖藻井，又说，这几张是后面，还有一张，就是贴在顶上的。这时我注意到这图片下面地上起了一个长的台子，摆着一长溜儿的精装版的乾隆大藏经，大姐说，很多游客都说是个空盒子，其实都是书，是一个什么佛学会的捐的。我点点头说，看这里的格子，应该放的是贝叶经吧？大姐说，那边有照片，你去看一下，我于是又穿过这个转轮藏的后面，来到了南面的墙前，一看照片就明白了，原来这里装的是一部《永乐北藏》，只是不知道现在是不是还在里面。

时已仲春，下了雪之后，大殿里也并不十分冷。大姐说，你以前来过吗？我说，第一次来，我刚才坐地铁，在四号线灯市口下，顺着干面胡同就一直走过来就到了。大姐说，你一会儿可以直接到建国门坐车，出门向南一直走再往东就到了二环路了。我说，是，往东好像就没有路了，只能往南走。大姐说，东面的那个大院听说也卖了，以后这片都得拆了。我说，这个庙在这里，也拆不了吧？大姐说，现在这边，这胡同你也看到了，乱成什么了，治不了，只能拆了，不过也难，现在给十五万一平方米人都不干，还怎么拆？

我忙问，您是住附近？大姐说，我在五环那边住呢，我就喜欢城里，能上个公园看看什么的。我称赞道，您讲得真好。大姐说，我也就是天天听那些导游讲，就记住一些，说不好。你到后面的大殿看看，那个佛旁边的两个菩萨，身上衣服的花纹可漂亮了。我想，走进来没有看到和尚，而这智化寺又以表演明代宫廷音乐著称，而且这里的房子感觉也不多，只有中路，两旁没有僧房，于是问，怎么没有看到和尚？大姐说，这里是个博物馆，并不是庙，那些和尚都住在南边的房子里，到了表演才出来呢。

我道过谢出来，到智化殿去看。殿前的一个石座很大，长方形，上面有四个深深的圆形的印，看来上面应该有一个极大的香炉才对，只是不知道哪里去了。一进殿，照例不能照相，是三世佛。这三世佛比起万寿寺的三世佛小了很多，佛背后的木板的背面是很精美的壁画，也是明代风格，却不如法海寺精美。这殿里除了三世佛，还有不少其他佛像，都显得很古老，一个大佛很安详生动，眼是两个小珠子，黑亮亮的，眉心嵌的大宝石已不知去向。这大殿里最特别之处就是没有藻井，那个正方形的窟窿用一张复制的纸画代替，真东西已经在民国期间被美国人盗买走了，陈列在某大学图书馆。

穿过智化殿东西侧墙上开的小门，就到了最后一进的藏经楼前。院落很不像样子了，东西配殿已不复存在，西配殿连基座都被占了去，后砌的院墙向院里拐进来一大块，还有两扇顶天立地的大铁门，我透过门缝一看，外面就是民居了。应该是东配殿的地方现在是一排小活动房,卖纪念品的。智化寺很有名,但也不是顶级的景点,这么一个工作日的中午,居然也有很多人来,还挂着胸牌,看来是旅行团。藏经楼正在维修,因此只开放底下一层,殿中间一座巨大的释迦牟尼佛,左右两位菩萨侍立。我以往只觉得西方的雕塑是真实写照物体,中国的雕塑都有些失真,不想看到这两尊三四米高的菩萨,我真切地感受到了它的美,至于衣服上那五百年前花纹的精美,那倒还是其次,想来塑它的高手心中必有一个一样美的好姑娘。

在昏暗的大殿中,不知从外面的哪滩雪水正好映射来两束光线到天花板上,原生态的明代建筑发出幽幽的味道,坐在一旁角落里看殿的老太太披着大棉袄昏昏欲睡,只有导游的讲解才打破这一团和谐。她们引导着游客叩头,顶礼时手上捧着一小盒一小盒的法物,大概不是佛像就是佛珠,我学不上来她们的话,大意是说,这个地方年代最古,又最有名,人还少,所以在这里买的东西,再这么一拜佛,就自然最有灵性。叩拜者有男有女,手里少则两三个,多的有五六个。走出殿外,又一批人来了,看来像是南方沿海富裕地区的人们。我将要出院子的时候,看一个三十多岁的五大三粗的男子领着几个游客在照相,应该是刚进来的,一边口里说着,我们这里是免费讲解……

出了寺门,刚才发票的小伙子却不见了,我于是一脚又走到了深深浅浅满是泥浆的路上。

二〇一三年三月下旬

通衢之下东安门

紫禁城的东门是东华门,东华门外向东是东华门大街,东华门大街尽头是一个十字路口,一条带状的绿化带分向南北展开,这就是皇城根遗址公园。从这里向北是北河沿大街,向南是南河沿大街,再往东就是东安门大街。明清皇城的东安门就静静地躺在这个繁忙的十字路口之下。

由于离故宫很近,再往东就是王府井,因此这里游人很多,不过很少有人会停下脚步,下到十字路口两侧的下沉式广场内一看究竟。而当你一旦走下台阶,就会发现这里的宁静与外面的繁华似乎相隔很远。墙壁上嵌有"明皇城东安门遗址"的大字,地上一块新碑:"北京市东城区文物保护单位 东安门遗址 北京市东城区人民政府二零一零年五月立。"这里比马路低出了三米左右,也只有如此深度,才能找到并不久远的历史遗存。这里的一块块砖石,一道道残墙,配合着有些破旧的指示牌和说明,指引人们向不同的方向去猜想,去想象这里过去的样子。

明清北京故城是一座有着四重城墙的巨大城池,从里到外,是紫禁城、皇城、内城和外城。据《读史方舆纪要》:"永乐四年,营建宫殿,百度维新(原注:十八年宫殿始成),乃缮京城。于内为宫城,周六里一十六步,亦曰紫禁城。南曰午门,亦曰承天门,东曰东华门,西曰西华门,北曰玄武门。宫城之外为皇城,周一十八里有奇。南曰大明门,曰长安左、右门,中曰东安、西安门,北曰北安门。"又据《国朝宫史》:"皇城重建于乾隆十九年,至二十五年工竣。又增筑长安左门外围墙一百五十五丈,长安右门外围墙一百六十七丈五尺一寸,各设三座门。" 在封建时代,皇权至高无上,紫禁城和皇城作为一个封闭体系位于北京城的中心,普通人绝不能进入。据《国史唯疑》记载明末万历年间之事:"光禄卿赵健以携僧入东安门,被纠夺俸三月。神庙末年,禁网疏阔,游人得直穷西苑矣。"

现在紫禁城还完整地在那里,内城的城墙在北京站旁边也有一段遗存,那些都是上可走马的高大防御工事,但皇城墙却只是一道加高的大墙,现在天安门两侧,直到中南海西侧南侧的高大红墙就是皇城的遗存。皇城的城门也和其他三重城墙的高大城台不同,而是如平卧在地上的一座大殿。据文献记载,东安门、西安门和地安门三城门形制全同,均系面阔七间,进深两间,黄琉璃瓦单檐歇山顶,当中三间开门,金钉朱扉,正中门楣上方悬竖匾:某安门。东安门就是皇城的正东门,与东华门在一条直线上。

据《北京历史地图集》所载,明代东华门外向东过南池子街后先到东安里门,之后过玉河,玉河上有桥,名皇恩桥,过桥后是东安门,皇城墙从此向南北伸展。从明清以降,东安门见证了历史的流动。

据《客窗偶谈》:"中官初入选,进东华门,门内有桥曰皇恩桥,谓从此即受皇恩也。俗呼曰忘恩桥,以中官既富贵,必仇其所生,盖耻之也。"考其位置,我觉得"进东华门"应为"进东安门",盖当时亦呼东安门为外东华门。至甲申之际,崇祯皇帝在煤山自缢殉国,李自成就在东华门收敛帝后梓宫,《明季北略》载:"……未时,逆贼发钱二贯,遣太监市柳木棺,枕以土块,停于东华门外施茶庵,覆以蓬厂。……王太监极薄一棺,亦在其旁。百官莫敢往哭……"时间进入了清代,东安门作为皇城门的作用仍然,董宝光先生在《皇城的四门》中说:"清代帝后死后多葬于马兰峪清东陵,灵柩先出东华门,再出东安门,最后出朝阳门运往东陵下葬。"

辛亥革命后不久,东安门遇到了灭顶之灾。袁世凯窃取了临时大总统的职位后,应赴南京上任,但北京是他的老巢,又想在北京当皇帝,故不肯离京,遂于民国元年(1912,岁次壬子)2月29日晚,密令其亲信部将曹锟发动兵变,以示北京政局不稳,他不能离京赴宁。据杨雨辰的《壬子北京兵变真相》:"……与此同时,城里的第三镇第十标的变兵从东安门王府井大街一带，涌到了煤渣胡同五专使的招待所……随后，变兵一直走到前门、大栅栏、永定门、虎坊桥等地分头行抢……"东安门城楼即在此次兵变中被焚毁，以后亦未曾修复，遂被拆除，这也是皇城诸门中最先消失的一座。

在《北京历史地图集》民国二年（1913年）的地图上显示，皇城墙仍在，东安门已消失，三座门（东安里门）、玉河、皇恩桥仍在。此后，皇城墙除了南面天安门两侧和中南海一带外，全部被拆除，用于市政建设和出售砖石。在《北京历史地图集》民国三十六年（1947年）的地图上显示，玉河东安门以南已经填平，皇城墙、三座门、皇恩桥都已完全消失。于是皇城根也变成了黄城根，对于以往皇城的森严人们已经淡忘，东安门也只是人们经过路过的一个路口。直到皇城根遗址公园建成（2002年）后，东安门遗址经挖掘整理，建成"明皇城东安门遗址"展示，成为今日皇城根遗址公园的重要组成部分，人们才有机会再睹皇城东门的遗迹。

二〇一六年九月下旬

第一章 内城东南

两朝帝梦　普度风清

　　天安门东的南池子大街本来是一条清幽的绿荫小道，现在已变成一条游人如织的通道，每天无数的游客从南向北，或从北向南，在天安门和神武门之间流动。在五一、十一等大小黄金周里，这里简直有水泄不通之感。就在它的东侧胡同不深处，有一座少人问津的辉煌大殿，这就是普度寺。

　　从南池子到普度寺的胡同有好几条，最主要的就是直达正门的普度寺前巷了，这段路大概有一百多米，两边都是崭新的四合院，路边一棵树也没有。庙门在高台上，现在新修了台阶，中间还有一个小平台，小平台西侧立有一块石碑，说明这是全国重点文物保护单位普度寺，立碑时间是2013年7月。上了这个小平台再上几级，就来到了庙门前。由于这里现在被一个文化企业使用，因此庙门前挡着一大块的塑料布的喷绘广告。庙门东侧的小树下不知何时立了一个玻璃钢的半身人像，身下从左到右一行金漆大字："睿亲王多尔衮。"

　　好事者在这里立下这样一尊像，大概是提醒人们这里不仅仅是一座旧庙，它有着显赫的历史。这几年影视剧对于清代历史知识的普及立下了大功，相信对于多尔衮，或多或少，或史实或演义，知道的人肯定不少。这里确实曾是他的府邸，从顺治元年到顺治七年多尔衮病死，这七年间（1644—1650），此地实际上已成为全国的政治中心。吴梅村的诗中写道，"十载金縢归掌握，月明车马会南城"，摄政王府的威严煊赫自可想见。

　　多尔衮（1612—1650）是努尔哈赤第十四子，因顺治帝年幼，他以皇叔名义摄政，称叔父摄政王。顺治三年后群臣上奏，皆称皇父摄政王，并与皇上字并列，当时上谕亦称皇父摄政王。将王府设在此处，也显示其身份的特殊，因为这里是皇城之内，其他诸王只能设府于内城中皇城外自己所属的那个旗的范围之内。

顺治七年十二月多尔衮死于塞外喀噶城，顺治帝下诏治丧仪悉同帝制，并追尊为成宗义皇帝。但不久即被追削王爵，黜除宗籍。直到乾隆四十三年（1758年）才恢复亲王封号。多尔衮被定罪削爵后，府邸随废。到康熙三十三年（1694年），康熙帝下旨将旧睿亲王府改建成玛哈噶喇庙。乾隆四十年（1755年）又重新修葺扩建。1776年，乾隆帝赐名为普度寺。

由这样一座高级王府而来的普度寺当然有其不凡之处。庙门并不起眼，远不及城中的大庙气派，但绕过庙门，眼前就豁然开朗，一条甬道直穿过宽阔的砖砌广场，一座多色琉璃瓦的大殿赫然就在眼前。两侧是新建的花坛和花草树木。因为没了其他的建筑衬托，这座殿显得异常宏伟。

十几年前，随着普度寺周边的整体改造，普度寺就已经腾退修复了，但大殿从来没有开放过，这次也是一样，不过门前新加装了铁栏杆，里面倒是有人进出。看告示，是那个借用这个地方的公司在里面进行布展。我在这里停留了一个多小时，除了一些外地游客偶然到此歇脚外，游客只见到一位，还是一个洋小伙，在大殿前徘徊流连，用相机拍了不少。

大殿进不去，我就在左右走走。这是一个巨大的长方形高台，四周没有栏杆，两边都是修饰得很好的绿地和休闲设施，站在台边向外看也是别有景致。围着这个巨大高台的都是翻建的四合院式建筑，一律青砖灰瓦，那些二层的一排排的小楼和院子，是给拆迁户准备的。而台西的一大片，直到南池子大街的是真正的四合院，近年来又有不少的翻盖，更加富丽堂皇。从平台东侧望出去就是王府井北大街，因为隔了近处的大片的平房和更远处的绿树，根本听不到繁华的声音。

在平台西侧，我发现了堆了一地的废旧石料，看来是翻修中出土的，尤其让我惊奇的还是那些深色的杂色花石，看花纹与大殿基座上的风格十分相似，但细一分析这些石构件的结构，又不可能是从那里替下来的，应该是曾在这座高台上的其他殿宇的组成部分吧。为了看清花纹，我往石面上洒了一些清水，花纹立刻清晰了，虽然是变化不多的浅浮雕，但那种古朴的美仍让人赞叹。

其实，细一看这座高台上的建筑，不免有些奇怪。与大殿相比，那座庙门实在过于渺小，而且建筑材质也差了很多。此外，庙门紧贴平台南缘，大殿紧贴平台北缘，中间的通道，或者说是广场，显得过于宽大而无用，这是什么原因呢？翻阅历史，我们就会有答案。

由多尔衮再上溯二百年，这里有一个更尊贵的主人。明正统十四年（1449年），明英宗率领的五十万大军在土木堡被瓦剌消灭，英宗本人也成了俘虏。败报传回北京，群臣拥立御弟郕王登基称帝，遥尊英宗为太上皇，改元景泰。瓦剌无奈之下，释放英宗。到京后，景帝将他软禁于南宫，也就在这里。据《芜史》记载，当时这里"名为崇质宫，俗云黑瓦殿是也，景泰间英庙所居"。《日下旧闻考》也认为："明英宗北还，居崇质宫，谓之小南城。……库北为今普度寺，即南城旧宫遗址。"

尽管这座宫殿仅从剩下的这一座大殿来看也该是规模宏丽了，但与紫禁城比起来就差得远了，《万历野获编》就说："南内在禁垣内之巽隅，亦有首门、二门以及两掖门，即景泰时锢英宗处，所称小南城者是也。二门内亦有前后两殿，具体而微，旁有两庑，所以奉太上皇者止此矣。"

英宗被放归，最紧张的还是他的弟弟，表面上尊为太上皇，实际上就是与世隔绝的长期软禁。客观地说，在帝王之家，景帝没有要了英宗的性命也可以称得上仁慈了，但英宗显然在这里过得不太快活。据《涌幢小品》说："南城在大内东南，英宗北狩还，居之。其中翔凤等殿石栏干，景皇帝方建隆福寺，内官悉取去，又伐四围树木，英皇甚不乐。" 弟弟不把哥哥放在眼里，底下人自然也是更甚，据《潞县志》记载："英宗在南城，一日饥甚，索酒食，光禄官弗与。潞县人张泽以吏办事光禄寺，曰：晋怀、愍，宋徽、钦，天所弃也。上北狩而还，天有意乎？若复立而诛无礼，光禄其首矣。乃潜以酒食进，英宗识之。后复位，光禄官皆得罪，即日拜泽为光禄卿。"

张泽不忘故君，出于至诚，也是因为惧祸，因为景泰朝的平静之下，复辟暗流一直在涌动。终于到了景泰八年（1457年），景帝重病之时，夺门之变发生了。据《明史》"徐有贞传"记载："景泰八年，景帝不豫，石亨、张𫐐等谋迎上皇，夜至有贞家。闻之，大喜曰：须令南城知此意。𫐐曰：阴达之矣。辛巳夜，诸人复会有贞所。时有边警，有贞令𫐐诡言备非常，勒兵入大内。亨掌门钥，夜四更开长安门纳之。时天色晦冥，亨、𫐐皆惶惑，有贞大言事必济。既薄南城，门锢，毁墙以入。上皇灯下独出，问故。有贞等俯伏请登位，乃呼进舆。兵士惶惧不能举，有贞率诸人助挽以行。星月忽开朗。上皇各问诸人姓名。至东华门，门者拒弗内。上皇曰：朕太上皇帝也。遂反走。升奉天门。景帝明当视朝，群臣待漏阙下，忽闻殿中呼噪声，皆惊愕，俄诸门毕启，有贞出号于众曰：太上皇帝复位矣。趣入贺。"

从平台上望向西北，炎炎盛暑热气下，东华门一带隐约可见，其实到那里不过数百米之遥。可以想象，当年英宗在被锢的七年里，不知会多少次从这里眺望自己的旧宫殿，而真到了风高夜黑之夜跨出宫门的这一步，惊、惧、忧、喜会是如何激烈地交织！但他又怎能想到，二百年后，会有一位异族的君王在这里发号施令，将天下玩于手掌？至于到东华门的这段路，这位摄政王到底想没有想过，已是个无法解开的谜了。

二〇一六年八月上旬

第二章　内城东北

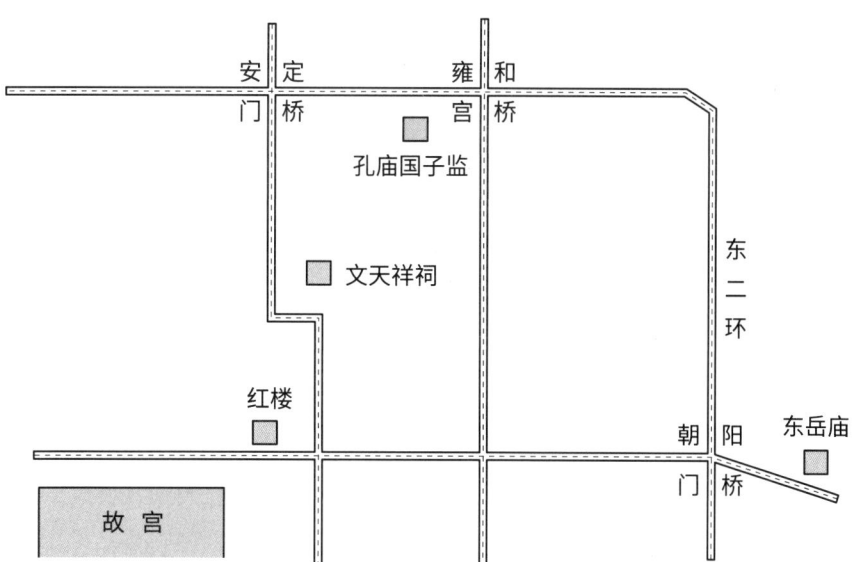

红楼左近感变迁

北大红楼,以前知道是文物局的地盘,后来建了新文化纪念馆,多次路过而没有进去,前几日看了《沙滩大院百年风云录》,对这里有了新的认识,想围着这个大院走走。另外,楼西沙滩北街上的嵩祝寺和智珠寺去年看到有维修的消息,不知现在如何。可巧去这天是这半个月难得的好天气,不过太阳很毒,外头白花花一片,地面热浪袭人。

从地铁五号线东四站下来,出口就是隆福寺街的对面,走进去一看,就是一个工地,路南的盐场大院等都已经拆成了一片白地,几个月前孤零零地在那里坚持的中国书店隆福寺店也踪影全无了,这几百年来内城文化的繁盛所在,多少文人雅士流连忘返的淘书圣地终于咽下了最后的一口文化的气。路北的平房还没有变化,临街的小商店要么就是进行撤店促销,要么就是一关了之,在没有了南面的房子的遮挡下,这条窄窄的老街尘土飞扬,晒得人睁不开眼睛。

走到了隆福寺广场,一切都回到了正常状态。经过早已关张多年的隆福寺大厦,我走到了街的西口,在某个冬天看到美女牛莉拍电视剧的那块地方还摆着地摊,前面抬头一看就是绿树之中的美术馆的金黄色的屋顶。匆匆上了111路电车,在红楼院子门口下车,此时阳光是最毒的时候。

参观只需领票,进院几步就是楼门,正面是蔡元培的塑像。这里只有一楼的南翼是展区,其他地方都是办公区不开放。新仿制的牌子挂在各屋子门前,旧的木地板,散发出陈年的味道,这里现在主要进行一个党史图片展。新文化运动有关的布展主要是两个特展,一个是陈独秀,一个是蔡元培,这两个展览里有很多手稿出现,从东西的精彩程度来看,我怀疑都是原件。

　　对于这两位中国近代史上的著名人物，尤其是陈独秀，我以前了解得不多，这次通过看到难得一见的诸多手迹，不由得肃然起敬。其中有他在狱中写给刘海粟的一副对联，"行无愧怍心常坦，身处艰难气若虹"，正气凛然。蔡元培殿试卷也给我留下了深刻印象，从"臣对臣闻"开始看了展开的部分，感觉上这也是一个变革中的东西，虽然有一些"钦惟　皇帝陛下"之类的老套话，但这篇策对的实际内容却是关于西藏历史沿革和时务的。

　　当年的图书馆和办公室的陈设看着都像是老物件，空调开得很到位，后来陆续有几个人也进来参观。一个五十多岁的小个子男人边看边大声地自言自语，忽又做惊异的怪声，我忙躲到另一个展室去。大致看完，正想在空阔的走廊里再体会一下那种历史的味道，只听又一个大声响起：毛主席当时就在这个屋子工作过！？我于是拔脚就走。

　　出了楼，立即被阳光和热流包围，请一个小姑娘为我在这里留了一张影——我一直没有给自己留影的习惯，这样的留影少之又少。

　　北大红楼看过了，我打算围着这传说中的沙滩大院转一转。红楼的西侧，院墙里又起了一个并排的楼，顺着院墙转角包了过来。围墙的南面，有文物出版社。这条短短的大街，最早是一块不甚整齐的空地，名为汉花园，现在是五四大街，南面的旧房，名为银闸胡同，以前那里有北大的宿舍和一些小的学生公寓，现在都掮为一片破败的民居了。关于公寓里的青年们的陈年往事以及街头小馆里的过往味道，统统在这个正午的阳光下没了踪影。正对红楼的二层水泥楼上的"1923"的字样显示了它的年纪，而那个曾经以爆肚闻名的国营小吃店早已消失。

　　在围墙的西南角上，一辆旅游大巴正在上客，从某个"老北京炸酱面"馆走出来的游客们不耐烦地排着队顶着太阳走到车上，一个高大的外地口音女子和什么人吵着，又像是在打情骂俏。大院西侧的沙滩北街是一条普通的胡同，路边有树，但不成行，路西是一片没有什么特别的平房，路东却有绿化，书中说到的那个后建的北大西墙上雕塑就掩映在树与草的后面，也不知当时的绿化时是何考虑。书中说到，为了挽救红楼东面五四广场三角雕塑中没有陈独秀的遗憾，这西边的墙上的浮雕上的第一个就是陈独秀。我看到了《新青年》的书影，以及"陈独秀先生主编"的字样，旁边一张大脸，应该是陈独秀先生。

在陈独秀像的对面，胡同西边一个小院简陋的门楼上贴着喊冤的对联与横幅，是关于别的私房算成了公房与自己的厨房受到了影响，门外阴凉处坐着一个无所事事的中年人，也不知与这事有何关系，而在马路东侧的小绿地里，有不少横躺竖卧的热乏了的外地朋友，黑黑的透着衣服也泛着油与汗，在新文化先驱们的注视之下。

顺着沙滩北街往北走，西面一直是杂乱，东面都是楼和围墙，新文化墙并没有多长。一路又经过了《求是》杂志社等单位的大门。

再往前走，就是著名的章嘉活佛在北京的驻锡地嵩祝寺和挨在一起的智珠寺了。我去年看到过修整的消息，而上一次路过这里的时候，还是摇摇欲坠。这次远远一望，从外面看已经整修一新了，只是庙门的红色有些奇怪，不是北京常见的那种朱红色，而是偏一点紫，很有些西洋的感觉。走到庙门抬头一看，是"敕建智珠寺"的石匾，有破损，应该是老物件，不过刷得过于惨白了，与那西洋紫红的墙一比，就更难看了。

本以为不开门，却开着，里面一望很整齐的地面，庙门里面正中摆着一个玻璃柜子，里面竖着放着长的木炭似的东西，到底怎么回事？我正在疑惑不知该不该进去的时候，从庙门对面的阴影里走出了一个高大漂亮穿着白衬衫的小伙子，轻声地问，您有什么事？我说，这庙开放吗？他很有礼貌地说，我们这里是一个餐厅。我大吃一惊，又迅速将这庙的前前后后扫了一遍，也没有看到餐厅的标志，于是又问，你们这个餐厅是什么名字？他说了几个英文字母，我却听不明白，又问，怎么没有招牌？他轻轻一指庙门东侧墙上钉着的两块生着黄锈的铁片儿说，这就是我们的名字。我一看，黄锈之间，好像切割出几个字母，但两块铁板相隔不近，不知是什么道理，联想到最近多地爆出的公园里开会所的消息，我就不奇怪了，于是问，你们这里消费水平如何？——这时我的打扮应该像是个外地游客了，他也不是北京人，听不出我是北京人，或者在那里站的时间长了，也想找个人说说，马上说，我们这里一个人大概三百块。我又问，在这里需要不需要预约，他说，来的人比较多，是需要预约，您到网上查一查我们就知道了。

  我要再说就得订饭了，于是向他告别，见他又回到庙前面的阴影里去了。

二〇一三年七月上旬

黄叶飘零丞相祠

府学胡同是东城一条著名的胡同，里面有很多高大精美的古建筑，位于胡同西口内的文丞相祠虽不大却是最著名的一座。它坐北朝南，大门是牌楼式的，上面有"文丞相祠"四个大字。透过大门，可以看到里面的过厅和挂着不少金灿灿火柿子的秃秃的枝干。

北京是文天祥的就义之地。文丞相祠始建于明洪武九年，即公元1376年。明永乐六年，即公元1408年，被朝廷正式列入国家祀典，每年春秋由顺天府官员主持祭祀。又过了近两百年的万历年间，祠堂的位置又进行调整，从现在顺天府学的西侧挪到了东侧，就是现在这个位置，此后历代皆有修缮。

一座祠堂六百多年不废，可见人们对于文天祥的景仰，不过它的院落十分狭小，整个建筑的占地也不到一亩，院内只有两进院落，都没有配殿。在第一进的院落内，东壁上刻有大字"正气歌"，院中央是一座新碑，碑顶篆书大字为"宋丞相信国文公像"，下有小字为他就义前在衣带中写下的遗言："自赞：孔曰成仁，孟曰取义，惟其义尽，所以仁至。读圣贤书，所学何事？而今而后，庶几无愧。"碑面的主体就是文天祥像，文字和画面都很清晰。碑座上横题为"南宋民族英雄文天祥"。

过了碑就是过厅，现在这里是文天祥事迹展览，迎面的柱子上挂着几副新对联，最前一副落款为"二十四代裔孙文怀沙"。室内展板上介绍了文天祥一生的主要事迹和经过的主要地方，躺柜内也有复制的文天祥遗墨和相关的书籍，并没有什么珍品，倒是一副标注为元代的铁镣铐锈迹斑斑，让人印象深刻。

穿过这间房子，就到了最后一个院，北面是祠堂的主体——享堂。堂前一棵古树甚是苍凉，枝干向南半卧，树身上钉着红色的一级古树标牌，这就是传说中文天祥手植枣树，以它的向南斜身代表"臣心一片磁针石，不指南方誓不休"的忠贞之心。秋尽冬来之际，枣树的叶子早已落光。

享堂是灰瓦顶，面阔也仅有三间，门外当中挂着一块大匾，上有四个大字"万古纲常"。殿内的布置也很简单，正中是文天祥的塑像，身着宋代丞相官服，儒雅端正，令人肃然起敬。除塑像外，这里内外的牌匾也都是近年由当代书法家刘炳森、金运昌等根据旧有的资料重新书写的。

小小的享堂内陈列了不少的古物。堂内立有三块石碑，分别为明代"宋文丞相传"碑，清"重修碑记"和"宋丞相信国文国像"碑——就是前院中央那块新碑的母本。东墙上嵌有两块柱础，这就是著名的唐李邕书"云麾将军李秀碑"的残片，清康熙年间辗转到此。西侧壁上有一块石匾，上有三个大字"教忠坊"。它的左面另一有块民国刻石，文字为"整理故都文物第二期季夏之月，次及文丞相祠，起享堂角门阶石，于背面见'教忠坊'旧额，字体遒劲，不知何人所书。按道光七年重修碑记，此石本为二门门额，改砌大门屏壁，何时沦作阶石，无可考问。顾孤忠表节，可以教世而砥横流也。爰弄之祠堂壁，以垂矜式。"落款为"旧都文物整理实施事务处谨识。中华民国二十六年岁在丁丑十一月"。

元世祖至元十六年，公元1279年，文天祥被押至大都，面对利诱威逼，百折不回，被囚禁于兵马司土牢中，在这里写下了《正气歌》。至元十九年十二月，即公元1283年1月，成仁于元大都的柴市。现在的祠堂，连同它周边的顺天府学就是当年柴市的位置。由此至民国二十六年丁丑岁十一月初一，正为公元1937年12月3日，故都沉沦于日寇铁蹄之下已近半年，凡有血性经过此门，望见先烈遗光，当不仅徒为故国之思耳。

二〇一七年十一月中旬

大成殿后的开笔式

　　星期天，风和日丽，正是大好春光。我忽然想到孔庙国子监看看。雍和宫大街十分热闹，路两侧的法物商店里飘出的腻香荡漾在整条街上。拐进成贤街，也不冷清，尽是三五成群的游客。进了孔庙的大门，就是古柏与琉璃瓦的世界，一样人流如织。

　　从元代开始，孔庙和其西侧的国子监（太学）就一直没有变过位置。大成殿正在维修，不过仍然开放，游客入内秩序井然。殿下西边就是那棵有名的古树触奸柏，传为元国子监祭酒（校长）许衡手植，快八百年了，以在明朝的时候枝条摆动打落了奸相严嵩的帽子而闻名。到此，孔庙的主体建筑就看完了。我忽见大成殿后崇圣祠的入口处有不少人走动，又隐隐听到里面有丝竹之声，于是就走过去看看。

　　崇圣祠是专门崇祀孔子和四配（颜子、曾子、子思、孟子）的先人的地方，正在大成殿的后面。雍正皇帝曾加封孔子先世五代为王。因此，这个院子的主基调是绿琉璃瓦，规模与气势比不了前面的大成殿，不过也有一门一殿。院门前与大成殿之间是一个长方形的小广场，刚才听到的声音就从这里传出。这里正在举行活动，地上铺着席子，摆着好几十个仿古的书案，穿着黑红相间的袍服的小孩子们分成了两组，前面一组正在大门前的尽头处行礼，另外一组就在西面的孔子像前等待。这尊孔子像应该是新立的，看质地应该是岫玉。

　　崇圣祠大门前孩子们正在演礼。他们席地而坐，前面一位老师正在主持仪式。这位老师大概四十岁的年纪，身材魁梧，精神饱满，头戴一顶儒冠，身披一件米色为主的袍服，质地甚粗，估计是模仿古人大布之麻衣。

我觉得，只差一把羽扇，这位老师就很像是诸葛孔明了。老师声音洪亮、姿态端正，指示小孩子们向他们的父母行礼感恩：两手作揖，伸直手臂，举而到头再躬身。他们的父母看到自己的孩子一板一眼、有模有样地行礼，都很高兴，还不忘记用手机拍下这珍贵一刻。

向自己的父母行礼是最后一个动作，这一组于是退下，换上来了刚才那一拨在孔子像前等着的孩子们，听他们七嘴八舌的话，就是本地的小学生。老师一指说，这个学生的帽子如果没有特别的原因，最好不戴。戴帽子的小姑娘的妈妈连忙在旁边解释，她这几天感冒了。老师说，那就戴着吧。

这一拨小孩儿席地而坐已定，老师开始讲话，第一个要求就是让小孩儿们挺直腰板，眼向前看，双手背在身后。这个要求很简单，他们都背好了手，小女孩们尤其认真，只是老师身前的一个卷毛头发的小男孩似乎对于老师的要求并不在意，自顾自地玩着案上的竹简，害得他妈妈蹲下身跟他说了好几次，他才勉强坐好，其他孩子没受什么影响，似乎穿上了这个袍子，就长大了不少。

虽然没见挂什么横幅，但这个大概算是一个开笔式，因为几案上有墨，一个案子后坐两个孩子，共用一个砚台，左右放两支笔。老师先让孩子们坐好后，就进入了下一个环节：点朱砂，这也是魁星点斗之类的吉祥寓意。这么大的一个场面，其实只有老师一个人唱，他到大门的石阶上的包里取出一个小盒，打开就是红红的印泥，另有一支很粗而短的硬笔。他挨个给小孩们眉心处点上一点，因为不是水笔的缘故，好像还要使些力气。

全点过了，老师不紧不慢地把印泥和笔放回原处，宣布进入开笔的环节，在每册竹简下压着一张白纸，小孩儿们拿着毛笔，蘸上墨，等着老师发话。老师说，今天写什么呢？就写一个"人"字。他又解释了这个字的含义，再指着南面墙上的"孔子行教图"说，你们看，孔夫子的手势，两手一搭，正是一个"人"字，所以开笔就写一个"人"字。他的话音刚落，孩子们就写上了。

第二章 内城东北

在这片席子的东北角上,也就是离我最近的这个地方,一条案子边上是两个小姑娘,文文静静的,一举一动都按着老师的要求来。她们很快就完成了这个字的书写,还挺像样子的,我不由赞道:还写得不错。旁边一位家长不由得笑了一声,头也没回地说,他们哪个没在兴趣班学过毛笔字啊?不过,老师的下一句话让她们,尤其是最边上的这个小姑娘犯了难,老师说,这个字一定要写大点儿,要占满整个一张纸。这个小姑娘听了很疑惑,因为她的字只在纸中心,她的一个小小手掌的大小,怎么办呢?这可是个很有意义的仪式啊!犹豫了一会儿,孩子妈妈忍不住了,站到孩子背后,抓起又扶着孩子的手,捏着笔管,细心地将两边的笔画拉长。再放眼一看,有的小孩子很高兴地手背后坐着,纸上还真是顶天立地写了个"人",应景又吉利,再看刚才那个一直闲不住的小朋友在纸上写了两三个大字了,只是笔画肿粗如鸡腿,她妈妈低身过去想制止他继续涂抹的企图,一拉一扯之间,我还真怕他把笔墨纸砚一齐打翻。

小插曲并不能影响仪式的严肃和顺利进行,写好了字,孩子们又回到了端坐的状态,老师手拿话筒,带领大家同颂《弟子规》,就是几案上每个小孩儿面前的那一块竹简册上的字。"弟子规,圣人训。首孝悌,次谨信。泛爱众,而亲仁。有余力,则学文。"念过这一小段,开笔仪式就结束了,接下来就是我刚到这里时看前一拨小孩儿向家长行礼的那个收尾了。

不知不觉,也在这里看了半天。从成贤街出来,已近下午一点,不知何时天上已经起了不少的云。

二〇一七年三月下旬

在繁华隔壁——走过北京角落的篇章

留言季，诉心声

六月里面有两大考，先是高考，接着是中考，都是令考生和家长心力交瘁的事情。接下来的七月也是一个让他们提心吊胆的时光，因为上什么学校都在这个月定下来。孔庙也在这个月特别热闹，供奉先师孔子神主的大成殿里门庭如市，供游客书写对管理的意见建议的本子也就成了学子和家长们向孔夫子诉说心愿的媒介。我是7月2日在大成殿里见到了这个本子的，都已经都写满了，还没有来得及更换。其实也仅仅是从6月20日开始的，不过十一二天的工夫！

在这里面，最多的，当然就是学子们亲自写下的心愿，有的含蓄谦虚，有的就很直白，也有的写得很细致，"祝我们中考都可以考出理想的成绩"，"（捂脸）希望可以考上高中"，"650"……有的还制订了"远大"的还愿计划：

"读过《论语》才来拜祭孔夫子。6月24日是北京中考考语文的日子，我语文不好，身为中国人连语文都学不好，深感愧疚。希望孔子老师在三天之后可以保佑我考上理想的高中。我想与习主席做校友，我想上八一。孔子老师一定要保佑我！在今后有机会一定会去山东曲阜再次拜祭您！"

在这里还有很多来自家长和亲人的祝福，祈求夫子保佑孩子上得名校，还有的现在就要定下明年高考时的超水平发挥计划："祝女儿明年能够超常发挥考入理想的大学"，"希望儿子×××考上清华大学"，"祝女儿考上心仪学校，辉煌人生从这里起步！妈妈生日留"。

除了高考中考，祈求孔夫子在学业上降福的人还有好多，需要过的各种考试也不尽相同，难为他老人家还要懂得这么多的新名词！这其中还有要求孔夫子保佑通过美国的考试的！另外，看得出，有些用繁体字写的应该来自内地以外的学生。对了，还有满篇认认真真的外文呢："希望可以考上投资型证照及增加智慧（繁体）"，"成功拿到美国博士学位，完成自己梦想！！"，"希望自己博士攻读顺利，如愿发表 5 篇 SCI！达成心愿！按期毕业！谢谢圣贤保佑！"

在这个本子里，我还看到了两个与其他留言有些不同，一个大学生在祈祷自己考研成功时，也祝父母安康。一个初三学生祝自己考得好，也祝其他同学考得好。"考研考上理想大学。事事顺心，父母安康。""希望中考能有一个好成绩，考进自己想去的学校。也祝其他考生考试顺利。"我想，古人云，天处高而听卑，这样的心愿，夫子定会佑之，这两位同学应当得偿所愿吧！

这本几十页纸的 16 开本子里最大量的就是对中考和高考成绩的祈祷，多少有些临时抱佛脚的感觉。当然这里也有几个说教育要从娃娃抓起的，就更值得赞赏："开笔礼，愿孩子长大开智，学业有成，健康成才！""今天，红黄蓝世华水岸幼儿园的小朋友们在老师的带领下来到了孔庙、国子监，感受国学与古代教育学家的风范！祝福孩子们将来学业有成！"

司马迁在《史记》"孔子世家"中写道："《诗》有之：'高山仰止，景行行止。'虽不能至，然心乡往之。余读孔氏书，想见其为人。适鲁，观仲尼庙堂车服礼器，诸生以时习礼其家，余祇回留之不能去云。"北京孔庙历年八百，古木参天，庙廷巍然，士人学子来此瞻仰，也有很多的感动和激励："以后要好好学习，天天向上，以后学业有成。""孔子思想，中华精神，千古万代留传，耀我中华！""愿孔庙与国子监能重回中国人心中，而不是仅仅在旅游照里。愿这里以后充满书香，而不是商业气息与文化乱象。谢谢。"

二〇一七年七月上旬

立碑为证！看乾隆皇帝如何为张廷玉点赞

孔庙里的御碑很多，其中乾隆朝的占多数，内容有关于翻新黄瓦以表对孔子的尊敬的，也有记述平定了边疆的叛乱来告成的。相比之下，国子监里的碑就少很多，只有东西两座御碑亭，都是乾隆立的，而且是一对双胞胎。

东面碑亭里的碑，正面为《国学新建辟雍环水工成碑记》，说的是乾隆皇帝力排众议，在国子监的大院里新建辟雍的经过。有两个看点，一个是大臣们说这里不能引河水所以不能建圆池。乾隆则认为，多打水井，提井水就能灌满，于是就灌满了。另一个就是在末尾说，这个工程当然是必需的，但后代子孙万不能为了好古而妄动工程。在碑阴，也就是北侧，是满文的《三老五更说》，乾隆皇帝的学术作品。

在西面的碑亭的碑前后两面的内容与东面的碑完全一样，所不同者，是满文的《国学新建辟雍环水成工成碑记》和汉文的《三老五更说》。

从乾隆皇帝的语气里看得出，他对于在国子监中建成礼配天子的辟雍十分自得，因为这是元明清三代有太学以来没有办成的事，而他这么看中《三老五更说》，想必也是很满意的作品。这篇几百字的话都说了什么呢？用里面的一句话作结论，就是判定三老五更之说为"后儒一切穿凿之论！"

乾隆皇帝以帝王之尊定夺经说，让三老五更之论从此不再有争论，对他来说当然是一件快意的事，远比写诗的意义重大，立碑为证当然是很值得的。查一下碑上的落款，是乾隆四十三年，即公元1778年。对于25岁即位的乾隆皇帝，这一年已经是68岁了。

如果说，两块碑上只有这些内容，那就没什么特别有趣了，这两座碑亭，准确地说，是东面碑亭上石碑东西两侧后来增加的内容才让我好奇心大增：东侧是乾隆皇帝御书的《题张廷玉三老五更议》，西侧为大臣董诰奉旨所书《张廷玉三老五更议》原文。

张廷玉是雍正朝的柱石，以文臣而封伯爵，也是清代唯一配享太庙的汉人，这些情况相信很多人都从红极一时《雍正王朝》的等电视剧里了解到了。不过乾隆皇帝对于张廷玉并不是很感冒，张廷玉在最后一段岁月里屡遭上谴，活得战战兢兢，导火索是因为他老人家当面提醒，当然也是恳求乾隆皇帝不要违背先帝雍正皇帝许他配享太庙的遗诏，让年轻的乾隆皇帝大为光火。当然，这些都是发生在乾隆初年的事情了。等到这两座碑亭建起时，张廷玉墓木早已拱矣。那么乾隆皇帝为何又特意说起他呢？从《题张廷玉三老五更议》上可以清楚地找到答案。这段话的落款时间是乾隆四十九年，就是公元1784年。

翻成白话，乾隆皇帝说：

"乾隆四十三年时我写了《三老五更说》，一洗千古迷局，已经刻成石碑放在太学里了。后来我突然在《四库全书》里看到一篇文章，名为《三老五更议》，和我结论一致，再一查作者，原来是张廷玉！这就让我想起来了，在我即位之初的乾隆三年，曾向军机大臣咨询是否可行三老五更之礼。那时鄂尔泰不置可否，张廷玉倒是说断然不可，于是这事就算了。我一直觉得张廷玉这个人谨小慎微得近于懦弱，不想在议论这事时还挺有原则。其实如果行此礼的话，他和鄂尔泰都是有望担当三老五更的角色的，那是很光荣的事啊！因此他阻止此事并非出于私心。现在看，张廷玉的话还是有道理的！我后来才知道三老五更之说是错的，如果当时我硬要行三老五更之礼，肯定会贻笑后世的！"

乾隆皇帝又说："这事已过去了四十年了，我早已忘记了。那时候，我还年轻，只有28岁，现在已经68岁了，这也说明我这40年没有白过，学问见识都长进了，再不是年轻时好古而喜欢出风头的小伙子了！现在回头再看张廷玉的文章，与我的观点不谋而合，但可比我的文章早多了。所以我特意让人把这件事加刻在这块石碑上，以见证我学问的进步，也为了不掩人之善。"

看到此，我觉得乾隆皇帝还是比较实事求是的。他在这里立碑著说，扬扬自得了好几年，突然发现这个意思别人早就说过了！而且还是他不喜欢的家伙！怎么办？将张廷玉的这篇奏议从《四库全书》中抽出来，再到张家找到原稿一把火烧掉，暗中布下大网通知天下官员此文为毒草，让此文从人间消失，这当然是一种办法。只要大清存在，谁也不敢说皇帝是掩耳盗铃！因此，乾隆皇帝经过深思熟虑后坦然将此事说出来，确不失为诚实之举。不过，我对比了他们君臣二人的两篇学术论文，发现还是张廷玉高明。

在这里，要简单地说一下什么三老五更之礼了。这就是推举出两个德高望重的经天纬地之才，一为三老，一为五更，在太学里设乐摆宴，由天子亲自向他们奉酒献食。这当然是一种异常崇高的荣誉了，可是历史上并没有盛行，除了皇权尊贵，还在于异说太多难以统一。乾隆皇帝好古，所以即位之后就想行三老五更之礼，不想被张廷玉驳了面子。

张廷玉乾隆三年的奏议写得很好，从几个方面说明了此法不可行。他说：

"皇上您德行深厚又不自满，让您行此礼于臣下肯定不是什么难事。不过虽然您能屈体下人，但没人能承受这样大的礼！我看古人关于三老五更之说的书里说，能受帝王宾师之礼的人都是有大德大智慧的人，以我的观察，现在无论在职的和已经退休的官员，谁也没有这个德行！另外，就说曾经罕见地举行过三老五更之礼的几次吧，一次是汉代，一次是魏，一次是北周，受礼的人固然是博学名儒，但从后人的观点来看，他们也不配。据我看，三老五更之名虽然托名上古，但从文献上看还是汉代以后的事情，汉代以前的古书都没有记载，因此不可信，应该是汉代儒生们的夸大附会之说。从北周到现在也有一千多年了，唐宋也都没有举行过此礼，可见大家都有疑惑，您的曾祖、祖父和父亲也都没有举行过啊！"张廷玉最后提出建议："这事应该立即停止，也不必再向群臣咨询了，免得那些拍马屁的人为了迎合您而胡说八道。"

而在乾隆皇帝的文中，说三老五更礼不可行的道理就有些单薄了，他说："三老五更之说其实并不见于上古的典籍之中，这不是孔子说的，而是汉代的儒生们所说的，而且他们也说不清楚三老五更确切的意思。有人说就是像对待父亲那样和对待兄长那样去敬礼。有人又说，为什么三老不是三个人而是一个人呢，那是因为一个人只能有一个父亲。那这就太奇怪了！我自己本来就有父亲，为什么又要多出来一个呢？！所以这肯定是后来儒生们捏造的！我认为，只要努力做到尊敬上天、以诚待人、以德治世，就能够天下太平了，三老五更之类的形式主义的东西根本就没有意义！"

因为英雄所见略同的关系，乾隆皇帝对张廷玉大加表扬，在碑文中称其"有此卓识"，但到底还是要表现一下自己更高一筹。他说："张廷玉既然有此卓识，却怀疑我不能遵守先帝遗诏里对他配享太庙的决定，居然在退休回老家之前当面向我要求确认此事，这真是老糊涂了！他这样的不保晚节，我实在是为他惋惜啊！"

乾隆皇帝二百多年前的点赞到此为止，看来还是有所保留。细想想，若不如此，怎见得他更高一筹呢？

二〇一七年七月下旬

第二章　内城东北

东岳庙无刘元塑

东岳庙在朝阳门外大街之北，是北京最负盛名的道教宫观。它从元代就有了，那时也在城墙的外面，不过那时元大都的这座东门叫齐化门，到了明朝才改叫朝阳门，但门前的这条向东的大道却是一直没有变过，朝阳门关厢一直是很繁华的。东岳庙地当要冲，香火当然很旺。元明清三代的帝王对东岳庙都特别重视，从庙宇的规模来看也能想象当年的盛景。

从地图上看，朝阳门外大街并不像与它相对的阜成门外大街那样直，而是偏向西南。这个原因很简单，就是要避开东岳庙。但其实也不能完全躲开，马路还是将庙的主体与南面的琉璃牌坊分开了。而且再细看就会发现，钟鼓二楼并不在院里，而是在庙门之外。这个庙门也显得不够高大，其实这是因为真正的山门已经被埋在前面的大马路之下了。拆除山门时我还有印象，市政府当时公开向社会解释过，离现在也就二三十年的光景。

虽然是道教正一派在华北最大的宫观，但现在这里并不是宗教活动场所，而是北京民俗博物馆的所在，门票只收十元。每逢传统节日，这里都有相应的民间技艺的展示。这个中秋节，东岳庙里的展览就与中秋拜月的传统有关。一进门，南面一排长桌，有好几位民间艺术家在展示技艺。北面是一座兔爷山，大红布上一层层摆着各种造型的兔爷。西面还设计了一个拜月的场所，让人大开眼界。我不禁想到了86版《红楼梦》里的贾母主持的那个拜月的场面来了。只见不一会儿，已有好几位女士在那里拜上了。

东岳庙的主殿在瞻岱门内的院子里。瞻岱门下两柱上挂了一副罕见的白底黑字的对联，"阳世奸雄违天害理皆由己，阴司报应古往今来放过谁"，想来如有一丝天良还在，那些坏人见此当为之胆战。进门可见院子非常宽敞，一条高高的甬道直达岱宗宝殿，这种制式说明了建筑的古老起源。

岱宗宝殿巍峨辉煌，殿内供奉东岳大帝。在道教中，这位大神主掌人间贵贱尊卑之数，管十八地狱、六案簿籍、七十二司、生死修短之权，地位崇高。自唐开始，各代均加尊号：武则天尊为天齐神君，唐玄宗加封天齐王；宋真宗尊为东岳天齐仁圣王，又加上帝号为东岳天齐仁圣帝，夫人尊为皇后；元世祖加号为东岳天齐大生仁圣帝。民间就呼为东岳大帝。阴司地狱和轮回之说固然有佛教的影子，但上古以来五岳即以东岳为独尊，魂归泰山的说法早已深入人心，东岳信仰由来久矣。

在大殿里，左右两边摆着兵器架子，上面是东岳大帝的各种仪仗，有两三米高，不是旧的。有一个小男孩过去摸了摸，坐在殿门口的一位道士打扮的人忙出声制止："小朋友别碰！"据记载，建庙之初，这里东岳大帝的塑像是圣手刘元所塑，是名震京华的神物。明末的《帝京景物略》有详细的记载："帝像巍巍然，有帝王之度。其侍从像，乃若忧深思远者。相传元昭文馆学士元手制也。元，宝坻人，初为黄冠，师事青州把道录，得其塑土范金抟换像法。抟换者，漫帛土偶上而髹之，已而去其土，髹帛俨成像云。始元欲作侍臣像，久之未措手，适阅秘书图画，见唐魏征像，矍然曰：'得之矣。若非此，莫称为相臣。'遽走庙中为之，即日成。今礼像者，仰瞻周视，一一叹异焉。"

书中还说，"元仁宗尝敕元，非有旨，不许为人造他神像也。"由此可见刘元在当时的名声之大。除了东岳庙，北京还有一些地方留下了他的踪迹，很多地方都传说有他塑造的神像。现在的西安门内，府右街之北有一条胡同，名为刘兰塑胡同，也称刘銮塑胡同，其实就是刘"元"塑的转音。此地在元代曾有宫观名为玄都胜境，正殿塑玉皇大帝，右殿塑三清，左殿塑三元帝君，都是刘元的作品。宫观和塑像早已不在，人们为了纪念他，就称这条胡同为刘銮塑。现在东岳庙里的主神是新塑的，刘元的真迹早已在清康熙年间的一场大火中随着宫观一起消失了,这里的建筑都是清代的建筑,现在庙中的法器和塑像都是近年新制的。

岱宗宝殿后是育德殿和玉皇殿,同在一个"工字型"的平台上。三殿其实连在一起,也呈"工"字状。中间的育德殿就像是一道走廊,从中间的台阶走进育德殿,立即感到昏暗,只有微光。向北就是玉皇殿,殿前有四位神将威风凛凛,左右各二,正中并坐三位主神隐在挂着在幛子的神龛之中。两侧又是四位文臣待立,连同外面,共八尊神像高可一丈,风格古雅,一看就知非近世所为。细看前面的说明,原来这里的神像来自朝阳门内大街上的另一座元代古刹大慈延福宫,是珍贵的明代艺术品。三位主神乃是天官、地官和水官——大慈延福宫又称三官庙。在此幽深的殿宇中,不光是光线微弱,外面的声音也不易传进来,时光似在此滞留,让我久久徘徊。

在这座宏大的院子里,围绕着甬道和三座大殿的并非围墙,而是一圈的殿宇,这就是著名的七十二阴司,相传人间所犯各种罪恶,阴间都有一套司法体系来清算。据说在旧时,人们会让年轻人来此遍观以受教育。据实际数来,一共是七十六司,供八十四神。穿插其间的还有其他神殿,如东面中间的财神殿,凡是进来的旅游团都在此排队听讲解,还要在导游的指挥下在殿外向财神三鞠躬。这里供着文武财神,有一位道士打扮的人在此守殿,殿内好多架子,一排排都是一尊尊金光闪闪的新的财神像,还有关公像。

这个院子中还有很多珍贵的历史遗存,近瞻岱门的左右两侧的池子里各有一匹神兽,俗称为铜骡瓷马,所说也是哪里生病就摸哪里。进庙的旅游团都会到铜骡前站定,听导游讲一讲掌故,这时导游都会说,这可不是骡子,它的名字叫"特"!于是男女老少一哄而上,摸得骡子浑身生光。瓷马前就很安静。据我观察,这两匹神兽也非旧物了,仅以这匹"特"而言,从艺术性上讲与白云观的那匹就相差很远。岱宗宝殿前是历代的碑林,大多数都带着伤痕,也有残缺不全的。

过了这个大院子，后面还有一个院子，是一排二层的后罩楼，原来供奉诸神，现在底层已经开辟成展室，介绍十二生肖的来历，内容很丰富，很多并非很珍贵但确实难得一见的民间器物让人大开眼界。院子东北角上一棵古槐弯身而立，挂满祈福用的牌牌，仍旧枝繁叶茂。据说这是一棵主文运的状元树，也是旅游团必须参观的地方。

临出大门的时候，突见西边的院落也是开放的，通往那里的过道北侧的一座建筑上挂着"西路游客中心"的牌子。往里面一走，发现别有洞天，这里也有好几重殿宇，不过格局并不规整，建筑也不很壮观。细一看殿名，原来是玉皇阁、三皇殿、药王药圣殿、马王殿、鲁班殿等，都是后来附庙而建的民间庙宇，好让有着不同心愿的人们到此都能找到对口的神仙来保佑。有的看起来也很不好解释，比如马王殿就是第一排，它两边接出两座耳房似的小殿，西侧为月老殿，倒还可以理解，但东侧就是观音殿了，马王与观音的待遇相差如此，别处是想不到的。

这里早已沦为民居很久，不可能有神像留下，现在整修一新的殿宇都关着门。从外面看，这里现在应该是作为举行文化和民俗活动的场所了。不过，殿门外都有说明牌，看看也挺长见识的，比如仓神殿，看了说明才知道，原来仓神是岳飞。

从西侧的出口出了庙门，东侧入口的前面已经排了好几个外地来的旅游团。国庆假期的朝阳门外大街没有了以前的熙熙攘攘，过马路变得很容易，但很少有人到路南面看看那座巨大的明代的琉璃牌坊。这座牌坊南面是笔直的神路街，现在已经变成了停车场。但牌坊仍气势不凡，坊上闪耀四个大字"秩祀岱宗"。坊的北面直对东岳庙的中轴线，上面也是四个大字"永延帝祚"。

二〇一七年十月中旬

第三章　内城北

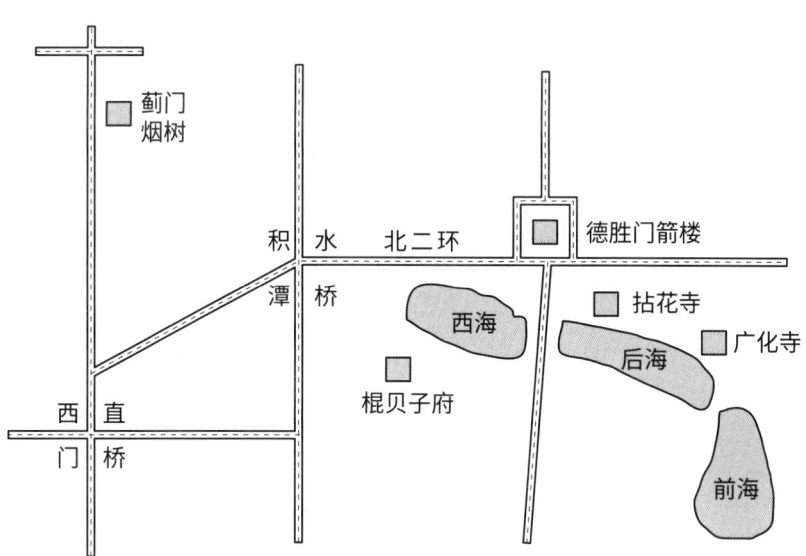

箭楼巍峨德胜门

对于很多外地游客来说，德胜门是一个重要的所在。因为从北京城内开往昌平的公交车都是以德胜门为始发站，想坐公交车前往八达岭和十三陵就要从这里开始坐。而始发各车的站台就在德胜门箭楼北面。我虽然经常从这里路过，但登城还是第一次。

德胜门箭楼位于川流不息的北二环路的北面，这也是它得以幸存的主要原因。它是一座"孤岛"，四面都被交通要道所包围，无论从哪个方向过来，很远就能看到楼顶绿琉璃瓦闪着的光。走得越近，越觉出它的雄伟。

作为城市防御体系的一部分，瓮城是在城门外加筑的一道半圆形的城墙，正中就是箭楼。为了防止敌兵一拥而入，箭楼下并不开门，而是在瓮城和城门之间开一个门，名曰闸门以供通行。现在城墙没有了，德胜门也不见了，半圆形的瓮城和闸门也不见了，只剩下箭楼。为了保护文物和方便游人，现在德胜门箭楼的内侧修起了门和墙，连同两侧的上城坡道，形成一个院子，入口也就在院子的正南面。

现在的德胜门箭楼也是古钱币博物馆，可以购票或者凭北京市博物馆通票进入。院子很窄，箭楼下面就是一组仿古建筑，确切地说是复建的真武庙，这里也是古钱币的展厅。在正殿的东侧立着一块石碑，看碑额上有大字，写的是"重修玄帝庙记"。但碑上并没有字，而是刻着浅浅的横竖道，仔细一看，原来是一个象棋棋盘。据说以前北京内城的瓮城内都有庙，德胜门和安定门是真武庙，其他各门都是关帝庙。德胜门和安定门的真武庙是在城门的中轴线上，其他各门的关帝庙都是偏在一边。正阳门还多了一座观音庙，所谓九门十庙是也。

来此参观主要就是上城。保安说，向西一直走就看到上城的标志了。我顺着墙向西走，是一个院门，原来上城要先出这个院子。走出小院门，就到了西侧的大街上，只不过齐着马路牙子竖着铁栅栏为限。在城下又是一个小院门，进去就是上城的阶梯，都是用城砖砌成的。

　　上得城台，眼前豁然开朗。向南是大片的旧城区，那是什刹海的方向。东西两侧是宽阔的北二环路，北面德外大街的两侧虽然有一些高楼，但距离还远，并没有压迫感。站在这座近13米高的城台上眺望，正在建设中的北京第一高楼——中国尊也清晰可见。

　　城台正中间就是箭楼。东侧的城台是全部封闭的，西侧的城台靠近北面城墙的地方也是封闭起来的。在这一边还摆着两门大炮，炮口都向着城外。我仔细看了看，炮车应该是近年仿造的，炮却是货真价实的古炮。炮管中部还有阳刻的铭文，虽然经久历年，一些字有些漫漶了，文字也是从右向左竖行排列，领衔者为"钦命出镇昌平兵部右堂刘"和"钦命总监昌宣二镇军门申"，时间为"庚辰岁吉旦"。两门炮规格一样，铭文也是一样，应该是明代的了。我查了一下，明代共有五个庚辰年，1400年是建文朝，1460年是天顺朝，1520年是正德朝，1580年是万历朝，1640年是崇祯朝，西洋大炮是明代晚期引入中国的，又能在中国就地铸造，只能是万历朝和崇祯朝。我凭感觉推测，是崇祯朝的可能性比较大。

　　箭楼的功能和角楼一样，都是纯粹的军事建筑，这里有四层箭窗，共有82个，作为主要防守方向北侧是48个，东西两侧各有17个。正南面无窗，而并排有三座门，里面布置有三层展室。一层是德胜门军事城防文化展，内容非常丰富，从上古说起，重点是明清北京的城墙军事布置，很多内容都是第一次看到，很有收获。除了这些图片说明，这里还有很多的古代军事实物，很可一观。在这里游人不多，但都看得很仔细。像走在我前头的一对青年男女，一直在探讨着北京城的古老故事。

　　从这个展览上，我也发现了一些有意思的东西。比如，这里有一些清末的照片，能看出那个时候城墙上还有很多的炮，只是已经发挥不了功能，而是零乱地摆在城上。再如又看到一张民国初年的德胜门城楼的照片，上面的城楼的一些部分已经塌下来了，一看注释说明，德胜门城楼因为年久失修，于1921年被拆除，也是北京内城九门中最先被拆除的一座城楼。

一面墙上挂着一块展板，内容是1979年2月14日著名古建专家、全国政协委员郑孝燮致中共中央副主席陈云的信，内容是呼吁保留德胜门箭楼："听说北京即将拆除一座明代建筑——德胜门箭楼。为此建议，请考虑对这类拆毁古建筑的事，应迅加制止。"

郑孝燮先生从三方面说明了建议的理由：

其一是，除著名景区外，"还需要考虑在整个城区或郊区也能适当保留一些中小型的风景文物，这些中小景物应同北京风景名胜的主体风格取得谐调或有所响应。"

其二是，德胜门箭楼是能同什刹海和钟鼓楼呼应的重点景区，"一望就是北京风格。从整个北京城市的风景效果来看，保留它与拆掉它大不一样。"

其三是，"拆除这座箭楼，可能是出于交通建设上的需要，但是巴黎的凯旋门并没有因为交通的原因而拆除，这很值得我们参考。"

最后，郑孝燮先生结合当时大家已经意识到了的白塔寺保护上的问题，提出"像德胜门箭楼的拆留问题，白塔寺附近的规划问题，可以请有关单位组织旅游、文物、建筑、园林、交通、城市规划等方面的领导、专家、教授座谈，听听他们是什么意见。"

短短两页纸，郑孝燮先生将德胜门箭楼的历史价值和景观作用与国外保护古迹的经验和白塔寺的教训相结合，提出通过合理的规划和建议，既言之有理，又饱含深情。虽然这里没有展示党和国家领导人对此信的具体回复，但就在这一年，德胜门箭楼被宣布为北京市文物保护单位，后来又晋级为全国重点文物保护单位，并修葺一新，从此成为北二环上最醒目的景观。

这封信字迹工整，没有一处涂改，一个学者的严谨风格跃然纸上。另外，这封信的时代感也极强。1977年12月20日，酝酿已久的第二批汉字简化方案以草案的名义向全国公布，作为一个年过花甲的知名学者，郑孝燮先生的这封信中没有使用一个繁体字，而且大量使用了这些明令公布不久的二简字。

如"陈云付主席"的"付"字，本应为"副"，这时统一成"付"字，虽然那时我才上小学，但也记得那时的副食品商店的确是写成"付食品商店"，这是将同音字统一成笔画简单的一个字。另外，大量的是对笔画的简写，粗粗挑了一下，文中的这样的字有不少，如"建"（聿改为占）、"留"（田上三点）、"原"（厂内一元）、"墙"（左土右羊）、"整"（上大下正）、"游"（左水右尤）、"览"（三点下见）、"修"（去人字边）、"境"（左土右井）、"展"（尸内一横）、"源"（左水右元）、"易"（扬去左部）。

我看着这些似曾相识的简化字，童年记忆的片段忽然闪过。不过，现在的小朋友们是没有机会使用这些字了，因为设计时过于强调简化而忽视了汉字的历史传统，使用起来也出现了很多问题。这套二简字在社会上广为诟病，1986年国务院顺应民意，明令废止"二简字"方案。

网上查得，郑孝燮先生1916年生于辽宁沈阳，九一八事变后在内地辗转求学，新中国成立以后在北京从事建筑设计相关工作，2017年1月24日在北京逝世。对于郑孝燮先生的事迹，我了解不多，知道他为文物保护工作做的大量工作中，除了德胜门箭楼的保留外，另一个就是平遥古城的整体保护，都是功在当代，利在千秋。现在，这些古迹都得到了很好的保护和利用。如这座箭楼，虽然天寒地冻，仍有人来参观，感受古都文化的风味。

二〇一八年二月上旬

千佛后世拈花名

在北京人的记忆里，什刹海是个清静的去处。正如什刹海这个名字的一种解释就是湖边有十座古刹一样，这片安静的水边可有不少大大小小的寺庙宫观。后海北岸古寺拈花寺现在鲜有人知，却是大有来历。

从鼓楼大街向南不远，路西有一条胡同，名为大石桥胡同。从此向西走几百米，就到了拈花寺前。这座古寺很破败，但规模仍然惊人。摇摇欲坠的山门东角下撑着一些生锈的铁管子，山门前停满了汽车，山门上的石匾还很清楚，为"敕建拈花寺"。门洞两旁假窗的砖雕还基本完整，只是风化得厉害。房顶的木构长期失于保养，只在部分地方能看到没有褪尽的彩画的痕迹。我细看山门的券顶，发现这石券和假窗也曾刷有红色，现在已经浅得很了。"北京市文物保护单位"的碑很新，就立在山门东面的墙下。在山门的对面，是一道长达二十多米的高大影壁，这在现在已经非常少见了。能留存至今，也可能与寺庙僻居深巷无碍交通有关。

山门的西侧是一个死胡同，路北是低矮的旧民居，路南有一个新搭的二层临时房，不知做何用处。山门的东侧有一个对开的很大的铁门，这里以前好像是一个什么工厂。我来时正在进出车，大门开了一半，只见里面除了空地，还有山门后的大殿，也很残破，连屋檐上的兽首也都没有了。门口有一块牌子，我一看原来是北京市佛教协会拈花寺维修所，另一边的牌子上有"闲人免进谢绝参观"的字样。隐约有人在门内站着，很警惕误入此地的人。等我看完山门再走回来的时候，大铁门已经很严密地关上了。

这座拈花寺建于明万历年间，是神宗母亲孝定李太后所建。具体而言是万历九年，晚于西郊的慈寿寺和万寿寺，但比下斜街上的长椿寺要早。这时，万历朝早期的权力铁三角——李太后、张居正和大太监冯保还在，这座大寺也是冯保一手监造起来的，不过那时的寺名是千佛寺。

根据《燕都游览志》等古籍的记载，当时有蜀僧遍融从庐山来到京师，被一位好佛的太监介绍给冯保，冯保于是买下城内一块地——据说是另一位太监的产业，来建寺居之。李太后得知此事后亲自捐资，神宗同母弟潞王等亲贵当然也要慷慨解囊，于是这座庙也就有了皇家的规格和气派。这座大寺当时名为千佛寺，也并非浪得虚名，而是因为寺中有一件异宝。

据《帝京景物略》记载，殿中供有一尊毗卢舍那佛，佛座有千莲围绕，千莲上又生有千佛，千佛大小一致，高四寸左右，据说光线下可以映出金光千朵，这就是千佛寺的得名由来。此外寺中还有朝鲜国王进贡的诸天二十四身，阿罗汉十八身，都有旨送到千佛寺中。据《北京名胜古迹辞典》说，寺内的诸天和阿罗汉佛像已分移他寺，且不完整。

说到现在拈花寺这个名字，实出自雍正皇帝。据记载，他见千佛寺破旧不堪，于是雍正十二年下旨重修，当年即完工。由此可见，寺内建筑并不曾有大的改动。

慈寿寺、万寿寺、长椿寺和千佛寺，这四座大庙的建成都与李太后有关，而且在明代人的记载中，也特别说到李太后的好佛，当时列举的几座大寺也就是这四座，幸而都能留存至今。这位李太后是现在通州区永乐店人，宫女出身。她的运气也是太好了，儿子当了皇帝，自己也当了四十多年的皇太后，荣华富贵无以复加，于是好佛就成了她的更高的精神追求。她说自己梦见了九莲菩萨，又能一字不差地背出梦中菩萨所授的经卷，于是有了慈寿寺里骑着九头凤凰的九莲菩萨像。和尚们说，这就是李太后的前世。于是九莲菩萨就和李太后恍惚一体了，长椿寺中供奉了一轴御容，据说是李太后，画面就只有九朵莲花。

现在的八宝山革命公墓，旧名为黑山护国寺，历史至少可以上溯到元代，寺内有九莲菩萨的刻石。与长椿寺传说中的只有九朵莲花不同，这里石刻的主体是菩萨，法坛下有九朵莲花，六明三暗。左下角落款为"黑山会护国寺碑记　万历甲午孟夏谷日"，换算一下就是万历二十二年，公元1594年。据史料记载，冯保曾到护国寺进香，并重修刚公寺和祠，可能李太后也在其中发挥了作用，于是就留下了九莲菩萨的石刻。

二〇一七年九月中旬

在繁华隔壁——走过北京角落的篇章

广化善缘月再开

什刹海的得名说法不一,其中之一就是说这里从元代起就有十座古庙,据说是广化寺、火德真君庙、大隆善寺、保安寺、弘善寺、龙泉寺、海藏寺、天寿万宁寺、义利寺和阎王庙,其中以广化寺为首。我也久闻这座名寺,但直到不久前路过此地才得以一见,不过当时庙门没开,门边的告示说明,这里只在农历的每月初一和十五以及是佛菩萨的寿诞日才向公众开放。八月初一秋阳正好,我正好来此一观。

广化寺在鸦儿胡同北侧,鼓楼西什刹海前,平时这里很安静,与其他胡同略有不同的是广化寺东边有三五个出售香烛等佛教用品的小门脸,不过在这个开庙的日子,胡同里就热闹多了,尤其是山门东面这几十米,有十几位来赶场的乞丐,在庙门口还有人摆了几个大盆,专售供放生用的各种小鱼。

广化寺的山门早已修饰一新,不过并不开,入口在西侧的小门。我一走进去,发现里面十分热闹,虽然已是中午,但院里的信众仍然不少。在一进门的地方有两块宣传板,其中一块是山西一座寺院举行三语法会的通知,也就是汉地、藏传、南传的佛教三大支同时在一起的一个法会,具体内容也有二维码的介绍。另一块介绍了北京可以放生的四个水库和可以放生的八个乡土鱼种。我觉得这是很必要的,现在外来物种入侵很多,很多人放生时买到什么放什么,这实在很危险。我记得上个月在卧佛寺内的放生池里就看到很多的巴西龟,而新闻里早已说,这种龟放不得。

山门内侧到天王殿之间的小广场上,人们在各自忙着自己的事。在南边的山门北侧,摆着一溜儿的长桌,上面堆着很多种的佛教书籍,信众们在认真地阅读和挑选。北面的天王殿前有巨大的卧式香炉和放置油盏的亭子。透明的油盏盛着不同亮色的灯油，整整齐齐排列在亭子里，一行行闪动光芒，人们在香炉前顶礼膜拜，香炉里的香火时时被轻风扰动，化成一片轻雾在庭院中飘动。两边的钟鼓二楼前也有信众礼拜。钟鼓二楼与其他寺庙并无差别，只是其他地方少见有挂楹联的钟鼓楼。钟楼的联是："晨钟惊醒世间名利客，佛号唤回苦海梦迷人。"鼓楼的联是："暮鼓雷音，声遍三千界；法雨花香，禅院百生辉。"

天王殿的左右各有一门，西侧门上挂着两块牌子，一块是"北京市佛教协会"，一块是"北京市佛教音乐团"。由此进入，就是大雄宝殿的所在。大雄宝殿是一座寺庙的主殿，广化寺也不例外，不过现在大殿名字是"五佛宝殿"，由著名书法家启功书额，改名开光距今正好17年，殿内供有五尊鎏金铜佛像。时值中午，院内的人仍然不少，在五佛宝殿前的平台上，搭着平顶遮阳棚，三三两两的信众坐在这里休息。

根据佛教理论，所谓五方佛，正座为中央世界毗卢遮那佛，即密宗大日如来，《大日经疏》说其"如世间之日，能除一切暗冥，而生长一切万物，成一切众生事业"。左边第一位为南方世界宝生佛，是福与德的象征；第二位是东方世界阿閦佛，象征觉悟。右边第一位为西方世界阿弥陀佛，象征觉悟后的大智大慧；第二位为北方世界不空成就佛，是成就辉煌的象征。这五尊佛是根据密宗的经典教义铸造的，囊括了佛的一切内涵。我透过门口看殿内，只见里面灯光明亮，甚是宽阔，中间的佛像与三面木雕的壁龛庄严辉煌，熠熠生辉。

绕过五佛宝殿，就到了中路建筑的最后一进院落的藏经楼。这里的人明显比前两个院落少了。我走到楼前，一层大门开着，有值守的义工，里面并没有藏经的大柜子，而是堆满了新印的佛教书籍和杂物，从进进出出的人来看，这里应该是一个仓库。

除了中路的院落，东路还有两个四合院，是北京佛教文化研究所的所在地，很是幽静。西路面积更大，有观音殿和地藏殿两个院落，还有方丈和法堂等生活区。

在寺内转了一个小时，我没有看到一位僧人，虽然人流不断，但秩序井然，在各处值守和分发材料的都是义工，包括在西配殿边上登记捐款的几位老太太，上衣大都是一件灰色的中式褂子。这也正是广化寺的特点——这里并非景点，而是一处实实在在的僧人修行和举行佛教活动的正规宗教场所。

广化寺是什刹海边上的名刹，据史料记载，这里在明代时是一个净土宗的寺庙，净土宗因专修往生阿弥陀佛所在的西方净土而得名。到了清代道光年间，寺内住持广珠法师敦请禅宗大德自如和尚任广化寺中兴第一代方丈，禅宗是达摩所创，主张用禅定概括佛教的全部修习。从此，广化寺成为禅净双修的寺院。近代以来，这座古老的佛寺在历史的波涛中一路走来，历尽沧桑。

清光绪三十三年（1907年）张之洞任军机大臣主管学部，在广化寺设编译图书局。次年张之洞又在广化寺筹建京师图书馆，将湖州姚氏和南陵徐氏的私人藏书购买运到北京，存放在广化寺，这里也成为京师图书馆的最早的馆址。1912年鲁迅先生任教育部佥事，负责图书馆事宜，曾多次到广化寺，参与图书馆的工作。不过，因为交通不便，图书馆不久后就搬到了国子监。此外，1939年广化寺创办了广化佛学院，1946年开办了广化寺小学，学生都是寺庙附近的穷人家的，一律享受免交学费，并由校方免费供给书本和文具。

特别值得一提的是，1933年3月长城抗战爆发后，北京市各界在广化寺成立了伤兵医院，广化寺僧众全力投入受伤战士的救护工作，宗教活动自动暂停，院中接纳伤兵达六七百人，时间长达近三个月。

1981年，北京市佛教协会成立，会址即设于广化寺。1986年，北京市佛教协会在广化寺组建了北京佛教音乐团，演奏"京音乐"，即智化寺保存的唐宋宫廷古乐。2002年，北京市佛教协会在广化寺成立了北京佛教文化研究所，开办研究生课程班和佛学基础班。

当我再从西侧小门出来时，只见刚才庙前的热闹景象已经不见，卖鱼的没有了，乞丐也几乎走光了。山门前正在整修，堆着建筑材料，显得很零乱，两座石狮子很新。山门上也挂有楹联，是"烟波淡荡摇空碧；楼阁参差倚夕阳"。上款写明某房地产公司供奉。石券顶正当中是一块黑地漆匾："敕赐广化寺"，也非旧物。

山门对面是一座巨大的八字照壁，照壁两侧还连着没有拆尽的墙体。参考有关资料，原来在这照壁后面是一片空地，广化寺的放生池也在那里，在若干年前被某单位占用建起了高楼，从此广化寺与什刹海就此隔绝。时逢伟大复兴的时代，古都文化保护成就连连，我想广化寺前再见烟波应该有日。

二〇一七年九月下旬

什刹海西贝子园

我很久以前就听说在积水潭医院里有一座棍贝子府花园,一直没有去过。现在出版的地图都没有标出这个古迹的名字,但有的地图在积水潭医院的位置偏东部标出了一个近似耳郭形状的小湖。近日北风大劲,虽奇寒彻骨,而天色澄净,正是拍照片的好时候,我于是抓紧去看看。

据《北京名胜古迹辞典》:"棍贝子府在西城区新街口东街、积水潭医院内。……府先为诚亲王新府,即贝子弘景府。嘉庆年间,又赐给仁宗四女庄静公主,又称四公主府。后为棍贝子府。府原有建筑大都拆除。嘉庆年间引玉河水入府,在积水潭之南和西岸现存有花厅,潭东有土山一府。"按此说法,似乎积水潭就是指的这花园里的小湖,这与现在人们的认识不同。

我从积水潭医院南门进入,正面就是门诊大楼,穿过大楼,马上就到了花园边上。正对着大楼的是一座灰色瓦顶的高大房屋,不过要到房前,就要先下两三米深的台阶,才能到达湖边的地面。只见这座大房面阔三间带出廊,梁柱红绿油饰一新。在屋墙的西北角上嵌有一块汉白玉石牌,上写:"棍贝子府花园最早为康熙帝第三子诚亲王允祉新府。嘉庆朝改赐仁宗四女庄静公主,又称四公主府。后庄静公主的曾孙棍布扎布住此,称棍贝子府。现存花园中的山石树木、花厅和两幢重楼。1989年8月被西城区政府公布为区级文物保护单位。"

花厅的东边是一个安静的四合院,西边就是湖岸,围着曲折的湖岸有新修的汉白玉石栏,石栏下是石砌的护坡,看护坡的样子应该是老的。也许是冬天的原因,水面比湖岸又低了两三米,而湖岸又比四周的路面低了两三米，整个花园就像是一个凹下去的盆景。

从湖的东岸走，过了高大的花厅，就是一座单拱的汉白玉小桥，桥下是一条东西向的小河沟。时值隆冬，城内的大河大湖早已结上了厚冰，但这段小河却仍是波光粼粼，中间有三个碗口大的喷涌，像是三个泉眼。我想，这应该就是玉河水流进来的地方，与文献记载相合。可不要小看了这股活水，在皇都时代的北京，没有皇帝的特批，任何人都不能引活水入宅，不要说普通的达官显贵，就是亲王之家也是极其罕见的。此宅能有此水，证明主人的身份特别。

清宣宗，也就是道光皇帝，在清代的历代帝王中并不是名声最大的，但他有一个出身谁也比不了，他是唯一的皇后亲生的皇帝，而庄静固伦公主正是宣宗的同母的亲妹妹。他们的父亲嘉庆皇帝对公主给予特别的宠遇也就不难理解了，《清宫词》所谓"秦箫仙馆倚云霞，玉水萦纡赐主家"即指此事。

清代的公主分为两个级别，固伦公主与和硕公主，固伦公主为皇后所生，其他妃嫔所生为和硕公主，当然也有一些特殊的情况将和硕公主和宗室女子特封为固伦公主。庄静固伦公主为皇后亲生，地位显赫，她的婚姻当然也要门当户对。

据杜家骥先生的《清朝满蒙联姻研究》所载，嘉庆帝选中了土默特右翼旗扎萨克固山贝子玛尼巴达喇，以其"人有出息"，"特将其第四女庄静固伦公主指嫁，授为固伦额附，同时赏其双眼花翎，命在御前行走。嘉庆七年十一月，举行隆重婚礼。玛尼巴达喇与公主结婚后，便定居京城公主府，并于次年受命管理圆明园八旗兵"。庄静固伦公主婚后不到十年，于嘉庆十六年病故，年仅二十八岁。不过，额附和公主的后人仍恩宠不衰。

"庄静公主与嘉庆帝次子绵宁同为孝淑睿皇后所生，绵宁（道光帝）继位后，更视其妹夫玛尼巴达喇为亲近之人，自道光元年以后，先后命其担任八旗满洲蒙古都统、领侍卫内大臣及御前大臣的显职。"自玛尼巴达喇居京后，其与公主的子孙们也长期生活在北京，世袭扎萨克固山贝子。清末，庄静固伦公主之曾孙棍布扎布又娶定王府的格格为妻。自嘉庆年间以后到清末，玛尼达巴喇兄弟以下四代人，一尚公主，三尚近支宗室王公之女，是清后期显赫的蒙古勋戚。

顺着湖东岸前行，马上到了一道南北向的小土山跟前，山上树木葱郁，山顶一座小亭成为这附近的制高点，可以俯瞰整个花园。下得山来，就到了湖的北端，尽头处是一座面阔六间向南的二层重楼，从此沿着湖东岸向南折返，湖中间是一座汉白玉平桥。过了桥，湖岸上高处又有一座面阔三间的两层楼，再往南走不多远，还有一座相似的面阔三间的小楼。

再走几步，就到了刚才下到湖岸之处，我走上岸边的马路，回头看看这座花园，忽见东面还有一块巨石，上面刻有文字，细看原来是医院所立的《棍贝子府花园重修记》碑，里面说了此地的历史沿革，以及最近一次维修的经历："……2005年，为庆祝建院五十周年及保护古都风貌，积水潭医院对花园进行了保护性维修，加装了自动水循环及净化装置，使古老的皇家园林焕发出新的生机。"

看了此碑，我突然想到，刚才见的那三眼喷泉大概就是新建的装置，怪不得在这滴水成冰的时节仍然涌动不停。

二○一七年一月下旬

第三章　内城北

土城唯余蓟门台

　　海淀区内元大都土城遗址的起点是在明光桥，在路北侧两条高架桥之间就是数十年前修葺的城台，上面嵌有一块黑色石匾，上有万里同志所书大字"元大都城垣遗址"，经常有人来些拍照留念。城台向北就是残存的土城，公园内有台阶可以上到城墙顶上，城墙顶上就是一条砖石铺成的小路一直向北，随着土城的高矮而起伏。

　　城台前车水马龙，是一处非常繁忙的路口，在元大都的时代，这里也应该很热闹，因为这里就是元大都西侧三个门中最北的肃清门，与东侧城墙上的光熙门遥遥相对，当时有一条笔直宽阔的东西向大道将两座城门连接起来。就在明光路口西南侧还有一小段的元大都城墙遗址，现在已经用水泥砖石砌护了起来，同北侧新修的城台一样高大。这段残墙呈现明显的弧形，这是因为这段就是肃清门瓮城的南半部。

　　元大都是一座土城，明代初期为了防御的方便，舍弃了元大都的北部，将北城墙南移，从那时算起来，此地成为郊野有六百多年。土城上也没有留下什么建筑的遗迹，唯一能见到的文物就是乾隆皇帝的一块燕京八景的石碑——蓟门烟树。

　　蓟门烟树碑在土城的西北角，这里附近有一个地名叫索家坟，这是康熙初年辅政四大臣之首的索尼的家族墓地。这段城墙因为离城最远，也就更少受到后人的干扰，残存的土城也就更加高大，不过都被树木遮拦得严严实实。在这里有一处仿古的城关，景区的核心蓟门烟树碑就在城关北的土城顶上。

在明丽的秋日午阳下，汉白玉质地的蓟门烟树碑格外洁白光亮，此时远处的车马声隐隐可闻，偶尔还能传过来几声灰喜鹊的鸣叫。据记载，1985年时，有关部门对这里进行整修保护，围绕此碑建了蓟门公园，台下还有一块小石碑，说明这是海淀区重点文物保护单位。现在看到的应该就是那时留下来的。

蓟门烟树碑坐北朝南，高3米，碑下是一个小平台，小平台又建在一个有围栏的平台上。碑的正面是"蓟门烟树"四个大字，背面却什么也看不到，其实这里原有乾隆御题的一首七律诗，因为风雨剥蚀，早已漫漶不能辨认了。这块碑的雕刻很朴素，没有什么繁复的花纹，所以乍一看，觉得风化并不严重，不过看一下碑额，就会发现表面上已经露出一丝丝筋胳一样的起伏。就是前面的四个大字，也看不出明显的凹凸变化，如果不用墨来仔细描画，应该也很难看清字迹了，对比十几年前的画册，那时这四个大字是描成了红色。

特别爱题诗立碑的乾隆皇帝在这里留下了什么诗篇呢？据《日下旧闻考》记载，乾隆皇帝先后作了两组咏燕京八景的诗，当时称为燕山八景，关于蓟门烟树也就有先后两首。第一首："苍茫树色望中浮，十里轻阴接蓟邱。垂柳依依村舍隐，新苗漠漠水田稠。青葱四合莺留语，空翠连天雁远游。南望帝京佳气绕，五云飞护凤凰楼。"此碑立于乾隆十五年，而第二首诗是乾隆十六年写的，所以在碑阴后的应该就是这第一首诗。

站在碑下前后左右眺望，除了紧贴土城两侧的草木，附近已尽是高楼大厦，村舍与水田已不知是多少年前的回忆了，虽然也是深秋，树林中也时有鸟雀的声音，但连天的大雁却看不到了。几十年的时光在历史长河中不过电光火石般的一瞬，却让一切都永不回头地改变了。

乾隆的第二首诗本身没有什么更多的新意，但多了一段序言，他说："《水经注》：'蓟城西北隅有蓟邱。'明人《长安客话》谓：'在今都城德胜门外，土城关即其遗址，旁多林木，蓊翳苍翠。'"由此可见，这就是他将这样一块附庸风雅的巨碑安放在此地的理由。

清代的《寄园寄所寄》里说，"金《明昌遗事》有燕京八景，元人或作为古风，或演为小曲。……至永乐间，馆阁诸公相集倡和，更蓟门飞雨为蓟门烟树。"但这个蓟门究竟在哪里呢？如果金代已有这个名称，那时元大都还不存在呢！

《水经注》中的蓟丘发源上古，相传是周武王封的蓟国的遗址，位于今天白云观的北侧，历代诗人多有吟咏，上世纪 70 年代被推平，在里面发现了西晋城墙。明代的《长安客话》说："今都城德胜门外有土城关，相传是古蓟州遗址，亦曰蓟邱。……京师八景有蓟门烟树，即此。"这样看来，概念出现混乱是明朝就有了，还不是乾隆皇帝起的头。

虽然指向有些不清，但即使在当时，大学问家也少有以土城为蓟丘的，《日下旧闻》的作者朱彝尊就明确说："今之土城关，即元大都城故址。"通儒顾炎武说："出德胜门八里为土城，元之旧也。"这些论断，奉敕修《日下旧闻考》的诸臣并没有隐去，不过进行了一下技术处理，让乾隆皇帝的诗和这些考据在书中相隔了一百多卷。

自诩十全武功，一生作了四万多首诗的乾隆皇帝应该是不会为这些小事费心思的。如他对燕京八景之"金台夕照"所说的，"黄金台见志乘者有三，一在易州，都城有其二。《舆地名胜志》云：'在府东南十六里。又有小金台，相去一里。'今朝阳门东南岿然土阜，好事者即以实之。所传古迹，大率类是。"而他的这块"金台夕照"碑，也就放在这个他也觉得不十分靠谱的土包上。

二〇一七年十一月上旬

第四章　内城西北

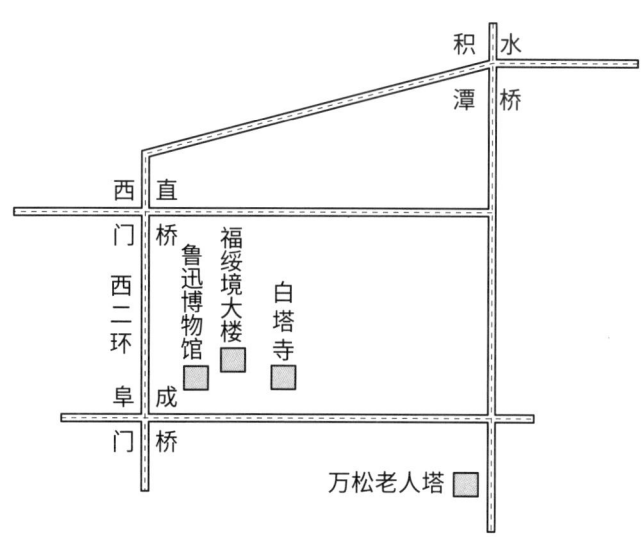

第四章 内城西北

西直门外觅关厢

如果坐公交经过广安门,就会发现在广安门西有一站名为关厢,这就是以前广安门关厢的所在,是当年的城乡接合部,不但广安门外有关厢,每座城门外都有关厢。现在城墙没有了,不过还有几座旧有或者新建的城门,至于城门外的关厢,因为没有太大的历史文化价值,而在建设的大潮中被逐渐荡平,我觉得西直门外大街南侧的一小片残存平房大概就是北京城关厢的最后遗存了。

在瑞典学者喜仁龙的名著《北京的城墙与城门》中,对北京的每座城门的里里外外和建筑结构都有详细的描述。对于西直门,他认为西直门的城楼"看上去比通常情况下更加轻盈优雅",而西直门箭楼则"整体显得很古旧",城楼与箭楼之间的半圆形的小城为瓮城,"这里就像一个活跃的市场"。瓮城是防卫设施,除了正阳门外,箭楼下并不开门,而在瓮城的一侧开一个小门洞,上面再建一个小小的城门——谯楼,具体哪侧并不固定,西直门就开在了瓮城的南侧。喜仁龙说:"穿过瓮城南侧谯楼下的门洞,我们来到了一条真正古老的街道上,这里不仅与其他大多数城门外一样,林立着商店和临时摊位,还排列着永久性的老房子。"

根据喜仁龙的描述,这些老房子和商业设施是从门洞到箭楼下贴着城墙的建筑,直到箭楼下的护城河的桥为止。不过,西直门外的街市远不止此,过了护城河,还有一大片街区,这就是西直门的关厢。到了这里,我们要确认一下什么叫关厢了。

在侯仁之先生主编的《北京城市历史地理》的"关厢——连接北京城乡的纽带"一节中说:"城门是进出城内外的通道,而城门外的附近地区,则谓之关厢。《说文》云：'厢，廊也。'人们沿着城门外的道路进出城内外，久之便在城门外附近及道路两侧形成店肆民居，并沿着道路延伸，如同走廊，故称关厢。北京的各城门外，都有规模大小不等、繁华程度有别的关厢。其中，朝阳、东直、安定、德胜、西直、阜成、广安、永定诸门外的关厢，规模较大、街容繁华。究其原因，一方面与进出这些城门的道路有相对较重要的关系。"

西直门关厢的繁荣也与西直门的重要地位直接相关。西直门通往西山，特别是清代大修西郊园林之后，皇帝、皇室和朝臣军卒等都是由西直门前往三山五园的，交通流量相当大。从西直门到海淀，有一条当时罕见的石路，就是大路两侧竖砌整齐的条石，中间是土路，皇帝经过时就在路上铺垫黄土，再泼洒净水压尘。《北京历史地图集》所载二十世纪40年代末地图就特意对几个大的关厢进行了图示，西直门的这张图上就标明了关厢的位置，当时的西直门外大街叫博物院路，与之交叉的南北大道，北为高粱桥斜街，南面没有标注名称，据上世纪50年代时在这里上过小学的老同志回忆，当时名为驴粪路，后来改名为礼士路。

经过了70年的变迁，现在这里的景物已经发生了很大的变化，西直门和城墙早已不在了，不过主干道路的轮廓仍然没有变化。北京北站，那座京张铁路的老西直门站现在被包在了新车站的里面，得到了很好的保护。

吾生也晚，没来得及亲见北京的城墙，虽然外城拆除的时候我已快上小学了，但在那个年代，对于一个海淀小孩来说，南城还是非常遥远的事情。长大后，进城浏览购物的次数多了，大都是从西直门桥进入二环的。我还记得最早的西直门立交桥的样子，上下两层走车，中间层高度有限，只走行人和自行车，很平坦，并不是现在这样被妖魔化的复杂结构，中间平层还有一些商店，包括一家书店。因为经常路过高粱桥斜街，我还记得那是一片繁华的商业区，没有什么高楼，都是小商店，热闹而凌乱，每到上下班的时候，车流就在不太宽的马路上堵了起来。现在那一片的旧胡同已经不在了，有新建的大楼，还有没建起来而围着的空地，零星的几间平房。我说的仅存的关厢，是指路南的北礼士路西侧的一小片平房。

发现这片平房纯属偶然，我几年前走过这里时发现，这几十间平房虽然不多，却有正经的门牌号，是北礼士路三条，虽然当年远比不上高梁桥斜街那一片热闹，但属于西直门关厢是没有疑问的。这条路的南边的胡同名为北礼士路四条，仅在路北面残存了几间的高台阶平房。关厢已经是城乡的接合部了，肯定住不了什么有钱人，房子的质量与城里的四合院是没法比的，不过在三条胡同的东口有一座门楼还是挺整齐的。

这片残存的平房破旧低矮而零乱，在四周楼房、工地和大路的衬托下显得扎眼，从三条胡同墙上贴的告示看，这里早已被纳入了拆迁改造的范围，估计剩下时日无多。

二〇一八年三月下旬

小巷树影鲁博前

在20世纪80年代初的时候，人们设计了一条横贯北京旧城的文化街，是为阜景街。它西起阜成门，东至朝阳门，这也是元大都以来的城市核心区，一路上古迹林立，旧京风味满满。几十年过去了，这条街虽然没有大的热度，但可喜风貌变化不大，白塔仍然耸立在那片低矮的胡同之中，鲁迅博物馆也在那里。

鲁迅博物馆前是一条可直达阜成门内大街的胡同，两侧各一排高大的槐树，夏天时浓荫蔽日，路的尽头就是鲁迅博物馆的大门。至少两年前我就看到过这里进行棚户区改造的告示，不想到了现在还没有多大的变化。

参观鲁迅博物馆是免费的，门口登记一下即可，身份证一扫，就会出来一张门票，上面除了日期，还有访客的姓名，这种定制门票真让我有些受宠若惊。因为时代的关系，鲁迅故居很小，而博物馆很大，正对大门的中式建筑群就是展厅了，那里除了对于鲁迅和他的时代的介绍，也保存了大量鲁迅著作的珍贵版本，如果是新文学爱好者会在这里发现不少珍品，必会欣喜若狂。围绕着展厅建筑，四周有很多的办公用房和院子，而真正的鲁迅故居就在大院的西部，一所不起眼的小房子。

为了展示旧观，鲁迅故居前还保留着一小截二三十米的断头路，这就是阜成门内宫门口西三条胡同，故居的门上还有内四区西三条21号的旧门牌。这座小四合院是鲁迅在1923年底购置的，当时鲁迅正蛰居在砖塔胡同，为此他还向许寿裳和齐宗颐各借了四百块大洋，经过整修后，鲁迅一家于次年5月迁入，这也是鲁迅在北京的最后一处居所，他在此地一直住到1926年8月离开北京，一共住了两年零三个月。

第四章 内城西北

故居是一所典型的小四合院,大门开在院子的东南角上。大门外墙上有一块题着"鲁迅故居"四个金色大字的汉白玉石板,用透明有机玻璃罩着,为郭沫若手书。

故居院内北房三间作为卧室,东西厢房各一间,南房三间,作为书房和会客室,每间房的门上都钉有一个牌子说明当年的使用情况。不大的院内有鲁迅亲手栽的丁香树,此时树叶落尽,更显出老干的苍劲,地面也还保持着当年的碎砖甬道。虽然是中午时分,但仍时有人进院参观。

北房三间,东间是鲁迅母亲鲁瑞的卧室,西间是鲁迅原配朱安的卧室,鲁迅的卧室兼工作室则在中间向北扩展出的一个小间里,所以北房呈现一个"凸"字形的布局。从北房后的小园里可以来到这间被人称为"老虎尾巴"的小室窗前,清楚地看到里面陈设的原貌。据记载,鲁迅离开北京后,还曾在1929年和1932年两次返京期间短暂居此。此后虽然战乱频仍,但在各方人士的努力和保护下,这里一直没有受到搅扰,1950年2月,文化部文物局接管了故居,3月鲁迅夫人许广平将故居及大批文物全部捐给国家。1956年,值鲁迅逝世20周年之际,在故居的东边又兴建了鲁迅博物馆。

故居的后园也不大,在北墙下长着一丛极茂盛的灌木,枝干上挂着一块牌子,上有"鲁迅手植黄刺梅(一九二五年四月五日)"的中英文字样,树前有一眼用白色木栅围起的水井。大名鼎鼎的鲁迅故居就是这么小。据相关文献记载,鲁迅母亲居住的北房东间后来也曾向北拓展,与"老虎尾巴"相齐,新中国成立后许广平曾对文物局表示,鲁迅是爱他的母亲的,这处新增的扩建就不必拆除了。现在房子的布局回到了鲁迅翻修院子时的原状,又不知是什么时候的事情了。

走出鲁博大院,又回到了市井胡同之中。这片胡同并不很横平竖直,也少有高大的建筑和整齐可观的四合院,还夹着几十年前的简易矮楼,倒有些像是外城的胡同。再一细看这里的地名也十分有意思,在阜成门内大街上路北先是有两条笔直的小胡同,名为宫门口东岔和宫门口西岔,两条路之间只有二三十米的距离，而在包括鲁博这一片在内的地方，有东廊下、西廊下、宫门口头条、宫门口二条、宫门口三条以至宫门口四条等，走起来好大一圈，从地图上看也是很大一片，名称应该是来源于同一个建筑，事实上也确是如此。

在元大都时，这里是天师府，就是道教张天师一系的府邸。到了明代，在这里又建成了一座巨大的朝天宫，是仿照南京的朝天宫修建的，从宣德七年（1432年）开始，至宣德八年建成，规模极其宏伟，有三清殿以奉上清、太清、玉清，通明殿以奉上帝，还有九殿以奉诸神。此外，凡是有大朝会的时候，百官要学习礼仪两天，朝天宫建成后，就固定在此进行。到了嘉靖时，世宗好道，这里也就更加热闹，各种法事活动几无虚日，其尊崇地位与大高玄殿相同。可惜到了天启六年（1626年）六月，一场大火将这里烧成一片白地，此后除了在一些殿基上后建的一些小庙外，这里就慢慢成为民居。

据说，从清代开始，这里就成为一些文人骚客访古的地方。现在，很多的画家和摄影师还喜欢来白塔附近创作。巨大的白塔与附近的胡同街巷形成巨大的反差，随便走在哪里，抬头就能看到七百年前的白塔，这种幽远的意味不是随便哪里都能感受到的。

二〇一七年十二月中旬

第四章　内城西北

白塔历劫喜独存

元世祖至元四年，即公元 1267 年，忽必烈正式下诏开始营建大都城，到今年正好是 750 年。这也是北京城历史上的一个重大事件，元大都完全离开了自上古以来燕蓟故城的城址，是一座完全的新城，也奠定了明清至今的北京城。阜成门内大街上的白塔就是当年元大都的故物。

白塔寺是俗称，正式的名字是妙应寺，在新复建的山门的墙上可以看到，这处 1961 年公布的全国重点文物保护单位的名称是妙应寺白塔，而不是妙应寺，这是因为从当时的观点看，这里值得保护的就是这座白塔。据记载此处本有一座辽代的古塔，那时这里是城市东北处的一片乡村，辽道宗寿昌二年，即公元 1096 年，建此塔以供养释迦佛舍利，后来寺和塔都毁于兵火。元大都设计兴建时，这里被划进城内。至元八年，元世祖亲自发视辽塔基下的石函，见到了保存完好的舍利等奇宝，于是再建塔供奉。主持此塔修建的就是尼泊尔人阿尼哥。

现在的白塔寺的山门和之内的钟鼓二楼都是近年来复建的，完全按照原状，所以山门的水平也是比门前的大街低了一米多，这是因为七百多年来这条道路经过反复的垫土加高所致。

从山门进院，到白塔之前，中轴线上还有三座大殿是一个塔院，但白塔太过高大，一进门就能看到它高高在上。

第一重殿为天王殿，大门未开，一般来说，这也不是寺中的重点。

第二重殿为大觉宝殿，这是正殿，原供奉三世佛，即婆娑世界的释迦牟尼佛，东方净琉璃世界的药师佛和西方极乐世界的阿弥陀佛。佛像早已不存，现在布置为"藏传万佛造像艺术展"。殿前平台上有石狮一对，气势古朴，刚劲圆润。

　　第三重大殿为七佛宝殿，在殿前，就是大觉宝殿后，有一座高大的铁鼎非常壮观，铭文是，"大明嘉靖元年岁次壬午十二月吉日造"，这一算就是快五百年了，炉腹上的铭文也很清晰完整，从左至右一行行字都很规整，遇有年号等处又上提一字，兹录全文："御马监太监王琦正德十六年岁次辛巳，因幸古刹白塔，乃观佛殿前以无香火瞻礼，谨发诚心许造大铁鼎炉一座，计重千斤有余，嘉靖元年岁次壬午十二月吉日铸完，施敕赐妙应禅寺永远供奉，晨昏祝延圣寿，永保皇图，万方宁谧，天下太平，进合穗稔，吉祥如意者。"

　　七佛宝殿原供奉"过去七佛"。据介绍，现在供奉在中间的是移自护国寺的元代整堂三世佛像，两侧供奉着明代18尊铜鎏金护法神像。不过现在只能看到中间佛像的上半身，因为殿内正在进行元代三都历史展，除了元大都、中都、上都三座巨大的沙盘模型外，围着佛前石座前都是两米多高的展板，正好将两侧的佛像全部挡住，不免遗憾。正面的三世佛，金装灿然。查阅资料，这三座主佛中来自护国寺的只有两座，另一座本缺，当时是请工人用玻璃钢补塑的，之后将整组佛像重新描绘包金，不想因为造像差别不大，又没有仔细做记录，以至现在已经分不出哪个新哪个旧了，这也是一个很有喜感的趣闻。

　　七佛殿后，就是白塔。白塔建在一座方形的塔院之上，塔院平面高出地面两米，只有南面一个入口，要登上十级台阶才能进门，塔院山门上有彩绘小匾，文曰"敕建释迦舍利灵通宝塔"，甚有古意。进门又是一殿，名为三世佛殿，里面高悬乾隆御笔"具六神通"匾，两壁有清代唐卡。在大佛之前有一摆放朝着殿外的雕花大椅，看殿外说明，这里的陈设为清乾隆时的设置，并一直保留至今。

　　塔院四个角上各有亭屋一间，仿佛城墙上的角楼，据说是旧时看塔之人所居。白塔建在塔院中央的9米高的塔座上，塔座也在南面开门，又仿佛是一座小城。加上塔座，白塔高51米，因为站得太近，从下面抬头看也看不到塔顶。

此塔的妙处，专家们早已多有论述，不需要在此多讲。关于唐山大地震后的修塔时意外发现的塔顶宝藏，也早见专著，我只在此记上一点后续的情况。此塔曾在乾隆十八年进行过维修并装入了不少的好东西，除了各种宝物外，在里面整整放了一套刚刚刻成的大藏经，也就是中国历史上最后一部官修大藏经——《龙藏》，共724函。印经的经板一直保存至今，也曾多次刷印，但内容却有所不同，这是因为乾隆朝多次大兴文字狱，为此多次从原刻中抽毁著作，除了收缴已印成的经文外，也要同时抽毁《龙藏》的经板，只有早被封在塔内的这部幸免。近年国运昌隆，文明大盛，又有重印《龙藏》之举。为了恢复原貌，专家们通过对比白塔大藏经，发现了一批失传很久的佚书，有关方面特花费了巨大的资金和物力，补刻了这些佚文和其他缺失损毁的经板，终于使《龙藏》归于完整。

在塔院各处，都摆有小的方形铁塔，数量很多，我也并没有在意。后来出了塔院，在外面配殿的白塔寺史迹陈列室里看到，这些不起眼的小铁塔居然也是明代遗物。在塔院门侧有一尊阿尼哥的立像，这位尼泊尔工匠应巴思八之聘，带领80名工匠于1260年来到中国，历时40年，一生建大塔3座，寺院9座。眼前的这尊像就来自他的故乡，是尼泊尔阿尼哥协会于2001年赠送给白塔寺的。

二〇一七年十二月上旬

在繁华隔壁——走过北京角落的篇章

好座大楼福绥境

从白塔寺到鲁迅博物馆，是一片有些杂乱的胡同区。由于白塔这座世界级古迹的存在，塔下的胡同区至今还没有进入大规模的拆改，也少有高大建筑，唯一的例外是白塔西北面的福绥境大楼。

从鲁迅博物馆出来向东顺着墙走，不用拐几个弯，一抬头就会猛然看到一座大楼横在眼前。这座大楼形状奇特，中间的主楼面南，在主楼西头向南伸出一翼形成一座附楼，在主楼东头向北又伸出一翼形成另一座附楼。大楼南有一个宽大的院门，还有铁栅栏，顺着大楼外栅栏走一圈，大致是一个长方形，只是除了楼的西南部有一片绿地外，其他地方都已经盖上了房子，锅炉就在西北角院内。

细数一下，大楼一共八层，风格简单，几乎没有什么装饰，与现在的楼房完全不同，与二十世纪五六十年代的简易楼也不同。那些窗户和阳台原本都是一式，因为住家的原因，现在有的封了阳台，有的装了护网，有的还是原来的样子，窄窄窗台上的窗户还都是木头的，上面的绿漆斑斑驳驳。一些地方，大楼外挂的水泥墙皮有些胀鼓脱落，露出里面的原始状态，就是水泥板加上红砖墙。

这座福绥境大楼是1958年盖的，算到今天也近六十年了，在当年可是一座了不起的宏大建筑，与著名的国庆十周年献礼十大建筑同时，现在十大建筑中的华侨饭店和工会大楼已经不在了，而这座福绥境大楼仍然健在。据说当年在这片胡同中落成这座大楼时，马上就成了附近居民的一个观光景点，尤其是里面还有两部电梯，这在当年可是一个稀见的东西啊，对于能住进这座大楼的人，其他人也只有羡慕的分儿了。

第四章 内城西北

至于为什么要在这么一片远离主干道的胡同中心盖这一样一座大楼,那真还是有故事的。

先说说这个福绥境。多么高雅的名字啊,其实在清代的时候这里叫苦水井,得名于胡同内一南一北有两口水井,由于富含硫酸钠等矿物质而口感苦涩,所以胡同就叫苦水井。可巧到了20世纪30年代,一位官员在这里买房定居,嫌这个名字不雅,于是运动官府将名字改成了福绥境,意为福禄绥元吉祥之境。

不过,名字虽然改雅了,这里的面貌却没什么改观,除房子破旧穷人多外,这里还有3个大粪厂,垃圾成山,蚊蝇成群。直到新中国成立后,从1952年后开始了全国性的爱国卫生运动,居住在这里的人们也积极响应,而且做得特别出色。在1959年1月的全国卫生先进集体、先进个人表彰大会上,福绥境街道办事处被评为全国卫生红旗,成了全市的一个先进。

附近的老住房对福绥境大楼还有几个称呼,其中一个就是公社大楼,在那个大家都说"共产主义是天堂,人民公社是桥梁"的时代,北京城里的人民公社化也热火朝天,人们都在梦想跑步进入共产主义,北京市决定在东城、西城和崇文三个区各建一座示范性的居民大楼。由于福绥境街道的卫生等工作在全国都是出了名的,盖在西城区的这座大楼就幸运地选在了福绥境。于是这座八层大楼就在这片平房中拔地而起了。

这座楼的建筑面积有2.5万平方米,共9层,地上8层,地下1层。在这地下1层里设有能容纳五百人同时就餐的公共大食堂,楼内有189个居住单元,101间单身宿舍,有能收托200个孩子的托儿所,还有理发室和浴室等公共设施,每层还有公共卫生间和公共厨房。因为提倡大锅饭,所以每个单元内就没有设计厨房。虽说从现在眼光看有所欠缺,不过在当时这就是了不得的好房子了。

六十年时间弹指一挥过去了,除了紧邻的白塔和周边的平房,再远一些地方就大变了样子，城墙没有了，城门没有了，金融街的建设从南北两面逐步逼近，若非是沾了白塔的光，这片平房区应该早已不在了。现在，福绥境大楼早已华颜不再，当年的超前设计跟不上人们生活进步的步伐。不过，由于它的名气太大，因此要不要拆了它就有了很多的争论，最终在2007年底，北京市公布了第一批优秀近现代建筑保护图录中，就将它收入其中。

现在的大楼虽然感觉破旧，但收拾得还比较整齐。1976年唐山大地震时，北京也受到波及，有很多平房倒塌，元代白塔塔顶上的华盖也震歪了，福绥境大楼却毫发无损，可见当年建筑质量还是很好的。

二〇一八年一月上旬

第四章　内城西北

万松塔下读书会

上周在手机上收到了某微信公众号的一个通知，说是为了迎接周日也就是4月23日的世界读书日，他们当天要在西四万松老人塔的小院里组织一次读书会，主角是著名京味作家刘一达，请他谈谈新出版的作品《北京话》，并进行新书签售活动。时间是下午两点。

周日这天天气很好，阳光明媚，有些小风，不冷不热，满街树木一片新绿。我是提前五分钟到的。万松老人塔身处闹市，记得一两年前曾进去看了一下，院里很清静，角落里摆着不少的以前的老物件，卖的都是与北京历史和风物有关的书。我当时很惊奇，这样平淡的生意怎么能够在这寸土寸金的地方支撑下来？后来一问才知，原来为了弘扬京味文化，西城区特意把这个小院无偿给这个书店使用。

院门外面没有打出这次活动的宣传，一进小院就见古塔，四周用绿地和花草围着，禁止近前。院子南侧房子西边有块儿略宽些的过道，靠着南墙，上面还有葡萄架，就做了此次读书会的会场，紧巴巴地摆着二十来把椅子。靠着房，顶头儿上有一张桌子，摆着几本《北京话》，还有一种是《北京老规矩》，倒不是最新发行的。见人还没坐下几个，我忙打听了一下，原来刘一达先生已经到了，正在北房内签名售书，我赶紧走过去。

一进北房，看刘一达先生正在东隔间里忙碌着，坐在一张小桌子前为读者签字，他身边和地上堆着成包的新书，我前面排了两三个人。前面签完到我了，我说，刘老师，上次您到我们单位做讲座，我拿过一块印板请您请教来着啊。刘先生满面笑容地点头跟我打招呼，一边帮我签字和题上款。刘先生真是太忙了，两位店里的大姐分站他的两旁，负责收款，并在书上盖上刘先生的四枚印章。这书是中华书局出的，印制很精美，定价42元，挺厚的一本，大32开，拿在手里感觉正合适。

不耽误刘先生为后面的读者签字，我出了屋到南边儿找了一个座位坐下。没一会儿，人就坐满了，再过两分钟，著名作家刘一达先生就到场了，乐呵呵地坐在讲席之上。这个书店的老板拿着话筒站在刘先生边上，向大家介绍这次活动。

既然是《北京话》的读书会，自然要讲北京话，店老板讲的就是北京话，不过按我听来，多少有些故意的夸张，且不说现在的人，就是听听侯宝林大师的作品，也发现不了这么多的密集的老胡同元素。我想，这可能是现在研究和弘扬北京文化中的一个现象。我本人也爱传统，但觉得北京话贵在自然轻快和不假思索，这八百年来皇都下汇集四方，也当与时俱进，既然不再满街跑长袍大褂了，说话也应该是一样。

刘一达先生之后讲话。作为著名作家，他来这里与读者见面当然也是为了弘扬京味文化。刚才店老板说，他曾经在十多年前到北京出版社包圆了当时社里库存的全部刘一达先生的作品，让对方百思不得其解。于是这边刘先生就说，他刚才在这里看到很多他的作品，其中很多已经不是轻易能淘到了的。他说，一版一印的小说《人虫》，品相还不怎么样呢，网上就标价两千块！大家如果一会儿到店里看看，也能看到不少早就脱销的作品。

说到了签售，刘先生笑着说，昨天，也就是周六，22号，《北京话》首发，就在朝阳公园的2017北京书市上，他也在现场给读者签字了。他说，由于是畅销书作家，这样的签售也是常事，有的读者不但请他在新书上签字，还把刘先生的其他作品也拿来请他签。对刘先生来说，当然愿意帮助知音们实现小小的愿望。不过，有时也犯难，因为常能遇到盗版书！而且基本上所有的作品都被盗版过！

说到这里，刘先生特意介绍了《北京话》的印制。这是中华书局出的，质量自然没的说，而且为了美观，突出新意，也是为了增加盗版的难度，这本精装书的封面上特意在正中冲压出一个小四方块来，再贴上一幅单独印好的小画。其实我觉得还不止如此，就说签字的扉页吧，阳光一照，纸面上一点一点地闪着光，这应该在纸里添加了云母片，只这一张特种纸，就得另外多花不少钱。增加成本，提高质量，是反盗版的一个重要手段。

刘先生不愧是《北京日报》几十年记者的出身，讲起话来风趣大方，说起往事珍闻滔滔不绝，还时不时与读者进行愉快的互动。他又说了买书的三大好处，一是看，能学习到知识。二是可以送人，按他的话说，出版社不让出太厚的书，因为价钱一贵就不好卖了，于是买本书拿来送给亲朋好友，既花费不多，又很显档次，让人印象深刻。三就是收藏价值了。说到这里，他透露道，这上面盖的四个章，其中两个就是专门为了这本书刻的，一个是"给面儿"，一个是"得活"，都是北京的土话，再加上原来的两个，这要是过十年再到什么旧书网上一卖，估计得翻倍啊。坐在他面前的读者马上就说，那肯定不止啊！于是一片笑声。

从自己的经历到这本书的成书，刘先生的话让大家大开眼界。他又说，今天是世界读书日，在这一天来到这里也特别有意义，因为大家身边的这座塔虽然貌不惊人，却是北京城内仅存的一座砖塔，塔中所葬的是金代高僧万松行秀禅师，曹洞宗的大师，曾被金章宗召见和礼遇，耶律楚材曾拜其为师学习，万松老人语其"以儒治国，以佛治心"，终成就了一代名相。现在能坐在这里，在八百年前的古人身边说说写书与读书，说说北京话的历史，真仿佛有穿越之感。

不知不觉，日已半斜，金光返照宝塔，衬以春日的碧空，显得愈发明亮。

二〇一七年四月下旬

第五章　内城西南

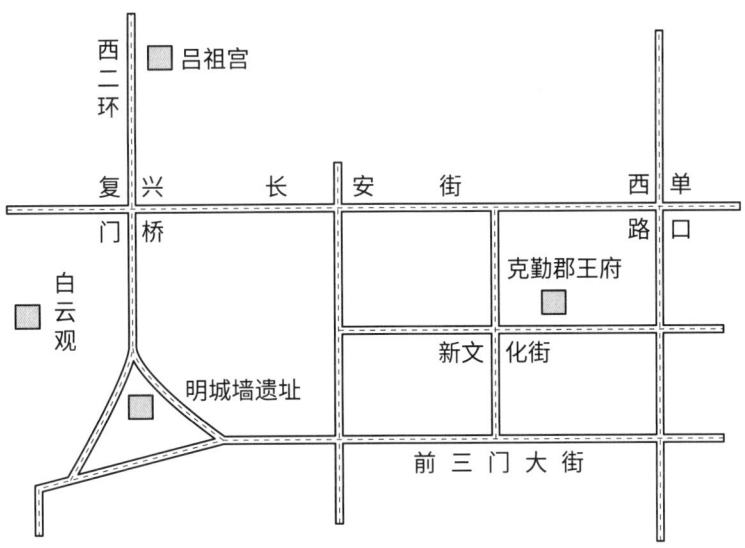

祈福迎祥白云观

在春节，北京有一处道观特别热闹，这就是白云观。挤在庙门前要摸石猴的人山人海，为的是求来一年的平安幸福。夏日里的白云观比春节时要清静不少，不过来这里的大大小小的殿堂内种种神祇前烧香礼拜的人仍然络绎不绝。

白云观前的街就叫白云观街，这也是一条以道教文化为特色的街道，白云观就在街的正中，旁边就是中国道教协会。经过整治，街上的秩序很好，路边摆摊算命的道装高人基本看不到了。与广济寺的免费开放不同，这里收门票十元，而且还是磁卡式的电子票，很环保。

过了巨大的"洞天福地"牌坊，前面就是山门。虽然不是春节，但知道来历的人还要到山门上找到那个一指大小的石猴摸上一下。

进了山门，就是窝风桥，桥洞下两侧各挂一个大铜钱，中间一个铃铛，用铜板打铜钱也是春节时人们讨个彩头的地方。现在桥边一个小房子还在办理这个业务，十元可换五十个铜板。我从西侧走过，听到东侧还有人——好像是一个妈妈带着个小男孩，正在愉快地掷着铜板，丁丁当当，紧一下慢一下地响着。

从元代到现在，白云观历史悠久，建筑也很宏伟，主要是三路殿宇。中路由山门开始，过窝风桥，是灵官殿——与佛寺中的天王殿类似，都是护法神所居。接着就是玉皇殿，之后是老律堂，东西两路从此展开。

这次很巧，到了老律堂前的时候，听到里面传出丝竹之声，再一看，殿门口有很多人在围着看。我忙走上前去一看，原来里面正在做法事。一进殿门，前面就有一道围栏，游人只能进殿两米左右，围栏内是一排排的坐垫，最里面是一排神像和供桌，一位道长正在神前宣读祝文，他和其左右的两位道长都身披五彩法衣，头顶仙冠，两手捧牙笏，两侧的道长在演奏乐器。读完祝文，又有一套礼仪，一位穿灰色道袍的女子在正中间的拜垫上稽首行礼。可能是我来得晚了，很快仪式就结束了，最中间的道长说，下午三点再举行仪式。我一听，原来是在做悼亡的法事。

仪式结束，人群散去，我从此向西路去。我想，马上就要高考了，来文昌殿的人一定不少。

一进西路院，先看到了院中的那匹铜铸的奇兽——神特，确实就像是马。神特独自站在一个台子上，神气活现，身上被摸得金光闪闪。这也是有讲法的。据说，身上哪里有病就摸神特的哪个部位，就会摸到病除。凡是经过的人都会上去摸几下，它的头和屁股当然是被最多光顾的地方。

过了神特，下一个院子，南北两座三间开的神殿相对开门，南为元君殿，应该是主送子，北面就是文昌殿了。不巧的是，殿前正在施工，殿前用绳子拉着围挡。殿门不开，但是铜铸的魁星仍然站在殿阶的正中，披着黄绸，手中笔头金光闪闪——也是被人摸的。虽然进不了殿，殿外仍有人不断过来献香默祝，只是并没有因高考在即而异乎寻常地多。

过了文昌殿，就是元辰殿，供奉六十位太岁，按六十甲子数每年一位，每位神名号各异，神位旁特别注明了最近的两个经过的年份，一百二十岁以内的人都能在这里找到自己生年的太岁。为了方便观瞻礼拜，神位如罗汉堂一样曲折，基本每两位神前都会有一个功德箱，而在一进门的地方设有两个大的功德箱，一位上了年纪的道长在这里守着——事实上，每殿都有道长值守，只是以年轻者居多。

道教神仙众多，西路最西有八仙殿和吕祖殿，中路的灵官殿到老律堂前东西两侧配殿又有救苦殿、三官殿以及药王殿、财神殿。

老律堂后大殿为邱祖殿，供奉白云观创建者邱处机。据记载，长春真人的遗蜕就埋于此殿之中，殿内除了长春真人的塑像外，三面壁上是一堂连环画式的悬塑,用高浮雕的方式解说了长春真人奉召西行,至西域见成吉思汗的故事。此殿内东侧南窗前有一位须发飘然的老仙长,他不大理会殿里的人来人往,一心在桌上写毛笔字,黄纸上写成一个四字的斗方,晒得干了,就都放到东壁墙下。后来一个小伙子来请教,仙长很热情地给他解说。

邱祖殿前数块丰碑,其中最高大的一座雕刻精美,字体浑圆方正,碑额篆书"邱长春真人事迹之碑",落款是"完颜崇厚敬书",时年光绪壬午,公元1882年也。此崇厚即为曾纪泽之前那位与俄交涉伊犁事者。

邱祖殿背后挂有很多的信徒敬送的牌匾,中间是一幅巨大的长春真人西行示意图,标注古今地名,甚为直观。我正在看图,旁边一位中年妇女正在向一位骨格清奇的年轻人请教能不能佛道双修。年轻人说,应该讲是不行的……那妇女听得很认真。对此墙壁即为四御殿。

四御殿是最高的一座大殿,实际上是一座二层楼,下为四御殿,二层即为三清阁,供奉道教中地位最高的三清四御。四御衣纹甚古。我以前以为二楼不能上,这次发现,楼梯就在大殿左右两侧的小跨院里,登上二层,向南一望,很有开阔之感。

中路的神殿到此为止,不过此后还有一个院落,直到北墙为止,小有假山池沼之胜,正当盛午,浓阴满地。此处是道士的宿舍,偶尔一两位白袍道士走过,也悄无声息。

从后园再到东路的建筑,从北到南分别为雷祖殿、真武殿、慈航殿和三星殿。再东侧的空地北头是真人罗公之塔。来东路的人好像比西路还少些,不过雷祖殿与真武殿中的铜像确是货真价实的古代遗物,很值得细细欣赏。真武殿内一角一位年轻的道士并不在意偶尔的游人的进出,专注于案上的一具古琴,铮铮地不成曲调,显然还是初学。

二〇一七年六月上旬

在繁华隔壁——走过北京角落的篇章

吕祖宫是火神庙

近日偶阅《当代北京宗教史》一书，里面提到了北京市道教协会就在金融街的吕祖宫，我很惊讶，因为那一大片早就已经全变成高楼大厦了，除了后来找到的那个都城隍庙寝殿，没印象那里还有古迹遗存啊。将信将疑之下到百度地图上一搜，果然有这个地方，就在复兴门桥北不远紧贴着二环路的绿化带中，倒是值得去看一看。

中午的金融街显得很安静，绿树丛中的吕祖宫坐西朝东，山门正对复兴门北顺城街，门口两只石狮子很新，山门上挂着"吕祖宫"三个大字的黑亮牌匾，从字体到制式，丝毫没有古意。山门北侧还有一个小院，房屋明显不整齐，挂着"北京市道教协会"的牌子。旁边是一块带二维码的说明牌，说明："吕祖宫建于清咸丰七年（1857），为道教寺院，亦称火神庙，曾为白云观下院。2007年被西城区政府公布为区级文物保护单位。"立碑时间是2012年。

与北京城里的大寺观比起来，这座吕祖宫的档次和规模都很低。一进山门就是一个院子，西、北、南三侧各有一座殿堂，这也是现在吕祖宫的全部古建筑了。根据《北京名胜古迹辞典》的记载，山门上的石额写着五个大字"古刹火神庙"，现在那块新匾"吕祖宫"应该是正好把那块石额挡住了。细想也是，吕洞宾是全真派的祖师，以这个名字当然更好。

按《辞典》里的说法，此观坐西朝东，自然以西侧的正殿为主殿了，古刹火神庙的主殿名为火神殿供奉火神，北侧为文昌殿三间带出轩一间供奉文运之神，南侧为一座二层楼，名为吕祖阁，自然是供奉吕洞宾了。现在进院一看，大体还是这个建筑格局，但功能有了很大变化。

西侧主殿现在挂着山门外一样风格的新匾，名为"吕祖殿"，殿内西墙供有三座新制神龛，各供新塑神像一尊。中间为吕祖，一身道士打扮，手持拂尘，牌位上写着"吕祖纯阳演正兴行妙道天尊"，两侧的幡上绣有对联一副："一枕黄粱点破千秋清梦，九转丹诀炼就万劫真仙。"供桌桌围上绣有四个大字："道气长存。"南侧为药王孙思邈，为一个白发老者，手持药葫芦，牌位上写着"药王孙大真人感应普救天尊"，两侧的幡上绣有对联一副："道遵炎帝药行亿万千方，医继轩皇经演八十一难。"供桌桌围上绣有四个大字："道日增辉。"北侧为赵公元帅，武将打扮，手托一个元宝，牌位上写着"财神赵公元帅万类克成天尊"，两侧的幡上绣有对联一副："云神无私定佑善惩奸，生财有道必见利思义。"供桌桌围上绣有四个大字："道法自然。"

吕祖阁地处闹市，不少午休的人来到此地瞻礼，不过这是一处正规的宗教场所，既不卖票也绝无人来兜售什么高香，山门内两侧的墙上有道教知识的介绍。关于进观致敬一事，讲明如不燃香，对神像恭敬鞠躬也可。当然，神位前也有拜垫，我就眼见有两三位中年妇女下跪参拜。

原本的火神殿改成了吕祖殿，两侧的建筑也有变化。南侧的二层楼是本来供奉吕祖的吕祖阁，现在并未悬挂牌匾，而且已经装上了新式的红色钢窗，成为闲人免进的办公场所。北面的带出轩的文昌殿门扇大开，挂着新式的殿匾"修真堂"，我走到门口望了一下，感觉应该是一个开会学习讨论的地方，中间一张大桌子，四壁上还挂有不少的书法作品。

所谓吕祖宫，就是这个小院子了。据记载，吕祖宫，也就是火神庙，原来占地近四亩，房舍共有69间。自1958年后，这里就被工厂和住户占住。经过二十世纪70年代的修建地铁和二环路铺设以及90年代的金融街改造，很多房舍都被拆掉，目前只有原规模的三分之一，占地面积700平方米，房舍18间，当然这保留下来的是主体建筑。1985年的时候，北京市政府决定对剩余部分保留，并花了十几年的时间才逐渐将房屋腾空。2005年

1月15日，北京市道教协会成立，并将会址设在此地。2005年5月，北京市政府出资决定首先对吕祖宫进行为期一年的全面修缮，工程还收到了海内外热心人士的捐款。2006年9月24日吕祖宫修缮工作竣工，成为继白云观之后北京开放的第二座道观。

  比起白云观来，眼前这个小院显得平淡无奇。三座大殿檐上的镇兽都是一个狮子后面跟着四头海马，这正是民间庙宇的规模。院中只有文昌殿用上了绿剪边黄琉璃瓦，却不明所以。三座殿堂墙头的砖雕都很繁复漂亮而且完整，我反复看了，也不能确定是不是新换上的，像这一类的手艺并没有失传，修补更换还是很容易的。不过，这三座大殿的主体肯定是老的，因为在山门外可以看到，在吕祖阁和文昌殿的东墙上都留有清晰的时代特色的标语痕迹。

二〇一七年九月中下旬

第五章　内城西南

Love these forever happy memories!

　　周二至周四都是典型的北京秋天的好天气，蓝天白云，微风习习，日光和暖，周五就雾气腾腾了。也许是在攒着下雨，也在积累着这座巨大城市的各种污染。不过也就这天有空，又有了心情，要到城里走走。我想，上次在新文化街看那里的拆迁告示，而且已有房子挑了顶，这次去看看，见证一下那片平房的最后时刻吧。

　　过了宣武门内大街，我径直走向路西南面的新文化街的东口。这条这么有意思的街道，我却是一两个月前才第一次来，真是辜负了这点儿破败的遗存。这次来的时候正是饭点儿，那些不大不小的饭馆前面很是热闹，大团的灰白色的厨余油烟从它们的顶上升起，又升不高，没有风又吹不散，于是飘飘忽忽地从两三层楼的高度上滚下来，缓缓地，边滚动边散开，快到一人高的时候就与这天气浑然一体，扑面而来腻腻的淡淡的恶心味道。

　　按照北京旧城的标准，在内城里，这条东西向的街道就是很宽了，但在两边违章停了两排车后，中间也就只剩下两条车道。我走了半天，也没见车流有动的迹象。在一片小客车中，一台7路公共汽车就显得相当的高大了，也被挤在那里动弹不得。旁边的一个中式快餐店里熙熙攘攘，生意很火，突然从这辆被困住的公交车上下来一个穿制服的女子，眼望着这家店从车头前绕过来，想来是饿了吧？不想她还没有走到店里，司机就从窗户里探出头来叫住她，一挥手让她快回来。我稍微为她感到一点儿遗憾。

　　走了几步，就快到了克勤郡王府。清初帝位的继承还比较混乱，大贝勒代善是识时务的俊杰，也是掌握两红旗的后金四分之一兵力的强人，站队站得好，当然会受到很好的封赏，在清开国八大铁帽子王中，礼亲王代善的两个儿子也因有功被封为郡王，一家占了八大铁帽子王中的三个，不能不说是一个旷典。我上的中学，海淀镇西边的八一中学，就是当年礼亲王府在海淀的花园，这是我对礼亲王的第一个印象，那座我们镇里人都称为大观园的有着池沼假山的大花园跟红楼梦的作者说不定真有些关系。

克勤郡王府现在是实验中学了，学校不对外开放，从外面看里面的规模应该不小，而且维修得很好。府门口被运到新华门前的大石狮的位置上又放了两个新制的石狮，只是实在不好看，个头应该也小了许多了，与府门对面的老的影壁墙一比起来就更不协调。

在王府西侧的大墙外，是一条南北向的死胡同，胡同口的墙上贴满了很多的整开纸的告示，都是跟拆迁有关的。往胡同里望一下，很多屋顶都被挑掉了，露出空空的墙壁和梁柱与大柁。这一下，我有些明白了，原来上次在告示上看到的那么多要拆迁的门牌号，实际上就是这条小胡同与西面佟麟阁路之间的这一片的平房，很整齐的一块南北长东西窄的长方形。

在路南的影壁墙的西面，有一个大门，应该是这个拆迁的办公室所在，外面刷着各样的标语。进去是一个小院子，两边有四五块牌子，是安置房的位置以及户型，倒都不是很远，有在张仪村的，有在回龙观的，也有房山长阳的，还有在东面的，四环五环附近，户型也不错，以一居两居为主，与那些纯商品房相比，都是小户型了，也比较节约。而旁边的墙上则贴着告示，都是一种格式的，大意是，某某号公房承租人某某，你的房子是多大，应该给多大，因你不同意签协议，所以限令你在某某日之前搬到某处居住。

我还注意到，里面提到的这些人，如果一个户内有两个家庭，则就命搬到两处房子内，比较人性化。这些告示有些已经不太完整，贴了半面墙，一看日期，也有一两个月了。我正看时，小房子里走出一位老者，站在院子里，好像也想说两句的意思，我于是问，我看这里房子是不是已经拆得差不多了？老者说，差不多了，不过还有不少户没有解决呢。我说，刚才看了一下这里的告示，地方也都不错，户型也还可以。老者说，就是呢，

第五章 内城西南

这么好的机会，有些人就是喜欢生事，要是不拆迁，哪有这么好的事？

既然已经拆得差不多了，就抓紧看看吧。我顺着实验中学西墙的那条胡同走进去，路面还是很干净，没有灰土满地的狼藉，胡同的尽头是一座西式的门楼，很是精美。我想，这是不是一个保护院落？在大门前看了半天也没有看到文保标志。

走进这个漂亮的向东开的洋灰院门，就走进了大杂院里面，也就走到了刚才隔着门看到的一片片废墟的里面。放眼一望，知道拆迁已到了后期，这片房子里的十之七八已经被挑了顶，其他也是各种程度的拆除状态。有的已经被拆成一片白地，砖都被收拾出来整齐地码放起来，有的只有木结构还在。出乎我的意料的是，很多大柁都是新的，立柱则有看着很老，黑而裂开的，看来这些房子大修之后没有多久，想来那时没有想到现在的结果吧？

我走上院里的一个瓦砾堆，高高低低，深一脚浅一脚地四处探看，看那些没了屋顶的房子里的生活的气息，推测着原来这些房间哪几间是一户，哪些是接出来的私建，哪间是干什么用的。那些没有扯落的电线，墙上的花花绿绿的壁纸，地上墙角露出来的花瓷砖，倾倒的壁橱上的厚厚的一层黑色油灰，好像都在说明，这里仿佛是被一阵暴风转眼冲成这样，原来主人的体温与欢笑还没有冷却散尽。在一个向北的小房子的门框上，我发现了一个倒挂着的小小掸子，这就是一个避邪的拂尘，以前我家住平房时见过照妖镜——就是在正房的门框上钉上一块圆的玻璃镜，而使用拂尘还是第一次见到，对面人家相隔只几米，大概这样就不会显得太过扎眼了吧？

眼前的院子是一个奇异的组合体，在一片片盖着塑料防尘网的房屋废墟边上，就是还在这里生活的人家，如果单看这些人家，生活得还是平静如常，不但在绳子上挂着洗得干干净净的衣服，摆在墙角和窗台上的花花草草也没有少了及时的浇灌而依然生长畅茂，小径也都打扫得干干净净，全然没有一丁点儿的渣土，院内的墙上还赫然写着"院内禁止随地吐痰"

这样的标语，西院墙边的厕所还在那里，我还没有见识过四合院里的厕所——在我生活在四合院中的童年，胡同里公厕的脏臭是无法形容的，而推开男厕的门，使我吃惊不小，虽然不是很大，但又明亮又干净，与街道边上的那些老式公共厕所完全不同，看来即使这院中只有几户了，厕所的打扫与保洁还是一点儿都没有降低标准。

在院子的最北面，有一大片拆了一半儿的房子，拆下来了的砖还没有清理，都用塑料网罩在那里。北面的一排山墙还没有拆完，隐隐约约能看到那白墙上有些彩色的图案。我走上了大约半米高的渣土堆，在忽高忽低的砖头瓦块和木条中一步步走了过去。当我站在了那面白墙前面的时候，正午的阳光从我的背后倾泻而下，明晃晃地照在那面墙上，让那些图案和字迹明亮得有些反光而模糊。在这正午的寂静之中，连风都完全停止。只见在几朵桃心的衬托下，写着几个粉色的英文单词：Love these forever happy memories!

二〇一三年十月中旬

第五章　内城西南

此城不是西便门

前一阵子，看到新闻说，济南市在一处密集的居民区内发现了当年因为作为其他建筑的山墙而没有拆掉的一段城墙，引起市民的极大关注，有关部门表示，虽然是残迹，也很短，但对于城市的历史来说仍很珍贵，肯定要加以保护云云。北京的城墙大家知道已经分两次拆完了，但因为各种原因，也多多少少地留下了一些残段，西便门桥附近的明城墙遗址就是其中一处。

北京的二环路是沿着原来的城墙修的，呈一个"凸"字形，这也是政府已经明令保护的北京城的基本轮廓，是明初的北京城与明中期扩建的北京外城的一个叠加。外城略宽于内城，于是在连接处就形成了东西两个拱出去的肩，长度很短，每个肩上各有一座向北开的城门通向郊野，这就是东便门和西便门，是外城七座城门中的两座。西便门是在20世纪50年代拆除的，是最先拆的一批城门，留下了西便门内大街和西便门外大街的地名，二环上也有以西便门命名的立交桥，桥下包围着一片三角形状的绿地，明城墙遗存就在其中。

绿地的入口在西便门立交桥的东西两股主路之间，这是一个开放式的市民公园，中午时分，天气和暖，除了附近的市民外，也有不少旁边写字楼和机关里的人们在散步，纯来此看城墙的游客很少。

在这里，人们现在看得到的城墙和一座二层的城楼都是三十年前修建的，虽然尽力仿古，但用到了现代的材料，真正要保护的古迹都砌在了新修的城墙的里面。为了展示古城墙的细节，一些地方特意将内部露了出来，让人对于新旧有了一个直观的对比。

记得若干年前，为了维修和重建东南角楼等处的城墙，北京市曾发出一个捐献旧城砖的活动，市民踊跃地将一块块家里留下的旧城砖用自行车驮来上交，一些热心人士也不断找出哪里可能有大批城砖的线索，这些从民间发掘出来的旧砖都被用到了北京站南的那段残城的修复，但与原来北京城的宏大规模比起来，现在残存的部分真是太少了。那么多的砖去了哪里呢？我曾见一个拆城亲历者的文章说，北京城墙建筑坚固，拆除难度很大，是一个重体力活儿，而且那些砖都是用石灰掺糯米浆黏结的，很难整块地将砖取下来，拆下来的城砖基本都碎了。现在看残存的城墙芯，果然砖之间都是白色的粘连物，看来传说不假。

在新建的城楼下面是一个门洞，这是登城处，其实上城墙两侧都可从这里登城，这里也是一个旧城墙原状展示处：在门洞上方是一片玻璃罩，罩子里面是旧城的土芯，在这里，我看到一个小朋友和他的父亲在认真观察。

上得城来，城墙顶上宽阔整齐，南北走向笔直，南端有一方形石碑，制作简朴，为1987年所立，大字题为："明北京城墙遗址"，也见有人拍照留念。从这里四望，视野很开阔，城墙西侧即是高架桥，东侧有一个面积不小的三角形绿地。据记载，1987年底市政府决定修建西便门环岛并恢复此处的明城墙遗址，当时为此拆除各种建筑近8000平方米，种植近万株各种树木，现存面积4万平方米，实在是市中心难得的一片绿岛，其中得到保护的南北向城墙遗存共长210米，形制是按照史料复原的。

此处既在西便门立交桥之中，又没有明确的标识，于是很多人以为这座新修复的城楼便是西便门，其实完全不是这么回事，此处城墙为明初兴建的北京内城城墙。据史料所载，徐达克复元大都后，以城大难守而放弃了城北，将城北墙移至德胜门和安定门一线，这时的北平城南城墙为复兴门和建国门一线，西便门一带那时并不在城内。直到永乐十七年，1419年，明成祖营建北京城，方将南城墙延伸到现在的宣武门和崇文门一线。眼下

第五章 内城西南

的这段残迹就是那时留下的。

北京城有句老话形容人不要脸，就说他的脸皮厚得跟"城墙拐弯儿"一样，这个城墙拐弯儿说的就是城角。北京内城有四个角，现在北京站东的东南角楼还在，规模之大是九座城门比不了的。我们脚下的这个锐角三角形的公园，其实也就是北京内城的西南角，同样巨大的西南角楼就在这里。据说当年也曾有动议一并修复西南角楼，终因交通等原因，以及开支浩大而作罢，在城上"修复"一个小城楼也是略表这个意思吧。所以说，此处南北向的明城墙遗存确切地说应该是"明内城西南角楼附近城墙遗存"，与西便门近在咫尺却无关系。

再说说西便门，它的位置就是现在南北向的西便门内大街与西便门外大街连接之处，此处的城墙走向应该是与现存的西南角楼北的城墙遗址垂直连接，东西走向的城墙。虽然都是城墙城门，但内外城的区别很大。据记载，明内城高三丈五尺五寸，基厚六丈二尺，顶收五丈，这也和现在仿建的城墙数据相似——基宽19.93米，顶宽15.96米，高11.6米。西便门所在的北京外城则是在明中晚期的嘉靖三十二年，即1553年，为了防止蒙古入侵而匆匆修建的，下石上砖，共高二丈，址厚二丈，顶阔一丈四尺，矮多了也薄多了。

西便门立交桥每天车流如潮，经过的人不计其数，望着树木掩映中的残城，很多人会感叹北京这块宝地蕴积沉淀的深厚，如果再能知道这段残墙的故事，当会对于北京有更深的了解。

二〇一八年一月中旬

第六章　正阳门外

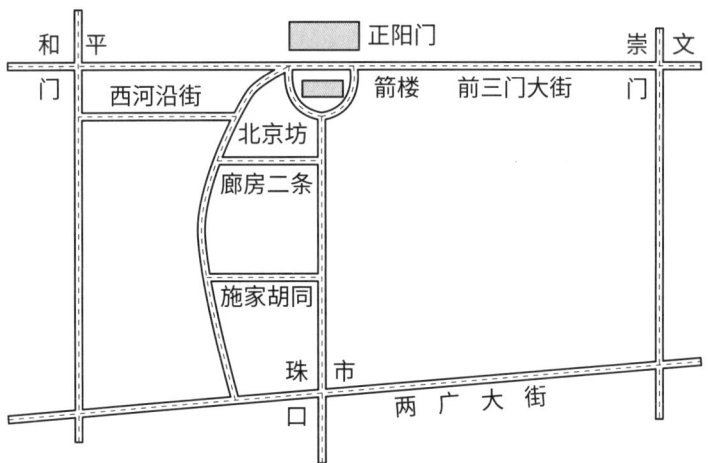

第六章　正阳门外

繁华尽头西河沿

　　春节前曾到前门外新建成的北京坊一游，那是一个镶嵌着旧建筑的新建筑群，占据了前门西河沿街、廊房头条到廊房二条路北的一大片，东以珠宝市街为界，西至拓宽后的煤市街。我又特地看了这个设计的展示，发现这是一个直到珠市口的大项目的首期。我想，应该趁着没改造之前再来这里多看看。前几日，在早春的一个周日的艳阳中午，我就从和平门顺着前门西河沿街一直走到了前门，也算是这个计划的第一步。

　　前门西河沿街的西口就在著名的全聚德烤鸭店和平门店大楼的南侧，一路两侧大都是平房，也有一些二层的旧的小砖楼。西口进去没多远，路南就有一座灰砖小楼，已经整修一新，楼下两个招牌，东边是大栅栏民俗图书馆，西边是大栅栏街道文博馆。文博馆关着门，我走近向里一望，好像还在整理的样子，不过玻璃上贴着很新的胡同游的招贴画。我又走到图书馆门口一看，门开着一条缝，推门进去，正面就是写着一般图书馆都有的借阅须知。左手是楼梯。听到了门响，一个姑娘从二楼护栏探出头来看了一眼，问，您是来看书吗？我忙说就是随便走走。又问，隔壁为什么关门了？她说，这正在布展，过几天您来看看就有内容了。她又请我上楼看看，我说改天再来。

　　出了门继续向前走，两边的平房让我感到亲切，都是门脸房，不过街道显得并不拥挤，应该是这两年整治的效果了。那座有名的正乙祠戏楼就在路的南面，这是一座著名的民间戏楼，红油的大门很是气派。这座戏楼现在轻易进去不得，也是在某年前，我曾想到这里参观一下，已经做好了买个一二十块门票的打算，不想人家说，开放是开放，但得买戏票，起价三百元。这样一说，我就没进去。现在看，可能规矩没改。

再往前走，路边的老式小楼多了起来，在路南，两位老年摄影爱好者正在拍摄一个二层楼，还在犹豫是不是要进去。这是一个长方的楼，中间有天井，据《宣南鸿雪图志》载："中原证券交易所位于前门西河沿街196号。大约建于民国初年，以前为证券交易所或票号，现为中国科学院家属宿舍，年久失修，破坏严重。"现在离这书又是二十年过去了，看来无大改观，十年前我可能进去看过，这次就不凑这个热闹了。在路北有两座小楼值得说一说。

其中一座二层小楼鹤立鸡群，在两侧的平房中比较显眼，而且有前后两个相同的坡顶，显得很厚实。前脸是三间，简洁硬直的风格，正中门额是一排大字：察哈尔兴业银行，应该就是民国的原物。

据《燕都丛考》："自正阳门而西为西车站，即平汉铁路之车站也。越城濠而南为西河沿，旅馆最多，交通、盐业两银行在其北。"在这条以银行、金店、银店著名的金融街上，察哈尔兴业银行也成了历史长河中的一朵浪花。这座楼房虽然远比不上西河沿街东口那些大银行宏伟，但经过近百年的时间，也未显出破败之相，看来当年的施工质量很好，平凡之中不乏内敛的富贵。察哈尔已消失在历史之中，留下这样一座小楼提示人们那段并不久远的过去。

还有一座小楼我已经关注过多年了，它就显得破败很多了，或者说我以前没有注意到它是如此的破败。这座小楼三间的门面本来就比刚才的那座窄了许多，而且只剩下中间和东面的部分，西面的一侧已经被红砖代替，二楼楼檐上也用红砖和水泥瓦搭出了一个楼顶。就是这么一个奇怪的三分之一红砖和三分之二青砖的组合孤零零地立在那里，居然也很有韵味。

前脸的四根砖砌的希腊式立柱，现在只剩下三根，在中间和东侧的二层窗户的檐口有漂亮的砖雕，其中东边的窗户下还有淡绿瓷砖拼成一块装饰，让整体灰砖的格局显出一点儿亮色。再细看，西侧一楼的窗户下也有

第六章　正阳门外

这样的一块。最有意思的是门口上方嵌着一块石板，上面是三个大字"马应龙"，字体极大，很有特色，因为时代有些久远，又可能曾被遮盖，显得有些土气，但仍不能掩其本来描金大字的风采。相信会有，也应该已经有专业人士来考证过这里是不是与那个有名的眼药企业有关。我只是想到，十年前从这里路过的时候，这楼下三间窗户中的一间确实挂着出售眼药的标牌。不过，现在都只是住家了。

曾在一些旧的照片上看到过北京旧时的样子，从那些城内的制高点——城墙、城楼、钟鼓楼拍的图片来看，这个大城深沉如海，那些胡同像细浪一样在眼前铺开，直到撞到城墙为止。我本以为这种感觉再也不会有了，不想这次从西向东走去，一抬头却激动不已，因为在这晴好的下午的日光下，一眼望去，一条街可以从头看到尾，极目处就是前门的城楼，再往上看就是明丽的镀着些金光的晴空，刹那间仿佛有时光倒流的感觉。我走过这么多年的胡同，这是第一次感到了老北京城依稀就在那里。

二〇一七年三月中旬

在繁华隔壁——走过北京角落的篇章

北京坊里味洋风

前次我们曾谈过前门西河沿街，其实只是说了这条路从西口开始的大半段，因为在大栅栏地区上次改造之后，南北走向略呈弧形的煤市街被大大拓宽，西河沿街就此被一刀切成两段，往西的部分保留旧景，东面的一段已经和廊房头条一起进行了彻底的改造，成为一个名为"北京坊"的新建筑群的一部分，而《燕都丛考》中提到的交通、盐业两银行的也正在其间。

前门外的繁盛从明代就开始了，但在这里并没有什么像样的古迹留存，这是因为不断的天灾人祸在这里一次次卷土重来。最近的一次也是最彻底的一次当属庚子之变时的一场大火，据《顺天时报丛谈》所记："……于清光绪二十六年五月二十日，由老德记药房起火，连及小齐家胡同、廊房头、二、三条以至西河沿、正阳门城楼，均付一炬，实为未有之浩劫。乃自庚子后，不惟次第修复，且更愈增华丽。"在西河沿街上的近代建筑，如劝业场等，就是此后几十年间出现的。

据 1997 年出版的《宣南鸿雪图志》记载："劝业场位于大栅栏地区，主入口在廊房头条 17 号，后门在前门西河沿街，占地约 1500 平方米。1995 年公布为北京市文物保护单位。"

现在这里已经升级为全国重点文物保护单位了。"劝业场"是清末民初政府推行新政，鼓励民族资本发展的产物，初时多经营国货，以抑制外货，挽回利权。北京劝业场始建于清光绪三十二年（1906 年），初名京师劝工陈列所，为官办的工艺官局产品展销馆，1908 年遭火灾迁至广安门内大街。民国三年（1914 年）在原址兴建劝业场，后又再遭火灾，1918 年重建不久又被火焚，再重建后于 1923 年正式开业。

第六章 正阳门外

今天看来，劝业场只能算是中小型商场，但在当时可是北京最大的综合商场了。劝业场外观四层，实为三层，地下一层，钢筋混凝土砖混结构。建筑中间的大厅直通三层，利用天窗采光，已具备了现代大型商场的雏形，共享大厅的空间观念已有体现。据记载，在20世纪90年代时，曾在共享空间上增加楼盖，隔为三层。不过，随着北京坊的建成，劝业场也整新如故。现在它的入口在西河沿街上，也就是北门，出口也就是南门在廊房头条胡同上，以展出和经营文化创意产品为主，是一个著名的景点。在它的主立面，也就是南面，两侧各有一座有着精美繁复砖雕的独立小楼。

至于《燕都丛考》中提到的盐业和交通两银行，还都在西河沿街上，保存完好，只是不对外开放。

据《宣南鸿雪图志》载："盐业银行位于前门西河沿街7号，设计者不详，推测可能是沈理源。建筑年代在1925年前后，为近代中国建筑师在北京设计的较大规模的建筑之一。1995年公布为北京市文物保护单位。……整个建筑造型构图严谨，风格端庄，充分显示了欧美银行常见的气势，表明创作者有着深厚的西洋建筑文化素养。"另据《北京近代建筑史》说，盐业银行，"建筑造型为西洋古典主义样式……北翼略向东南倾斜，这可能是由于受建筑物北面护城河河道的影响所致。"

与盐业银行比邻的交通银行同样高大宏伟，《宣南鸿雪图志》说："交通银行位于前门西河沿街9号，占地近1000平方米，由著名建筑学家杨廷宝设计。1931年建成。1995年公布为北京市文物保护单位。"

《北京近代建筑史》对杨廷宝有比较详细的介绍："杨廷宝（1901—1982），1915年入北京清华学校，1921年赴美留学，在宾夕法尼亚大学学建筑，1926年离美赴欧洲考察建筑，1927年回国，加入基泰工程司，为建筑设计方面的主要负责人。20世纪30年代初，基泰工程司承担北京地区一些重要古建筑维修工程，以及清华大学1930年的第二个校园规划，都由杨廷宝主持。"书中赞扬："杨廷宝1930年设计、1931年建成的北京交通银行表现出世界现代建筑潮流的影响。""营业大厅内部作天花藻井、隔扇栏杆，绘有彩画，表现出我国古典传统样式和当时先进技术、建筑材料的结合，'这对我国建筑设计，开发了一个新的思路，产生较为深刻的影响。'"

再走几步，就走出了西河沿街，一抬眼，高大的前门楼子就在眼前。

二〇一七年四月中旬

第六章 正阳门外

记住廊房二条

从前门往南,是旧时北京最为繁盛的商业区,到现在,大栅栏仍是游人如织的商业街。如前面介绍北京坊的文字里所说,前门西河沿街东段与廊房头条已经在北京坊的建设中彻底改变了,现在是平坦而宽敞,不需要再说。这个改造实际上已经包括了廊房二条的整个北侧,从廊房头条到二条之间现在是一大片的工地,还留下待修的几处有价值的旧房,我印象中这个样子已经有十好几年了。

据1997年出版的《宣南鸿雪图志》记载:"廊房二条街道保存相当完整,对研究大栅栏商业文化乃至近代中国商业发展有着重要的意义",它"位于大栅栏地区的中心地段,东西走向,东起粮食店街,西至煤市街,门框胡同由中间穿过。总长约270米,街道宽4到5米,这条并不宽阔的街巷由于21世纪初时大栅栏地段商业的繁盛而名声显赫。……据1919年统计,此处加入商会的有金店1家、古玩店5家、首饰店11家、玉器店22家,占据街面约80%以上。……廊房二条玉器店汇聚一街,有为外地客商供应蒙藏工艺品的'蒙藏庄',有以本市富人为销售对象的'本庄',还有专门向外国人供货的'洋庄'。"

这么一条著名的商业街的宽度却很有限,跟一条普通的胡同差不多。至于这里的建筑,"廊房二条的现有店铺应是1900年大栅栏火灾后至30年代陆续建成的。门面一般为两开间或三开间,有的只有一间,而且开间尺寸也偏小,不少铺面为二、三层楼。建筑风格有三种:中国式、西洋古典式、西洋现代式,第一种占较大比例,其中有不少又借鉴洋风,在局部处理上采用西洋饰物。"

走在这条胡同中,南侧还在热热闹闹地经营,但经营的行当却比民国时大大退步了,以招待四方游客的小饭馆居多,其中不乏出名的京味名店,如清真饭馆"爆肚冯",还在老地方营业,如我十几年前看到的一样,从外面看应该重新装修过。上次我在里面还见过上了电视节目的冯老掌柜,那时就七十多了,还在经营第一线,那狭窄拥挤而昏暗的厅堂,弥漫在空气中的各种香气的味道,与桌前的食客,凝固成一个值得回味的时空片段。不过,这次我没有进去。

由于各种招牌和广告牌的存在,很难看清这些店铺原来应该是什么样子,但在一些不经意的角落里,仍然能够看到旧时的痕迹,比如一块嵌在山墙里的金店的标记。而在路北,只在胡同东和西面留了几处孤零零的老房子没有拆,都是保存比较好的小楼,应该是比较容易地如北京坊那样点缀在大片的新建筑中,而起到画龙点睛的作用吧。

这里为什么叫廊房头条和二条呢?据《人海记》说:"永乐初,北京四门、钟鼓等楼处,各盖铺房店房,召民居住,召商居货,总谓之廊房……今正阳门外廊房胡同,犹仍此名。"

从前门大街过来,过了廊房二条就是大栅栏,并不见廊房三条,但廊房三条胡同是存在的,它也是东西走向,开口却在煤市街上,向东到底,是一条死胡同,到不了前门大街上。也是这个原因,这里以前也不是商业区,曾有过一些玉器作坊,现在这条胡同很安静,两边的平房都得到了很好的整修。在胡同中段,有门框胡同从二条贯通到此再通到大栅栏,这是北京以前著名的小吃街,现在老店们都到外面发扬光大了,不过此处的小饭馆仍是不少。

从门框胡同再往南走,就到了人山人海的大栅栏街上了。这是全国闻名的繁盛之区,那些闻名遐迩的老字号不需要我再多说了,而这条街上现在的这些老门面和老建筑,应该在未来的改建中不会有太大的改变,相信几十年后的人们来到这里,一样能看到这些景物与熙来攘往的人流。

第六章 正阳门外

大栅栏，这个外地朋友听着有些奇怪的名字，即使本地人也是相因成俗地叫着的，溯本逐源，这里本来是廊房四条，明代的古籍里就是这么记载的，所谓大栅栏，当时因为这条街的两头的栅栏特别高大而得的俗称。到了清代中期以后，就没有了廊房四条这个名号了，大栅栏成了这里的正式名称。

按理说，离城门越近，人流就越大，生意就应该越好，为何四条，也就是大栅栏的生意要远远火过头条和二条呢？一些书里说，在一开始时，头条和二条的生意确实是好过四条的，但头条和二条有先天的不足，一是路比较窄，人们赶车来购物，很不方便，加上头条和二条靠近河边，地势变高，有个坡度，于是那些日用类的商店逐渐就退出了头条和二条，让位于没有那么大客流的高端商店了，就是金店、古玩店、玉器店。相比之下，四条的街道本来就宽，加上地势到此已经平坦，开商设铺便利，生意和名气也就越来越大了。

从大栅栏街往南，过大小齐家胡同，又是一片平行的其貌不扬的老胡同，这里隐藏着北京旧时一个重要的金融区。

二〇一七年四月下旬

铅华散尽银号街

从大栅栏街口向南，第一条横贯东西的大胡同是大齐家胡同，在它的西段北侧另有一条长度只有一半儿的小齐家胡同。大齐家往南的横贯前门到煤市街的大胡同是王皮胡同，再过就是蔡家胡同，蔡家胡同往南是施家胡同，这就是当年著名的银号街了。

据《燕都丛考》说："……施家胡同，昔日有华威银行、殖边银行，现均停闭。今尚有河北省银行、泉通银行在是。"据《宣南鸿雪图志》载："施家胡同位于前门外大栅栏地区的东部，东西走向，东口在粮食店街，西口在煤市街。1949年以前，这条胡同堪称'银号街'。在280米长的街道两侧，聚集了十几家银号，可考的有同源祥、裕兴中、福生、启明、信诚源（已拆）、三聚源、义生、宝丰盛、集成、谦生、广瑞等，另外还有一些会馆和洋行。"

王世仁先生在《雪泥鸿爪话宣南——北京宣武区史迹综述》中说，施家胡同是民国中早期北京地价最高的地区之一，"……胡同内除一处青阳会馆，两三处旅馆和几处商店外，几乎全是银行、汇号和洋行，其中现在查到名称的银行就有11家。但这些银行大都是定向拆汇借贷，一般不做门市买卖，所以只有一两处有比较考究的门面。大部分银号的外表与住宅相同，只是檐墙高耸封闭，房屋做工考究，院内建有楼房，并备有客房，还保留着老汇号的风味。"

细细端详这条现在并不起眼的胡同，内城里常见的大宅门、气派的大门和门墩，在这里都看不到，只有偶然出现的路边的一些青砖带西式装饰的小楼，在旁边低矮的平房中显得有些鹤立鸡群。

第六章 正阳门外

在施家胡同东口不远有一座比较气派的三层楼宇,旁边的标牌上显示这是北京市西城区文物保护单位裕兴中银号旧址,王世仁先生说:"……裕兴中银号建于二十年代初,前后门临施家、蔡家两条胡同,三层砖木结构,内有两个中庭,周围廊房,与旅馆相似。"这也是因为银号客户稳定,定向存贷,代理结算,不设对外营业大厅,而更多设置洽谈客房、租赁账房和招待客户的厅堂住房,就显得很像商务公寓了。说来凑巧的是,现在这里就是一家旅馆。从外面看来,虽然略显破旧,但当年的风采犹存。

由于还未经大规模的拆改,这些小胡同里还保存着旧时的气息,两侧的房屋也大多经过了翻修。从施家胡同往南,为掌扇胡同,据说是因为很久以前有一位张姓善人的缘故而得名。为云居胡同,因内有古刹云居寺,这座建筑应该还在,只是已经完全泯然于附近的民居了。为湿井胡同,从此以南直到珠市口大街的一片,已经拆改了,新的建筑还没有盖起来,用东西挡着形成了几片瓦砾场。从珠市口路口的天桥上向北一望,围挡中只有几棵原来院中大树留作了原生态的绿化,和星星点点的几处残存的屋顶。

这片白地从湿井胡同的南侧开始,向南就是甘井胡同,胡同东口与粮食店街相交的西北角上是一座保存完好的近代建筑,为粮食店街第十旅馆,据《宣南鸿雪图志》:"位于前门外粮食店街73-77号,坐西朝东,砖木结构。建筑年代约在本世纪,据说原为镖局,现为粮食店第十旅馆。建筑占地约740平方米,两层……在这片繁华的商业地段中,这座建筑做工精细,但朴实规整,无任何炫耀浮夸的商业气味。"在北、西、南三面的瓦砾中,刚刚整修过的十旅馆昂然挺立,相信它不会有相同的命运。

从甘井胡同到珠市口大街,是一个整片的瓦砾场。从历史上说,这里又是一处热闹地方。我们从北京坊开始一路向南,先是大栅栏商业区,接着是施家胡同为核心的金融区,这里则又是以会馆为特色的公寓区了。据1997年出版的《宣南鸿雪标记》,珠市口大街路北从珠宝市街到煤市街的这一段，当时存在的从西到东就有仁钱会馆、九江会馆、赣宁会馆、潞安会馆、津南会馆，还有一座近代建筑：中国饭店。旧时的热闹可想而知。

  春节时，我在北京坊的建设成就展中见到的示意图上，发现面前的这片瓦砾场的规划，图中橙色地方是保留的旧建筑，浅一些的橙色是要进行翻建的旧建筑，而那些大面积的藕荷色，就是完全的新设计而建造的建筑了。在图上，珠市口大街以北的那些会馆已经被新建筑所取代，从十旅馆至煤市街，保留了一个中国饭店的旧门脸，不过在甘井胡同西侧至车辇胡同（本为不通行的小胡同）之间有大片的平房得到了保留。再向上，湿井胡同到甘井胡同之间有更大片的胡同留存，占了半条街的面积。现在面前所剩下的显然没有这么多，即使莫名其妙残存的几间旧房，也是大门紧闭，破烂不堪，四周可是已经拆成了白地，前后左右也没有什么说明不拆的文物标志之类，我真怀疑哪天就倒塌了，还是默默无闻。

  从北京坊到此，南界珠市口大街北，东至珠宝市街和粮食店街，西至煤市街，这一块旧京最繁华的一长溜，现在的样子，就是这样。对于那些已经上了保护名单而又好改造好利用的，以后我们还会看到，不用我们特意提及。

二〇一七年五月上旬

第六章　正阳门外

如今寂静前门东

　　昨天是一个骄阳似火的日子，夏天终于来了。在中国记协听完一个报告，已经三点半了，在记协里留了两张影，出到一片大太阳下里，班车早已不见了踪影，我就往西向珠市口走了。

　　宽阔的两广大街正在修地铁，路两侧都是商铺和机关，我在路北走了两三百米，突然在两楼之间看到了一片平房，忙向那边走去。原来，在这条带状的新楼的北面，又是一条马路，这条马路北面都是平房，而且还很有气势，不像一般胡同里的低矮的房子。我走近一看门牌，原来标的都是"珠市口东大街某某号"，我不禁心里一惊，原来这条两广大街并没有完全占用珠市口大街！这太出乎我的意料了。

　　本来从广安门到广渠门的路在两广大街之前，也是相通的，但由于没有规划，是自发一段段形成的，于是每段的名称也不一样。有了两广大街，我以为就是把这些路段全都连在一起，打通后加宽，没想到在这里还残存着一段珠市口东大街的旧址，这些是临街的门面房，怪不得都高大而结实。不过，在这著名的旧商业街上，并没有什么行人，也没有店铺，很少有车过往，如小胡同一样幽静，只是路边没有什么树，感觉有些晒。

　　在街上，一片低低的破房墙上钉着一块牌子，原来是铁山寺，标明了是东城区文物普查项目，日期就是今年。而从路上往里看，实在看不出有一个大庙的感觉。而在它的西邻，却是一个很新的院子。顺着大门的缝往里看，里面显示了一个三合院的格局，院子是一长条，里面没有树，房子的柱子都是黑色的。

　　这一带是北京当年的繁华地方，居民人口也是最密集的，但当我走在这里的时候，感觉非常寂静，这里的树木如同北京其他平房区那样，并不成林，路边几棵，院中也能突见到一棵棵特别大的槐树以及杨树长出来。而在这个明晃晃的下午，这些树都散发着一种自由自在的光芒，让我觉得有些回到了童年的感觉，海淀街里的样子。

在胡同里，有些高大的平房，虽然已经失修，但仍能知道这里以前是富商和显贵的宅院，或者是一座香火很盛的庙宇。而那些用碎砖砌就的低矮的房子，那些开着一尺多大窗户的房子，或许就是一个大杂院的前身，住着一群的洋车夫、剃头匠与手艺人。还有红砖砌就的平房和小楼，在五六十年前，或三四十年前，它们就是新式的洋房。而在今天，它们也和旁边那些明朝的、清朝的和民国的房子一样，头顶衰草等待着未知的命运。

虽然那些门牌还都在，但隔不了几间就会看到一处已经拆掉了屋顶的房子，有的大柁还在，有的窗户已经被用板子从里面挡住。街上没有什么行人，可能是天热还没有到溜晚儿的时候。在一条南北向的宽一些的胡同里，在大片的残破的灰色的平房中，路东赫然矗立着一座巨大的红灰相间的旧式建筑，体量很大，红色的柱和窗户和隔板，灰色的墙和瓦顶，都显得一种与周边建筑不同的崭新来。等走到近前，我又觉得奇怪，这座建筑没有院墙，也没有院子，就是直直地插在了这堆瓦色的平房之中。再走近一看墙上有一块牌子，上面写的是"颜料会馆　东城区文物普查登记单位"，时间是今年一月。在它的旁边，还有一座没有了吻兽的高大的灰瓦房，坐西朝东，也得有三层楼高。

发现这么意想不到的老房子，我真是有些喜出望外了，边点头，边往西看，一棵很大的杨树下，一个老太太正在那里乘凉，路边的红砖墙上又钉着个牌子，写着"关帝庙"，两边却没有庙的影子，这时老太太倒先跟我说话了。

这位老太太看着也有六十多岁了，挺精神的，她说，那个牌子写着那个庙，但听有人说，那个牌子钉错地方了，那个庙的进口应该在西面。我

第六章 正阳门外

忙答应着说,阿姨,您看房子这么新——手一指那个会馆,是新盖的吗?老太太说,就是个老的,不过他们翻盖过了,拆了重新盖的,这里面大着呢,有二楼,还有戏台呢。我说,怪不得看着这么新,这地方开放吗?老太太说,倒不开放。

我看老太太有兴致,于是就多问问她。我说,这里有不少房子都拆了,这地方马上就拆迁了吗?老太太说,本来说是拆,腾过两批,2005年、2006年那次之后就没有信了,也走了不少人了。你看好多房,房子还在,锁着门,但人已经搬走了。你看那个房子,就是你走过来的街角儿那块,房子还在,还是锁着,里面已经长起草来了。我问,人都搬到哪里去了?老太太说,第一批呢,都搬到回龙观了,第二批就是到肿瘤医院那里,就在龙潭湖公园往外那边。我又问,我以前很少来这边,这回一看,原来那个珠市口大街还在,新开的两广大街在它的南面。老太太说,对啊,这个珠市口大街还在啊,路北的房子都还在,也没拆。

说到这里,我又问,您看我走过来这么远了,也没看到一个商店啊。老太太说,这边没有商店,要买个酱油什么的就得到崇文门那边的大超市去,就是买菜还行,这北边路口每天有个早市。我问,那小孩到哪里上学呢?老太太说,这得看是什么人了,如果是北京户口,本地人,就到东面,过了祈年大街,有一个小学;如果是外地租房,孩子在这里借读的,就都到北面的一个学校去,都不在这一片儿了,也不是太远。我问,这里以前应该有小学吧?老太太说,当然有了,这边有四五个小学呢,现在都关了。

我说,阿姨,您是这里的老住户吗?老太太说,我不是这里生人,我是嫁过来的,那是1975年的时候。我说,那您也就是这里的老住户了,您的街坊,一个院的,走的多吗?老太太说,走了不少了。我突然想起拆迁的事,于是问,这拆迁是政府办的,还是开发商办的?老太太说,那就不清楚了。我问,拆迁如何算呢?老太太听了,一指马路对面,低矮的墙上爬着几串牵牛花的房子说,都是给钱走的,然后再买房,比如这一间房子，10平方米的话，如果是公租房，就按1.7的比例给房，就是17平方米，也就是一个一居室。如果是两间，就是20平方米，就有35平方米了，就能是个两居室，再大就能弄个三居室了。我正想着，又听老太太接着说，一个一居室就算六十平方米吧，剩下的面积得按四千九百块一平方米来买，像是肿瘤医院那边的房子——回龙观的房子十年前只值两千块一平方米，再加上给点儿钱，像什么装修补助啊，移机补助，有线电视补助，这么一算，也就没有四千九了。我说，为什么这么多人不搬呢，不过不搬也好，以后可能得更多。不料老太太说，其实搬了也挺好，现在停了，也没有信儿了。老太太又补充了一句说，那些给钱走的，给了多少，谁知道，你记住了，凡是拆迁，你一问，没人跟你说实话给了多少多少。老太太又说，听说这里以后再盖房也不能高了，因为这里离天安门太近了。早上的时候，天安门放音乐我们这里都能听到，所以也不让盖高了。

　　说了半天了，我想该走了，于是问，您看我要到大栅栏该怎么走？老太太说，你往北走，这条胡同，你看到那个拐弯的车没有，就从那跟着它往西拐，一走就到了。我说，阿姨，那您歇着，我先走了。还没走出两步，老太太又叫住我说，你看前面那个地方，写着"为人民服务"的那个地方，可以看看，去年拍电视剧的时候，还在这里拍过外景呢，就是《家有儿女》里边的那个姥姥。我知道这么个电视剧，但不记得有这么个姥姥，再次向老太太道谢告别，走出了沙沙作响的大杨树的影子。

二〇一三年六月下旬

第七章　宣武门东

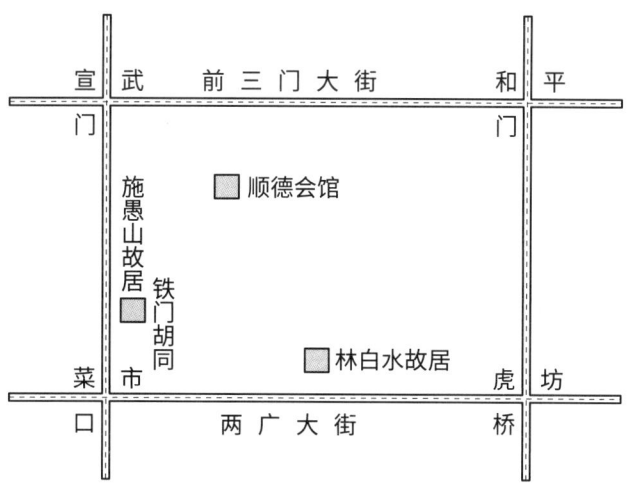

第七章 宣武门东

棉花头条凶宅在

据《燕都丛考》所载："宣武门外大街……自敩家坑、四川营而西，其间之东西胡同，在北曰棉花九条，稍南曰棉花八条，再南曰棉花七条、下七条；棉花六条、下六条，棉花五条、下五条；棉花四条、下四条；棉花三条、下三条；棉花二条、下二条；棉花头条。"就是现在地铁菜市口站东北角一带，从老地图上来看，从头条到九条的这些胡同，还真像一团蓬蓬松松的棉花，不过，随着时代的变迁，现在这团棉花只剩下大致方形的一小块了。我以前也经过这里，没有细心观察，这次决定好好走一下。

我从宣武门外大街向南走，经过西草厂街来到棉花下六条。我从西口向东走，一路上并没有什么深宅大院，门都古旧，看得出，有的房子已经腾空了，拆了一半，或者完全拆完了，就用蓝色的铁皮板竖起来挡住。在这样的拆迁区，人们也没心思再进行建设和维护，于是处处显得破破烂烂，摇摇欲坠。走到了下六条的东口，我发现了一个门楼比较精致，窄而高，上面的砖雕甚是精美，它东边也是一个一样的大门楼，不过已经残破了。

我在这里拍了几张照片，这时对面门洞里走出一个五十来岁的大哥，看了我一下，半自言自语地说，这片胡同，也就这个还有点意思了。我说，您看这两个大门简直一模一样，不过这边已经拆了些，有些可惜了，这里面以前住的肯定是大户人家。大哥说，这里面以前住的兄弟三人。我说，有些房子已经拆了，这里是不是马上就要拆迁完了？大哥冷笑说，已经拆了十年了，指不定哪年能拆完呢。我正欲闻其详，他又说，这北京城的老东西不全在南城？现在南城也快拆完了。这时，那边过来他的一个熟人，两人搭上话，我就再走起来。

在繁华隔壁——走过北京角落的篇章

走到胡同东口,是一个公厕,在这里,不能不说这是一个进步,现在的拆迁,哪怕只剩下一户,这里的水电还是照常,厕所的卫生也有保证。公厕对面路南临街一溜大房,可以看出以前的主人是一位阔主儿,灰泥墙面上,大大的"拆"字十分醒目,而最引人注意的就是这里还残存着红色的标语,虽然头两个字已经被墙上的空调外挂架子挡住了,但仍能清楚地看出这是,"××大革命万岁",已经过去了四十年,颜色仍然鲜明,大概和背阴里不见阳光有关。另外,从一些蛛丝马迹来看,这些字原来上面有覆盖的痕迹,可能被好事者扒拉开还是不很久以前的事。在胡同里行走多年,这样的标语也只在此地见到。

出了六条口,就是一条新开路,从此往东,北面是新建的高档封闭楼盘,南面走过几间平房后来到一条南北的大胡同,应该也是拓宽了,名为裘家街,由此南望,路西还是平房,路东已经是一个巨大的气派新楼了,为中国联通北京分公司总部大楼,由此往东再走到头,又会撞上一个丁字路口,名为四川营胡同,按籍旧图,这里也就是棉花各条胡同的东头儿了,再往东就是琉璃厂文化区了。只见一座四合院正好立在北京联通大楼的东侧,房基高于路面一米多,这就是棉花头条的林白水故居了。

据《宣南鸿雪图志》:"林白水故居位于棉花头条1号,即原《社会日报》社,宣武区文物保护单位。林白水,1873—1926,福州闽侯人,字万里,又名少泉,我国早期教育学家和进步新闻工作者。……1926年8月5日,林白水在《社会日报》发表时评《官僚之运气》,抨击北洋政府总理潘复,第二天被军阀枪杀于天桥。林白水故居共两进四合院,前院为报社,后院为住宅,现状保存完整。……整个院子是南城紧凑的四合院格局典型。"

从书中所附图来看,林白水故居正好位于棉花头条与下二条之间,南门下台阶即是棉花头条,北门出来就是棉花二条,而在它的东墙外原有紧贴的一堆小房子,现在都已经拆除了,展拓了四川营胡同。这座宅院原来就高出街面,应有一米多的台阶才能到达街面,现在它被铁栅一起圈在了

第七章 宣武门东

北京联通的大院内。在它的东墙上嵌着2012年西城区文化委员会所立的保护碑记，说明这是林白水故居，"1990年12月被西城区人民政府公布为区级文物保护单位。"

《燕都丛考》引时人张江裁的《林白水故居记》说："宣武门外棉花头条东口路北第一门，为燕市凶宅之一。卜居之，多不利。据故老相传，其地为秦良玉屯兵之所，兵卒违反军法者，就戮于此，孤魂无归，时出为祟。按：此类齐东语，殊不足信，惟此宅不利于居者，已为都人士所共知也。吾友闽侯林白水先生，曾赁是居，办社会日报。……白水为血性男儿，其所为文章，嬉笑怒骂，皆有为而作，虽遭时忌不顾也。而白水竟以冤死，天下惜之。"

宅院凶与不凶，当然无从考证，不过在前后左右的胡同一起消失的时候能够独存，说明此宅足够幸运。我顺着铁栅而行，转到了南面，更看出北京联通大楼的宏伟和楼前广场的宽阔。旧时这里也是一个热闹所在，骡马市大街现在已经成为两广大街，顺铁栅而西，默默点数可能几年前还在这里的那些深宅大院：三晋会馆、直隶会馆、中州会馆……

二〇一六年十二月下旬

在繁华隔壁——走过北京角落的篇章

偶逢故老铁门中

　　从历史地理学的考证可知，至少在唐代时，现在从宣武门外以南的这片儿就在幽州城内，在辽南京和金中都的时期，这里更是都城内的繁华所在。这些小胡同并不起眼，远没有明清胡城里笔直划一的胡同那样气派庄严，但说起历史的积淀来，这里有更深的根。

　　从棉花头条至棉花九条——包括裘家街以东的所有分上下胡同的上条部分，现在已经完全改换天地。从《宣南鸿雪图志》所载的宣南历史古迹分布来看，每条胡同基本都有叫得出名字的建筑，在 1996 年现存古迹地图上，大片的胡同区没什么变化，有着清晰轮廓的建筑仍不在少数，棉花头条有林白水故居，棉上四条有延安会馆和吉安会馆，棉花五条有圆通观，棉花八条有马富禄故居，至于《曾文正年谱》所说，"道光二十年十二月，移寓棉花六条胡同路北"，在当年已无从考证了。现在这片地区里只有林白水故居独存。在残存的西部下几条胡同里，标注的只有一座，就是棉花五条的叶盛兰故居。

　　在五条看时，我特意找了一下这片胡同里仅存的标注古迹——叶盛兰故居，没有看到明显的标志，但在路北与地图上标注相当的位置上确实有一个高出其他住户的大门。大门很高，而且要上四级台阶才能到达门槛，约略有些像金井胡同的沈家本故居，但明显要窄很多，门框上钉着"平安示范楼门院"的闪亮标牌，但门牌却不见了，只见另一边用粉笔写着一个"7号"的字样，大门紧闭，门上的春联早已不全，也不知里面还有没有人居住。

　　为了确认这里是不是一代京剧大师的居所，我想找个人问问，但街上并无行人和老街坊，我想，棉花五条向西通到铁门胡同，不如专门到那里

第七章 宣武门东

看看。

《燕都丛考》引《箕城杂缀》说:"虎坊桥在琉璃厂东南,其西有铁门,前朝虎圈地也。"从《北京历史地图集》上看,明万历时就有这条胡同了,与1993年和1996年的地图走向也完全一致,都是大致南北方向,连接南草厂街与骡马市大街。不过,眼下的情况却有了根本的改变。一座东西向的厚厚实实的大厦将铁门胡同完全切断,北段就是施愚山故居所在那条街,而眼下的这条更长一些的则是铁门胡同的南半段。

我从棉花五条出来,向北一转,就到了铁门胡同南半截,发现北边路东有比较高大整齐的旧房子。根据《宣南鸿雪图志》地图上的线索推测,我怀疑这就是铁门胡同的慈航禅林,这是一座坐东朝西的建筑,走到近前去,发现应该是个大杂院,想了想,没进去,又顺路西往回走,路西已经拆成白地了。

对着棉花五条口,这里正好有个公厕,不时有人来往。前面一个老者看我拍了不少的照片,突然问我,你这是忙什么啊?我忙跟老人解释说,我就是喜欢走走看看,拍些照片。这位老者面容清瘦,中等身材,穿一件黑色的羽绒服,也没有挂着什么红箍,看来是住在附近的老住户,正是所谓的故老。

他听我一说,似乎很是理解,或者此类人见过很多,点点头说,拍吧,不过这一片也没剩下什么了,那边儿有个是萧什么的唱京剧的角儿的房子,可以看一看。我说,是西草厂街的萧长华故居吧,那个我刚去过,又过来的。他又说,还有一个叶盛兰的房子,挺讲究的。我一听特别高兴,这回算是找到一个既明白又愿意说的人来问一下了,忙说,我刚才过来的,就从棉花五条上看到一个大宅子,门楼特大,还有台阶。老者说,对,那个就是,您看它的门楼多讲究,上面出来的木头门栏,别的家儿哪有?!

见老人如此熟悉附近的景物,我于是问,您是这里的老住户了吧?老人平静地说,我住这里65年了,我们家在这里已经四五辈了,都在这里。

我说，这片地方已经拆迁了很多年了吧？我看很多地方还有成堆的垃圾呢。老人很在意地问，您说哪里有垃圾啊？我说，刚才我从棉花几条那里过来，有的用钢板围着起的空地，从缝里一看，就有不少不知什么人收的废品。老者点头说，可不是，您看那些，早就拆了，又长了草，现在草一干，特别容易着火。这时，他伸手一指说，那里，前年就着火了，那里也有着过，为的是怕人捣乱，街道组织我们值班，四处转转，主要是防火。

听这么一说，原来老者也应该是一位首都安全志愿者，不过没有戴箍，倒是失敬了。我说，为什么这条胡同中间插了这么一个大楼？老者说，这是个衙门，它要盖在这里，谁拦得住啊，还不是说盖就盖了。也许是想到了拆迁这回事，他的话开始有些不那么平静了。他说，这片地方，就是没拆完的这片地方，也早就被什么单位瞄上了，2009年时一起要拆，为了赶大家走，连蒙带吓的，跟黑社会差不多。见我不信，老者又说，没错，就是野蛮拆迁，他们把这拆迁都包给什么拆迁公司了，这些人都是黑社会，什么招数都使得出来！

对于他说的这些，对比听我一位朋友以前曾言说的火药局胡同拆迁一事，应该不假，但为什么又没有拆完呢？老者说，后来还没拆完，听说是没钱了，于是拆迁方就撤了，他们以前的办事处就在厕所南面的那个房子里，现在可好，这事情就没人管了，要么全扒光，要么把扒了的房子盖起来，不能什么说法也没有，也找不到管事的人。我说，现在拆迁速度都快，如果这里被认定为棚户区，马上说拆就拆了。老者说，那就不好说了，也不管它，我们四五辈都在这里啊。

我想得抓紧再请教一下这些旧房的来历，于是指着北头路东的大房子说，我从书上看，这里有一座庙，是不是那个呢？老者肯定地说，那就是这个庙，新中国成立后就住了人了，叫什么来着，记不住了。我说，书上说，叫慈航禅林，是不是？老者想了想，也没确定，到底时间太久了，他说，"大跃进"前，这里还是个庙，大跃进之后，房子就归了房管所了，

第七章　宣武门东

于是就成了个大杂院。他又指着眼前的一处说——我没看清，那里以前是个卖酱油的商户，也是多少年前的事情了。

在胡同里跑了多年，难得遇到这么热心的故老，我心存感激。老者说，您有五十几了？这是第一次有人如此问我，让我心里一惊，我摘下线帽说，您看，我还小呢，1970年的。老者说，和我弟弟一般大，行，您先再看看吧。我由衷表示了感谢。

我于是又回到了庙前，看了看，又试着走进去，只见里面是密密麻麻的私搭的小房子，不看也罢。再往前走，找那个是在《宣南鸿雪图志》里标示的铁门胡同南口的铁门胡同138号店铺，但除了一座在里面的民国小楼外，没有什么收获，可能店铺本来就不是很起眼，只是年代够了。据《燕京访古录》："宣武门外骡马市大街西，有胡同名铁门，胡同内约有井七十二眼，虽室中，往往亦有井眼。其地多制酱局，需水多，盖缘此也。"这里就该是这样一个酱房的所在。

二〇一七年一月上旬

在繁华隔壁——走过北京角落的篇章

愚山故居宣城馆

据 1989 年版的《北京名胜古迹辞典》："施愚山故居在骡马市大街铁门胡同 11 号。即宣城会馆。施闰章（1619—1683 年），字尚白，号愚山，安徽宣城人。是清初著名诗人，与宋琬齐名，有'南施北宋'之称。其故居为四合院，据说他在北厢房内居住，有后人刻碑一块镶在墙上。该处已公布为宣武区文物保护单位。"

施愚山故居位于铁门胡同的北半截上，从宣武门外大街经西草厂街即可到达。这条胡同很破败了，路东有一个很大的宅门，不过连大门都没有了，里面是大杂院。接着往前，顶头是一座很大的新楼横在眼前，胡同就此到头了。路东的一些房子已经拆平，现在是收废品的人在此暂驻，路西最南的残存院落就是施愚山故居了，大门框上是手写的门牌号"铁门 11 号"，在旁边墙上钉有亮边的哑光金属标牌，上写："北京市西城区普查登记文物施愚山故居"，落款是"西城区文化委员会 二零一三年一月立"，还有编号。

望着破破烂烂的门洞，我心里有些奇怪，按说东西应该越老越珍贵，越少越值得珍惜，北京的老宅子日少一天，但这座施愚山故居，至少有三百年的宣城会馆，保护等级却越混越低：在 1989 年还是区级文物保护单位，过了 24 年，居然成了普查登记文物。当然，这样的下落并非是越级的，因为在我手上的 1997 年版的《宣南鸿雪图志》里，它已经被降为暂保单位了。

"宣城会馆（施愚山故居）位于骡马市大街铁门胡同 11 号，以'施愚山故居'名称公布为宣武区文物暂保单位。南侧为文信会馆，北为居民院，其范围东西 27 米，南北 16 米。……故居改为宣城会馆后，自嘉庆年间开始扩建，先后并入西院和北院，光绪年间最为兴盛。"

走进故居，里面的破烂不易用言词形容。大门是向东开的，进了门，里面是一个小院子，院内有一棵没有叶子的大树，左面已经全部拆完了，堆了很多的垃圾，右面是一个很窄的夹道向北，两边是私搭的房子，感觉应该还有人住。正西是一座比较高大的老屋，还有台阶，最左侧是过道，进去一看，又走不过去，前面用木板封着，向上一看，屋顶已不完整，在房内的过道上抬眼可见不规则的天光轮廓。

据《宣南鸿雪图志》描述："故居为一座不其规则的小四合院。大门东向，……主体建筑位于院子的后半部，正房为北房二座，各面阔三间，门窗装修后改，但主要构件仍保留有旧时的痕迹。正房的西侧建有西配房三间……据说施愚山就在北房居住，后人刻石碣一块镶于墙上，以示纪念。"

由此对照我看到的，可知那间有台阶的大房就是东配房的西边的那座，而那块被钉住的木板封住的背后就是建筑的主院，两间北房在里面，可惜过不去。

在垃圾遍地的院子里我没有多做停留，也没有在房前屋后遇到老住户，出了门，我顺着建筑的东面和南面绕了一下，想看看能不能望到正房。老宅的南侧是一条新开的临时路，直通到宣武门外大街，这里原来没有路，都是民宅。从南面也看不到正房，只见用铁脚手架和薄钢板围起来的废墟中，刚才看到的那座配房显得很高大，这时我才注意到，原来它的屋顶已经是水泥瓦片了，而且还有过火的痕迹，粗大的木架向外的这一面已经烧焦，也不知是何年何月的事情了。

二〇一六年十二月上旬

海柏古藤废墟中

作为一座辽金以来的古都，关于北京的古籍可谓多矣，而逐街逐巷记载此大城的书却不多见，一为康熙时朱彝尊所著的《日下旧闻》，一为民国初年陈宗蕃所著的《燕都丛考》，都是以一人之力完成的不朽杰作。朱彝尊在顺德会馆著《日下旧闻》，其室名为古藤书屋，就在现在宣武门外东的海柏寺街上，现在那里是一片接近拆完的废墟。

这片用围布挡住的废墟面积很大，大致是一个方形，北起香炉营头条，南至前青厂胡同，东界为香炉营东巷，西界是庄胜崇光那一排巨大商业建筑东侧的围墙。除了西面不通，从北，从东，从南，都有路通入这片废墟，因为还有未迁走的住户，所以路口虽有保安，也不禁人出入。

我从前南面青厂胡同的中段那个较大的南北胡同口进去了，墙上一块很大的黄底标语"进入拆迁工地　请注意安全"，这边残存的房子还很多，但挑了顶的占了多数，残墙上有各种不同年份留下来的拆迁动员口号，最新的那些鲜艳的竖写着的口号是"多一点真情沟通　早一步住上新居"，很是密集，再往前走，房子少多了，在一个很大的孤立的有着很多图片而主题为"依法拆迁　政策不变"的宣传动员栏的前面就是一片可以称为空场的白地了。除了一些孤立的建筑，就只有那些原生态的树木了，在早春的明亮天空中一片寂静，目力所见的是附近拔地而起的新楼。

废墟里的空场已经变成了堆料场，从那些旧房里拆下来的木料和砖石在这里正在进行专业的整理，一大堆的乱木头被按体积分成了一堆堆的，那些真正的老料榆木大柁可能从此就会变身为一堂华美的仿古家具，那最破烂的门窗也能在炉膛中完成对人类的最后一点的贡献。在海柏胡同与香

第七章 宣武门东

炉营四条之间的宽阔处，三四个头戴围巾的妇女正在那里一块一块地用瓦刀去除着那些完好的青砖红砖上附着的黄土、三合土或者水泥，叮叮当当的声音回响在开阔的空场上，而这一边有三轮车载着满满的木条窗户什么的向外面去了。

这几天看书时，我也注意到了这个地名的来历，大概这里原有一个海波寺，但在民国时这个海波寺已经无存了，但地名留了下来，转音成了海柏胡同，也曾是一条名街，现在房子虽然多大半都没有了，但存留的房子仍较北面的香炉营四条多不少，还有几个大宅门，虽然从侧面看，宅门里的房子大多早成了平地，另外居住人家也略多。

这条胡同的路面还是比较完整，我居然在一处的门框上看到了个红色的搪瓷的门牌。同路一样完整的还有道边的树，不是一条大胡同不可能有这么多的树，在外地人看北京城是一个灰色的城市，其实北京无处不在的树也是这个城市中的一景，胡同中有了树，院子里有了树，生活就是别一番的滋味。路北的高大宅门口前两个老住家在那里聊天，前面一个人骑车停下来，向着南面废墟里张望，看样子像一个送快递的，因为房子大多没了，又没有门牌，想来有些为难，正巧他越过一院子的砖瓦遍地，看到那边刚开始拆的楼房前一个红衣女子，忙喊道：海柏胡同22号拆了没有呢？那女的也是外地口音，她一指前面的瓦砾说，就是这片吧。

我在瓦砾场又转到了南面，见有一片房没拆，于是兴冲冲地走到这里，也没有人，往里走，是一个院子，一间北房倒是旧的，但是南房却显得很新，一眼而知是新盖的，也是木结构和瓦顶。院里除了破败的杂草外，居然还有不少的整齐的砖瓦，这让我十分的疑惑：这片地方拆了十年了，居然又新盖起来房子？我四周看看，并没有人迹，发现院子东面也是一座新房子的背身，好奇心大盛，于是从这间新房南面的一个小缝子走了进去，里面也是一个四合院，房子也是新的，这让我百思不得其解。

我又回到了海柏寺街上，在路南发现了个黑乎乎的大门，但已经破败不堪，走到里面一看，已经拆得七零八落的，紧靠大门的一个小房间，房子的顶已经被挑了，横七竖八的木条支叉在门里，再往里看看，已经完全是一个拾荒者聚集的地方了。这时一个外地口音的老头也跟我走了进来，说，这里有什么可照的呢？我说，随便拍拍。他看了我一眼，没说什么，我又问，这地方为什么还没有拆完呢？他说，这不是都拆了吗？此时夕阳已经西下，只能先往外走，我从废墟北面的一条斜坡出去，就到了香炉营头条。

在废墟中转了大半天，也没有找到哪里是顺德会馆，让我有些失望，之后又看了一些书和地图，发现这里的确是一片饱含文化积淀的地方，看着电脑上的百度地图，对照着一片片的地名，轻叹一声，都不见了。

过了些日子我又来了一次，为了找到顺德会馆的所在我费了不少周折。前青厂胡同路北那个黑乎乎的小饭铺已经关张大吉了，因为比对过旧地图，所以这次在废墟中的方向感就强了不少。从前青厂胡同中间位置的路口向北，可能就是后青厂胡同，或者是周家大院还是其他，上次就从这里过来的。

在一个岔口我拐进一条南北向的小道，两边都有没拆的房子，在这片废墟中显得很有生机，右前方还有一个木制的亭子，感觉像是新盖的，这是很奇怪的事情。亭子后面也有房，我突然想起可能就是上次见到的那几间新盖的平房。看这个亭子虽然比较完整，但十分的灰暗，制式拙劣，粗制滥造，完全没有古建筑的美感。再往前走——这条胡同不宽，只有两米吧，左边接连几户都是有人住的样子。对着一户的门口有一个公告板，上面有和在其他地方一样的告示说，拆迁方又在张仪村还是什么地方弄到了房源，还照五六千的价格卖给居民。我正看着，门里又出来一位五十上下的师傅，看了看我，也看了看告示——应该不是头回见了，这时从我来的方向，也就是南边来了一位推车的中年妇女，两个人应该是街坊，于是聊上了，我不好过去听，只听见他们说的也是这房子的事。那女的说，不是已经答应

第七章 宣武门东

给你五套了吗？那男的尖声叫道，五套？……他可能是怕我听见，马上就低了声。

老这么瞎走也不是办法，我也想找人问问。只见前面不远一位五十来岁的大姐站在门口无事张望，我过去跟人家一搭话，她倒是挺喜欢聊天儿的。

我问道，咱们这边儿这条胡同叫什么啊？她说，这条，就是顺德馆儿夹道啊。我一听，马上想起了在南面的主入口处的告示板上的一组图片，显示拆迁进程的，其中一张就是顺德馆夹道的开拆，如此说来，这胡同的东面就是大名鼎鼎的顺德会馆，当年朱彝尊写作《日下旧闻》的地方了，不由得很是激动，因为这片房子还没有完全化成白地儿啊！我于是指着这右边这片大部分用彩钢板拦起来的地方说，这里就是顺德会馆了？她说，这就是顺德馆儿啊。我一指那个黑不拉几的亭子说，那个也是古迹？大姐说，这个可不是古迹，以前那地方有个亭子，可好了，这个是后盖的，现在也不行了，你看那栏杆已经坏了啊。我说，折腾这个干什么啊？她说，这都是拆迁公司干的，把这一片都给扒了，结果房主不干，听说是在美国，不在国内，跟他们打官司，他们就给人家又盖起来了。

听她这一讲，我一下子恍然大悟了，毕竟这个古藤书屋太过有名，是个市级文保单位，在当年的《宣南鸿雪图志》上也有明确标出，很大一片的保护面积，房子很多，而且还是私房，肯定是拆不了了，但旧居变成了新屋，又有多少意思呢？我问大姐说，您这里是不是要搬了，我看那个房子位置还行啊，没到通县和昌平去。大姐说，太远了，这里多好啊，搬到农村去受不了啊，所以不走。我问，南边的椿树胡同那边是回迁了吗？她说，那边早就回迁了，这边就不让回迁，我们不走也是这个原因啊。我问，那边一大片楼房，像是工厂的样子，是什么地方？大姐说，就是原来的学校，永光小学。我问，好像是关了吧？大姐说，早就关了，这里已经拆迁了十几年了，那个学校一开始就关了。

我又顺着前面小道走向香炉营头条，从这里向下是一条很陡的斜坡，往北一看，估计到街面至少有两层楼高，想必在这片胡同变成废墟之前这个大坡就一直存在，为何会有这样的落差？推算位置，这片土地正在那座曾经辉煌一时的大城金中都的所在，这里会不会是一座大殿的基座，又或者是楼台的所在？金中都废弃后，在没有经过规划而自发聚居形成的这个角落，先民们缘着那些古代宏大建筑的遗址建起一间间小房子，再串成胡同，连成片，连带着那些唐宋以来的古寺，将辽金的废墟再次铺满。

二〇一四年四月下旬

第八章　宣武门西

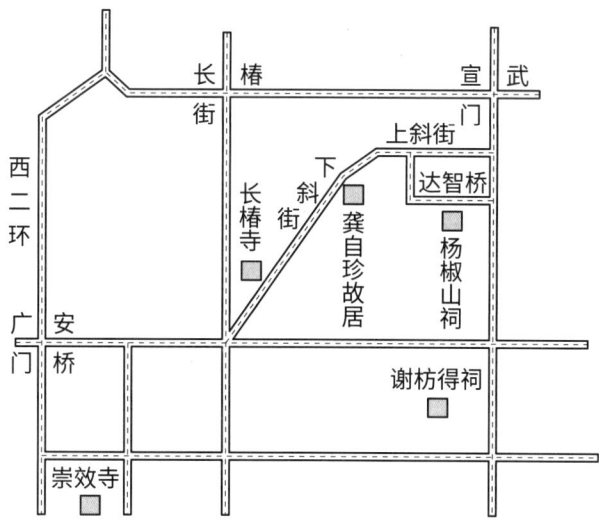

第八章 宣武门西

偶过闹巷达智桥

初次去宣武门外达智桥,还是在 2009 年,只记得一进去就惊讶于那里的残败。刘盛林先生的《漫话达智桥》说:"据考证,北京地名,凡以桥名街的地方,昔时都有水或河道通过,达智桥当然也不能例外。……达智桥一带或系当年凉水河所经过的地方,这里的桥跨河,后即以桥名街了。又为什么叫'达智'或'炸子'呢?据说是由'鞑子'的谐音雅化而来。达智桥之称,是民国以后才改用的,1965 年北京整顿地名时,改称达智桥胡同。"这条 200 米长小巷,正位于明清以来宣南文化的核心区。

我这次一进达智桥胡同的东口,同样感觉是掉进了一个巨大的农贸市场里。街道两侧除了卖各种饮食和百货的小店,就是临时摆出来的摊位,凉菜、熟食,当然还有麻辣烫,热气腾腾的锅子飘出一阵阵的气味刺激午时人们的味觉神经,围在摊子边上的年轻男女吃得正欢,正午的明亮的阳光慷慨地照在花花绿绿的招牌上和撑起一片生意的篷子上,三三两两轻快走过的男男女女,从他们的脸上能看出午休时的轻松来,也让这条不那么整洁安静的街道显得生机勃勃。

这条街上最有名的建筑就是街中间路面的杨椒山祠了,对于这座古迹的由来以及历史,那么多的书里都可以查到,没必要浪费笔墨,只要对着这座已经成为大杂院的灰色建筑凝视一下,想到四百年前的杨继盛和一百多年前的公车上书,想到这里四百年来的国运与士节,就足以让人感慨激动的了,这可称是一座中国士人精神的纪念碑。经过了三四年,街上的景物没有太大变化,只是上次来的时候山门是一个卖菜的商店,现在却是已经砌上了墙,抹平了。

从街北看这祠堂的中路，隐然是一院子高低隆起的私搭乱建。这时我看路北有一个很窄的胡同，于是走进去看看，都是普通民房，绳子上搭着衣服，窗台上晒着鞋，正好遇到了一位五十多岁的大姐，就搭了两句话，她说，这个地方明年就搬迁了，弄了这许多年的拆迁，终于要走了。不几步，又遇一位六十多岁的老者从外面推车进来，我急忙贴墙侧身让过，一搭话，我就问，听说这片地方要拆迁了？他反问道，您从哪里知道的啊？我一想，可别现学现卖还露了底，于是说，我是从网上看到的！他又跟着问，哪个网啊？是什么时候的消息？他又很坚决地说，别信，都嚷嚷二三十年了，结果都没准信儿，这么一大片，一时半会儿也拆不了！一边推车进到里面去了。

再回到达智桥街上往西走，午间的买卖也越发显得热闹，街的西口是一个丁字路口，一个智障老者瘫坐在地上，一见人过来就又叫又嚷，于是转身向南，再顺着大胡同向西走，一看墙角上的街名，都是"校杨某条"的字样了，拐向西的大胡同是校场六条，看到还算齐整的房子，我就拍两张。

这时走过一位七八十岁的老者，白花花的头发，主动来跟我说话，问我做什么。我说，听说这里要拆了，于是过来拍拍。老人说，这里有什么可拍的啊，前面倒是有几个名人故居，边说边和我一起往西走。只见他一指前面说，那个是尚小云的故居，那房子才齐整呢！我忙看过去，只见是一座大门向南开的四合院，因为在路南，所以只能看到房子的后影。很整齐的三间房子的后身，是很标准的四合院，青砖青瓦，院里的大树已经长过了房子，显得满满的。老人说，这个院子可好了，里面的海棠树都多高了。我忽然发现房顶上都开有烟囱，于是问老人说，这些烟囱是后来砌的吗？里面后来住的是什么人？老人说，那不是后加的，当时就这么修的。我又问，这么好的院子，是不是保护单位？老人摇摇头说，没听说啊。他又热心地带我走到了校场大六条的西口，向右一指说，那边就是龚自珍的故居，外面就有牌子啊！你去看看吧。

第八章 宣武门西

我自己过了两个路口，没多远就看到一条从东北向西南的斜街，一看路边的牌子：下斜街，突然想起了二十多年前的一个夏天的晚上，骑车到这里迷了路。这几年看书才知道北京城西南的这些斜街的由来，原来是元大都建成后，金中都并没有完全废弃，还有人居住，称为南城。从大都到南城之间往来，人们都选近道，于是走成了这许多条斜街来，上下斜街是最著名的一条干道。上斜街在东，大致东西走向，下斜街就大致南北走向了。

在上下斜街的接口，路南坡上有一个院门口，旁边墙上真有一块文物保护单位龚自珍故居的牌子，我进了院子，又是一个大杂院，东面和南面一看就是新房子，北房下私搭乱建的小屋里走出一位六十多岁的老太太来，看了我一眼，看来不是那么警惕。我忙上前问，听说这里就是龚自珍的故居？老太太看来已经有了不少的经验，不慌不忙地说，就这一间房了，里面什么也没有了。

我顺她的手看，这是院子的北房，还比较高大，和院里的私搭乱建基本上都连在一起了，柱子上是很旧的工业漆的红色，再往上看，椽子还在，但上面的瓦片已经是大片的水泥瓦了，不禁心中暗叹一口气：果然没什么可看的了。我又问，您是一直在这里住？以前这里有什么遗迹呢？她说住了几十年，以前就没有什么了。我又问，这个房子是是从南开门吗？花白头发的老太太说，不是啊，是向东开门，以前那个院子挺大，听说院门在东面老远街上的那棵大槐树下。

离开了龚自珍的故居，我又往上走，在五六十米外看到了路南的槐树，也并不很大，这才发现，原来这里已经是上斜街了。

二〇一三年十一月上旬

在繁华隔壁——走过北京角落的篇章

上下斜街寓名流

"九州生气恃风雷，万马齐喑究可哀。我劝天公重抖擞，不拘一格降人才。"这是龚自珍的《己亥杂诗》中的一首，也是我们耳熟能详的一首诗，写于1839年，正是鸦片战争的前夜。这一年春，47岁的龚自珍屡屡揭露时弊，触动时忌，他又忤其长官，决计辞官南归，于6月4日离京，9月又自杭州北上接还眷属。两次往返途中，百感交集的龚自珍写下了许多激扬、深情的忧国忧民的诗文，这便是著名的《己亥杂诗》315首。两年之后，鸦片战争烽火正炽，诗人离开了人世，再也没有回到北京。不过，他在北京的故居幸运地保留至今。

据《北京名胜古迹辞典》载："龚自珍故居在宣武区上斜街50号。即番禺会馆。我国近代进步思想家、著名诗人、文学家龚自珍，清道光年间曾一度居住在这里。龚自珍出生在三世京官之家，他本人也官至内阁中书、礼部主事。他博学多才，关心国家民族的前途和命运，全力支持林则徐禁烟，写过不少批判和揭露封建社会黑暗现实的政论文章。龚自珍的宅院前面是住宅，后面有花园。1831年龚自珍将这所宅院卖给广东番禺人潘仕成，以后潘仕成南归回乡，把这所宅院赠予同乡会，遂成为番禺会馆。现已公布为宣武区文物保护单位。"

两三年前，我曾前往上斜街寻找龚自珍故居，在上斜街与广安胡同的交叉口的东南角上找到了这个地方，高台阶上去，院墙上有牌子，进去一看，是个大杂院，当时还遇到了住在北屋正房的一位六十多岁的大妈，聊了一会儿。我这次再去，一路感觉变化不小，达智桥胡同的改造已经初见成果。

在明清两代，上下斜街一带是宣南一个士人聚集的地方。据《北京城市历史地理》说,宣南三大士人聚居区就有以上下斜街为中心的街区:"'结邻真爱近斜街',上下斜街是康熙前期士人聚居的重要街区,这里主要有赵吉士寄园,后捐作全浙会馆;有冯溥、王士禛、朱彝尊和查慎行等人的寓所,朱筠、翁方纲、赵翼等都曾在此居住。附近有乔莱的一峰草堂,及顾嗣立的'小秀野'寓所等。在此区域东南部有松筠庵,位于炸子桥东,为明代杨忠愍故居,也是士人寓居觞咏之所。《天咫偶闻》说它至光绪年间仍'恒寓名流'。"

这条有名的上斜街的确有与众不同之处,叫作斜街,但大体上仍是东西走向,两侧都比路中高一些,尤其是南侧房屋比路面高出了两三米,不知是多年的大路被走成了河,还是因为这里原来就是一道土冈,又或者说,高出来的地方都是当年辽金城市遗存的高大建筑的基础,总之,这样的地势起伏在北京还不多见。

很快,我又找到了那个地方,走上坡,院子门口的那个文物保护牌子仍如我上次来的时候一样挂在那里:"北京市西城区普查登记文物 龚自珍故居",落款是"西城区文化委员会 二零一三年一月立",还有编号。

走进去,里面静悄悄的,上次见的那位大妈所在的北屋也没有动静,我上次没有往里走,这次再往南走了些,院子里私搭的小房过去,到了南屋的后面,院子好像就到头了,再前的房子已经是新式的房子了。于是顺原路返回,这时我留意到,大部分的房子已经腾空了,门上封条日期不一,大多是2015年的,那些没有贴封条的人家看着还有人住。与很多地方随腾房随挑顶不同,这些房子还没有动手拆去屋顶,外面的杂物也摆放整齐,好像原来的人刚刚搬走。

二〇一六年十二月上旬

在繁华隔壁——走过北京角落的篇章

大椿一梦四百年

《庄子》（内篇·逍遥游）说，"上古有大椿者，以八千岁为春，八千岁为秋"，人中之瑞的彭祖才活了八百岁，这大椿的生命力确实超乎了我们的想象。北京地铁 2 号线，有一站就叫长椿街，它得名于南面的一座大寺——长椿寺，这是旧时北京的著名大庙，离现在有四百多年了。

在改革开放飞速发展的 20 世纪 90 年代，城市面临大片的改造，与一些现在已经不存的古迹相比，当时的专家更不看好长椿寺的生存，因为这里不但已成了大杂院，而且它正卡在了从前三门大街向南延伸的交通干道上。值得高兴的是，现在这座大庙不但保住了，而且已经整旧如新，围绕庙宇的平房区也被拆除而建起了漂亮的花园。介绍北京民俗风情的宣南文化博物馆就设在这里，免费向公众开放。

与一般的庙宇坐北朝南不同，长椿寺呈现西北——东南的走向，大门东开，这也不同于辽代时庙宇坐西朝东的习惯。之所以这个走向，是因为它正在下斜街的路西，如同沿着江河一样，它的走向要与街道垂直。说到这条下斜街，也很古老了，是元大都建成后，人们往来金中都故城和大都城之间走出来的路，为了抄近，所以就是斜的了。

长椿寺是明代万历二十年，就是公元 1592 年，明神宗的生母孝定李太后所建，用以供养高僧水斋的，神宗赐名长椿，以为李太后祈福。当时此寺"规模宏敞，为京师首刹"。

关于水斋和尚，据明末的《帝京景物略》说，他自幼出家，奔走苦行三十年，曾到五台山、普陀山和峨眉山礼拜和求师，每个地方各燃一指以供菩萨。他对佛学自然很有心得，但众人知道最多也最敬服的一件事就是，

第八章 宣武西

在五年的时间里,他经常多日连续不吃饭,只靠每天饮水几升来维持生命,于是称他为水斋。万历中,他来到北京的时候名声已经很大,明米万钟的《长椿寺水斋传》说:"圣母太后、皇帝陛下实嘉与之,赐金冠紫衣,钦命焚修,敕建大华严寺于永乐店,再建大祚长椿寺于今所。"据记载,他又在此生活了很多年,直到神宗之孙烈皇崇祯七年,即公元1634年,才端坐而逝。

现在走进宣南文物博物馆,走过一层层殿宇,处处安静而整洁,在一间间的展室里,生动的文字辅以珍贵的实物,让人对于宣南这片历史积淀深厚的土地有了深入了解。由于曾沦为大杂院很久,加之以动荡岁月的扰扰,庙中原有之物已荡然无存。这里曾有一座渗金宝塔,高一丈五,是历代吟咏的宝物,现在已移往万寿寺珍藏,如上文所说,那也是李太后和神宗所造。

即使从现在看来,这座寺的规模仍很宏大,但与现存的皇家大寺相比,建筑却显得不够高大齐整,与历史上所说的盛况差距不小,细阅历史就会找到答案。据清初人所记,长椿寺建成不到百年,就已经坛席荒凉,僧徒零落,至清康熙十八年,即公元1679年,发生了三河——平谷大地震,现在估计震级为八级,这也是北京史上的最强地震,长椿寺在震中损毁极其严重。几年后,由当时的阁臣冯溥捐资重修,时人誉为"焕然更新"。不过可以想一下,一个清朝前期的汉大臣的力量如何可比前代的太后和皇帝?建筑的规格和质量自然会下降。

虽然是一座敕建的大庙,但长椿寺的主体建筑并没有用上琉璃瓦,反倒是东西两侧两座相向面对的小殿用上了黄琉璃瓦。这也是长椿寺一个特别的地方,因为据说这两座殿中曾供奉了两位太后的画像,所以要用上代表皇家最高级别的黄琉璃瓦。这两幅中一幅就是神宗生母李太后,另一幅为烈皇生母刘太后。刘太后很早就去世了,崇祯皇帝继位后命画工根据宫人的描述给自己的母亲画了像并送到长椿寺中供养。这两幅太后像也是长椿寺的镇寺之宝，当然，这些画像现在都看不到了。

据《北京名胜古迹辞典》说，到了光绪年间就只有刘太后像了，李太后像应该是丧于庚子之乱，在1966—1976年，刘太后像也丢失了。不过从历史的记载来看，情况可能更加复杂。比如乾隆时的《日下旧闻考》曾引清初《燕舟客话》说，长椿寺中确有两幅黄绫装的画轴，一幅是刘太后像，一幅绘九朵青莲花捧着一个神牌，上题"九莲菩萨之位"，这就是指的李太后。不过，考注《日下旧闻》的诸臣有按语说，当时就只有一幅画像了，绘一女性僧服坐于莲台之上，也没有九莲菩萨的字样，并不能断定到底是谁。

虽然长椿寺的李太后像已经不见了，而且也不能根据史料确定到底原来应该是什么样子，但这位一生好佛的皇太后留下来的这些宏伟庙宇却是我们现在都能看到的，如果将这些星星点点的史迹拼合到一起，这位九莲菩萨的影子就会更加清晰。

二〇一七年九月上旬

第八章 宣武门西

白纸坊里崇效寺

前些日子我曾看北京电视台的新闻里说,又有一批棚户区将进行改造,其中就包括南城的白纸坊,因想这地方几年前我就去过,记得那是一片环境不佳的社区,有楼房也有平房,很破旧,这次改造了,对那里的居民来说真是一件好事,趁着还没有搬迁,我应该再去看一下。这念头有几个月了,前日终于抢在一个雾霾天的空隙里去了。

这次我是从地铁七号线的广安门内站下车的,向东不远就是白广路,这一片往南,应该都是白纸坊的地界了。说到这个地名,我认真查了一些资料,知道这里的得名确实是与纸有关。

据《北京名胜古迹辞典》所载:"白纸坊在广安门内西南部。元时南城诸坊,白纸坊最大。北自善果寺,南至万寿宫,西极于天宁寺皆是。自嘉靖筑新城后,坊划而为两。居民以造纸为业。"光绪《顺天府志》也说:"今居民尚以造纸为业。"在署名伯骅的《金城坊与白纸坊》中进一步考证说:"其命名取义可能由于该地居民多经营制纸手工业。元陶宗仪《南村辍耕录》卷二十一'公'字条'礼部'之下列有会同馆、教坊司、铸印局、白纸坊、油磨坊五个机关。此虽是作为衙署及生产机构名称列入的,与居民坊巷无关,但至少足以说明大都地区旧有制纸生产。再考张爵《京师五城坊巷胡同集》,白纸坊下的地名有纸房胡同。直至20世纪三四十年代,白纸坊崇效寺一带尚为手工业捞纸作坊聚居之地,迄今南城老住户多能言之。推测明代后期或更早些时,该地已发展着手工业制纸业,其坊因以居民行业命名。"

现在这里当然没有纸的生产了,就是一片安静的老城区,路两边有很多的旧式楼房，感觉上至少是五六十年前的建筑，保存得很好。这里尤其值得称道的是绿化很好，虽然已是深秋，高大的行道树还是将马路基本遮挡住了，便道边到两边的房屋之间的隙地上，有很多精心养护的绿地和草木，绿的叶、黄的叶、红的叶，衬出这个季节的深味。

白纸坊附近的最主要的古迹就是崇效寺了。《北京名胜古迹辞典》说："崇效寺建于唐贞观元年，明代天顺间重修，嘉靖时建藏经阁于寺之中央，万历时移建于后，殿堂壮观，环境清雅，更以花著称于世。清初枣花出名，中叶以丁香花飘香四野，后来又有牡丹，以墨牡丹闻名。风流学士竞相踏游，如诗人王渔洋有咏崇效寺的诗文，林则徐和鲁迅在京时，都去领略过寺中景致。现仅存一座二层带楼廊的藏经阁，为明代建筑。已公布为宣武区文物保护单位。"

为何叫这个名字呢？据《元一统志》说："唐（幽州节度使）刘济舍宅为崇孝寺，在析津府都管公署左。"《燕都丛考》的作者陈宗蕃先生认为："或谓崇孝即崇效，以地望准之，其说近是，然无碑碣可证，未敢遽信也。"

我上次来到这里，是从崇效胡同，也就是从旧时崇效寺南的一条东西向大胡同，当时就看到了崇效寺的唯一遗迹，那座明代的藏经阁，当然是远远地望见，因为现在崇效寺的旧址上已经建起了白纸坊小学，现在的大门位置应该就是当年的庙门，从大门到远处的藏经阁是一片的操场，大门正对着藏经阁。

这次我是从白广路向南而行，走了半天，觉得应该快到了时，路西的一条小胡同引起了我的注意，因为一眼望过去，尽头处是一个高大的仿古大门。我于是走进去，胡同口有一间比较高大的灰砖旧房，很奇怪没有被拆掉，只怕也有些讲法。再往里去，走过了南面的楼房，尽头处就是那个大门，果然就是白纸坊小学的东门，门南边墙上还有文物保护牌："崇效寺藏经阁，崇效寺始建于唐贞观元年（627年），明天顺年间重建。寺院

第八章 宣武门西

坐北朝南，不仅建筑壮观宏伟，规模巨大，更以花卉誉满京师。现只余一座清代藏经阁和古槐树株。1990年12月被西城区人民政府公布为区级文物保护单位。西城区文化委员会二零一二年立。"

读了一遍，总觉得有些奇怪，忽然想起，宣武区是2010年才撤销的。大门紧闭，顺着很小的门缝可以看到正前方即是藏经阁的东侧影，也并不很起眼。我又顺着原路返回到白广路上，果然再往前走了两三分钟，就到了崇效胡同的东口，路北是一家修车铺子，过去是一家涮羊肉馆，再过去又是一家，接着是一些小门脸，这与我上次来看的一样，但再往里走，我发现这里真是有大变化了。

路北直到白纸坊小学都没什么变化，警惕的保安正在保护着师生们的安全。这里应该是崇效胡同的中央的位置，但从校门向西几十米远的地方，胡同就被钢板墙截断了，不过还是开着一扇门，可以进出，有工地的保安看着，大约只有原住户才能进去，我也就没有凑这个热闹。只见钢板后面的居民楼虽然还在，但已经在拆了，看来这次拆迁的速度不慢，下次再来，这些旧楼可能就都不在了。

不过，不管附近的拆迁如何进行，白纸坊小学里的崇效寺藏经阁应该也不会再有什么厄运临头了。这座一千五百年的古寺经过了太多，对于尘世间的变化自然早已从容淡定。它本是一座纵横数里的巨刹，是唐宋辽金幽州城中的繁华所在，明清以降，就只剩下三层殿宇，附近也是荒郊一片，成为人们出城赏春的清静所在。到了今天，它北面的千株枣林只空留下枣林街的名字，见过魏紫、姚黄、绿牡丹的人物也凋零殆尽，繁华的都市卷土重来，又是一片热热闹闹。

二〇一六年十一月中旬

在繁华隔壁——走过北京角落的篇章

叠山祠堂今何在
彩钢薄板遮盖严

在北京的众多古迹中，有一些专门为了历代仁人志士所建，寄托人们的景仰。现在，其中的一些已经得到了很好的保护，如文丞相祠、顾亭林祠，也有的得到了长期的重视，现在终于有了条件，即将得到很好的整修，如杨椒山祠、于少保祠等，而更多的则已经消失在百多年来的洪流之中。我久闻法源寺北有谢叠山祠，也曾多次在那附近经过，但一直没有找到那个所在，心中一直怅然若失："或者已经不在了？什么时候不在的呢？"不想几天前却真的找到了这个地方。

据《北京名胜古迹辞典》："谢叠山祠在法源寺后街3号、5号。南宋诗人谢枋得字君直，号叠山。宋宝祐四年与文天祥同科同进士。曾为考官，出题以奸臣贾似道政事为问，得罪权贵，诬以居行不法，谪居兴国军。咸淳中赦归，德祐初以江东提刑知信州。率兵抗元，信州失守，流亡福建山区，卖卜为生。宋亡，元帝忽必烈渴求人才，福建参政魏天枢强之北上大都，逼其出仕，不从。至元二十六年四月至京师，问谢太后攒所及瀛国公所在，向之再拜恸哭。后病，迁悯忠寺，见壁间曹娥，泣曰：小女子犹尔，吾岂不汝若哉？不食而死。明景泰七年九月，以巡抚江西右佥都御史韩雍之请，令原籍所司岁举祀事，仍与文天祥同赐谥，天祥赐忠烈，枋得赐文节。明代在法源寺后街江西会馆谢枋得殉难处建祠，现院内还有二层小楼一座，原供谢叠山和文天祥像。该处已公布为宣武区文物保护单位。"

这本《北京名胜古迹辞典》是1989年编成的，至今已有近三十年了，这期间有亚运会和奥运会的建筑高潮，有高温不退的房地产热和市政建设

第八章 宣武门西

的持续升级以及各项重点工程的展开，书中的很多古迹已经不复存在。我多次经过法源寺附近，见附近的平房区还完整，但一直没有找到谢叠山祠，一方面觉得有些奇怪，一方面又觉得情理之中：很多古迹都是一点点消失的，先成了大杂院，老房子一点点儿地烂下去，慢慢地就完全消失了，可能地基还在，但从外面已经看不到原来的样子了，等到推土机一来，就什么也剩不下了。

直到前天，我翻阅1997年出版的《宣南鸿雪图志》，发现里面关于谢叠山祠有专门的介绍，而且是放在现存的古迹之中来介绍的：

"谢枋得（叠山）祠位于法源寺后街3号和5号，宣武区文物暂保单位。保护范围以院墙为界，南北35米，东西48米。……现存谢公祠保存较好，格局未变。整组建筑由坐北朝南的三个院落组成。各房均为大式硬山顶。西院临街为广亮大门，正房为坐北朝南面阔三间带前廊的二层楼。中院较大，正房坐北朝南，面阔五间，七檩进深，带前廊；倒座六间带一门道。正房东侧还有一小跨院，跨院正房三间七檩带前廊，倒座三间五檩。东院正房三间七檩带前廊，两厢各两间，倒座三间五檩带前廊，旁出半间门道，传说此院原为祠堂。"

看到这些内容，我心中大喜，想来1997年时尚存，且已经政府明令"暂保"的东西应该不会消失，虽然只是"暂保"，但这二十年来，人们的文物保护意识日强一日，而留下来的旧东西一天少似一天，这个"暂保"应该会升级吧？不过，为什么1989年时是区级文物保护单位，到了2006年时就暂保了呢？是记载有误，还是别有缘故？

书中所附地图显示了位置，就是法源寺北的法源寺后街的北面，法源寺南北长东西窄，这法源寺后街也长不到哪里去，我耐心地找一找吧。于是，在这个冬天的第一场雪之后，我兴致勃勃出发寻找谢叠山祠的路。

从地铁七号线广安门内站下车从广内大街的路南的出口出来，我一下子就感到了彻骨的寒冷，虽然阳光灿烂，但初冬的太阳明显没有什么暖意，

在繁华隔壁——走过北京角落的篇章

街边是北京常见的槐树,在北风劲吹下努力抖动着枝条,甩下没有落尽的残叶和细小的枯枝,大风天,天上没有什么云,淡淡的蓝中仿佛带着风儿刮过的丝丝白线。过了牛街路口,再往前,是教子胡同,据说唐代就有的街道,我向南拐了过去。

北京人走北京的路,不会迷路,胡同虽多,但只要方位不错,摸过去也不需要开动手机导航,何况法源寺这么大的目标。向南,向东,再向南,再向东,没多久,已经顺着西砖胡同来到了法源寺的东北角上,高大的殿宇的背影就在前面,胡同口上赫然就有"法源寺后街"的标志,看来这就是东口了,我就往西走找找吧。

以前路过这里的时候没觉得这里马上就拆了,那是因为看得不细,这次为了找谢叠山祠,从东往西细细地看路北的房子,惊奇地发现,原来这里也在拆。从东口开始,临街的房子都很气派,不光是有整齐的大门楼,而且从已经拆的房子边上也可看出房子的木结构(一个院子里搬走一家,马上把这家的房顶挑了,或者再进一步将房架拆了,前后墙也拆了,但旁边的人家还没有谈好,于是拆木构也就拆到那家的墙为止),都是很齐整粗大的木料,看得出在当年这里也并非贫民居住之所。

我顺着法源寺后街往西走,认真看着墙面,但一直走到了西口,也没有看到任何文物保护的标志,只在一个被抹平砌上的原来的门洞上发现了隐隐约约写的"法源寺后街5号"的标记。我不甘心,掏出那张从《宣南鸿雪图志》上复印下来的图又仔细看了看,决心到3号和5号的院子里看看,找找线索。于是又翻过头来往回走,这时发现刚才只顾看墙而没有发现的一个东西,在路中央北面的院子里有一个蓝色彩钢薄板搭成的遮挡,虽然挡得比较严实,但还是从角上露出来里面的砖楼来,只是露出的太少了,看不到太多细节。这让我很兴奋,忙走过去,发现街凸进去一块,尽头是一棵大杨树,树左面没有门,路向下沉,通向一个大杂院,眼见得几处房子都拆了,右面用红砖水泥砌了墙,中间一扇蓝色彩钢小门,门上挂

第八章　宣武门西

着正正经经的门牌"法源寺后街 5 号",门紧闭,也不知是什么情况。

正当我在杨树前发怔的时候,从外走来一位五十多岁的大哥,一看就是北京人,羽绒服上还有北京国安的标志,他看了我一眼,也没说话,就要往左面的杂院里走。我忙打招呼问,您在这里住啊?您知道谢叠山祠在哪里吗?天气好,大哥心情看来不错,站住了一指我身后那个钢板挡住的砖楼说,就是这个啊!我忙问,为什么要挡起来呀?大哥说,就是像你们这样的,来拍照的,来找的人太多,于是他们就把它挡起来了,不让你们看见!他这一说,我更奇怪了,马上问,这楼看着保存得不错啊,挡住可惜了。大哥再解释说,早就挑了顶了,开发商把顶子挑了,早就拆得差不多了,现在这样挡住,就是怕有人有事没事地把这个东西放在网上去。我说,这不是明令保护的文物吗?怎么能拆了呢?大哥平淡地说,拆了就拆了,当时开发商一拆,就有人把他们告了,文物局还来了人看了,听说是罚了钱了,后来就一直这样,再后来就罩了这个顶子了。

听大哥一说,我既有些失望,又有些释然。据他说,他这个院子(应该是 7 号),加上这条街上的其他房子,可不是现在才开始拆的,十年前就开始拆迁了!他这个院子一共是 21 户,走了 10 户,还有 11 户没搬,院子里人虽然少了,清静了,但也有很多新的不便,比如卫生和治安。他指着一进去最左面的那大堆建筑垃圾说,这家早就走了,那是人家别处有房的,拿了三十多万块就走了。我看到正对门口的几间西房的房顶很新,就问了一下是不是还是由房管所修的,大哥说,那家啊,那是翻建的新房。

大哥说完往里走去,我虽然很想到他的那个院子里拍拍谢叠山祠的西侧,但略迟疑了一下却没有跟着往里走。

二〇一六年十一月下旬

第九章　西南附郭

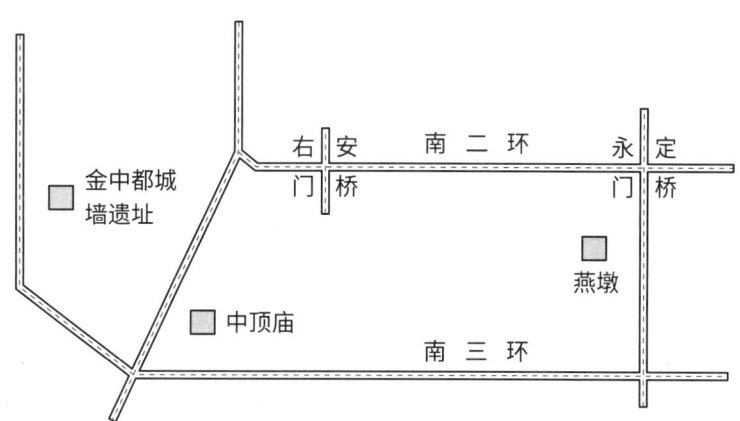

第九章 西南附郭

永定门外寻燕墩

　　我早就听说过燕墩，知道上面有乾隆皇帝的御碑，却一直没有机会去看一看。查找地图，这个地方原来就在永定门外西南不远处。我先到了永定门，复建的城楼高大雄伟，出了永定门南广场继续向南走，横在眼前是一座铁路桥，燕墩的城台和上面的汉白玉石碑都历历在目。过了桥洞，上了坡就是地铁14号线永定门外站，燕墩就在北面。

　　据《北京名胜古迹辞典》："燕墩又称'烟墩'，在永定门外大街路西铁路南侧，是一座砖台，其上竖有清乾隆皇帝御制碑一座，是北京著名的碑刻之一。文献记载：元、明两代北京有'五镇'之说，至清代更拼凑成五镇具体实物，南方之镇即为燕墩，因南方在五行中属火，故堆烽火台以应之。燕墩是一座下广上狭、平面呈正方形的墩台，台底各边长14.87米，台面各边长13.7米，台底至台面高约9米。墩台西北角辟石门两扇，入门后拾阶可登，历四十五级，通达台顶。……1984年，燕墩被公布为北京市文物保护单位。"

　　地铁站与燕墩之间是一片绿地，顺着还没有完全铺好的小径前行，就到了燕墩的下面。城台外面围着一圈很高的铁栅栏。北面紧靠铁路，东侧紧贴着桥下的通道，南侧是草坪和树，只有西侧从容，而且没有树木遮挡。在城台的西北角上，果然有一座汉白玉砌成的石门，小门紧锁，旁边有写着"燕墩"两个大字的文物标志牌。

　　据记载，台顶正中是一座正方形石台，台上立四方石碑一座，高约8米。碑座上有24尊水神像，均袒胸裸足，跌坐于海水之上。此外，燕墩北面镌《御制帝都篇》，南面镌《御制皇都篇》，都是满汉文并列，《日下旧闻考》对此有完整的记载。

《御制帝都篇》述说了古今帝都沿革和定都在此的原因，在"序"中说："王畿乃四方之本，居重驭轻，当以形胜为要。则伊古以来建都之地，无如今之燕京矣。"诗中赞叹了燕京形势之胜："惟此冀方曰天府，唐虞建极信可征。右拥太行左沧海，南襟河济北居庸。"《御制皇都篇》则描绘了当时北京的繁华景象，其诗中曰："玉帛奔走来梯航，储胥红朽余太仓。天衢十二九轨容，八旗居处安界疆。朱楼甲第多侯王，槐市陆海无不藏。富乎盛矣日中央，是予所惧心徬徨。"

关于眼前这座燕墩的兴建年代，我所看到的一些书中并没有给出明确的答案，一般只说元代以来，并无实据。清初朱彝尊在《日下旧闻》对南郊的描写中并未记录燕墩，乾隆时成书的《日下旧闻考》将燕墩增入，将其编在《金史 地理志》："大定四年十月，命都门外夹道重行植柳各百里。"与《元史 祭祀志》："世祖中统十二年，于丽正门东南七里建祭台，设昊天上帝、皇地祇位，自是国有大典礼皆即南郊告谢。成宗即位，始为坛于都城南七里。"两条之间，奉敕编写《日下旧闻考》的史臣说："据《元史》，元郊坛在丽正门东南七里，其地当在今永定门外。"似乎意有所指。

燕蓟梦远，金元明清往事已矣，这座高台和精美绝伦的石刻珍品能留存至今足称幸事，更加可喜的是，它得到了人们的珍视和保护。据《崇文建设史》记载："2004年10月1日完成的南中轴路景观建设工程……在复建永定门城楼的同时，对南中轴线重要景观燕墩进行修缮。永定门为京城中轴线的南起点，入永定门必经燕墩，使燕墩逐渐成为南入北京外城的标志。在历史发展变迁中，燕墩逐渐被湮没在居民区和厂房之中。为恢复燕墩历史原貌，先后拆迁了7个单位、187户居民实施绿化1.48万平方米。修缮一新的燕墩坐落在万米绿地之中，与南中轴线的恢宏相响应。"

二〇一六年八月下旬

第九章　西南附郭

有路难通中顶庙

在初夏的时候，我曾前往蓝靛厂探寻旧时北京五顶之一的西顶，见西顶广仁宫已修葺一新。欣喜之余，查寻手边的资料，我也想弄清楚其他几顶的下落，后在邵天先生著的《北京的五顶》中看到："东顶其址约在今华都饭店处，南顶其址现为北京橡胶五厂，大南顶今庙已无存，北顶其址已建起宏伟的亚运村体育中心，中顶碧霞元君庙，在右安门外十里草桥，庙址及前殿现作为村中库房，堆放杂物。"既然还在，我就去看看。

通过百度地图查到，中顶庙在右安门外南三环以内，附近就是中顶村，但从地图上看，那里现在已经是一大片的工地了，庙北有大片的楼群。我看此地离地铁草桥站的直线距离也就一两公里，于是坐地铁前往，正是一个雾霾天的中午，天色比较亮又灰蒙蒙黄突突的。顺着手机百度地图的导航指引，我向西北穿过三环路向中顶庙挺进，走了半个小时，在一片工地的深处被一扇铁门挡住，只得原路返回大半，再向北向东绕行，走了一阵子就来到了凉水河边。

此时已是深秋，但今年的节气比较反常，一些树的叶子黄了落了，不过大部分的树还是绿的。以前听说凉水河污染严重，此时一看，河中清水虽浅，但流得很是欢畅，一丝丝的绿藻舒展得很长很长，河边蒹葭郁郁，水深处还有人在水中抛网捕鱼。在河边走着，虽然雾霾仍无处可躲，但似能感到些许近水处的清新。

河边走没多久，就到了一座大桥，桥上人来人往，但桥对面的马路却已经封了起来，又是一片热火朝天的工地，我再顺着路往东走，费尽周折，穿过两三片工地，终于到了中顶庙北面的那片楼群，顺着这个小区西侧的路向南走，走了不到五分钟就看到了找了半天的中顶庙，只是这路上的土已被辗成了面粉似的，深一脚浅一脚地走起来，踩得尘土飞扬。

我是从右后方来到中顶庙的前面的。虽然进不到院子里，但能看出这是一个类似四合院的院子，山门在南面，北面就是前殿，院子也就是前殿的后墙算起，这座中顶庙比起它的赫赫名声来有些寒酸。根据记载，这里原来的规模不止这些。《日下旧闻考》说："草桥在右安门外。碧霞元君庙在桥北数十武，土人呼为中顶。乾隆三十六年发帑重修。前殿奉碧霞元君，额曰'资生溥化'，中殿奉东岳，额曰'大德曰生'，俱皇上御书。庙有康熙中大学士王熙、李天馥二碑。"

院子的南面就是山门。中间大门楼石匾上横书金色大字"护国中顶岱岳普济宫"，很是雄浑古朴，朱色大门上写有一联："万古琳宫称广济，重修宝迹继长春。"左右还各有一门楼，都紧紧关闭，透过门缝也看不到多少东西，更不见有人进出。门前就是一块厚水磨石的碑，前面正中嵌白石，上写："北京市丰台区文物保护单位　中顶庙　北京市丰台区人民政府一九八四年五月公布　北京市丰台区文化委员会立。"

进不得院子，就在门看仔细看看。两对石狮还算完整，石质看来不错，从风化的程度来看，这真可能就是明代的狮子，花纹风格与北京常见的清代石狮有所不同，最奇的是门西的母狮子左前爪踩着一只小狮子，门东的公狮子右前爪踩着绣球，在公狮子的前两爪之间还横伏着一只小狮子！真没见过这样的造型。

站在庙门向前望去，两只狮子前面是一片拆成白地的坦途，应该以后是一条宽阔的大马路，现在都是碎土，为了防止扬尘，盖上了绿色的防护网，绿色过去就是铁路了。

二〇一六年十一月中旬

第九章　西南附郭

残垣抔土金中都

　　金中都是建立在燕蓟故址上的最后一座大城，是在辽南京的基础上扩建而成。公元1150年，完颜亮决计迁都燕京，并定都城规模，据《金史》："（1151年）三月壬辰，诏广燕京，建宫室……四月丙午，诏迁都燕京。辛酉，有司图上燕京宫室制度。……（1153年）二月庚申，上自中京如燕京。……乙卯，以迁都诏中外，改元贞元。改燕京为中都，府曰大兴。"此后不过六十年间，完颜亮在长江边上被焚骨扬灰，金中都的壮丽又随着蒙古军的铁蹄而烟消云散。经过近八百年的风雨，这座大城的遗迹已是屈指可数。我久闻在丰台区凤凰嘴还有金中都城垣的遗址，还建有博物馆，下决心去看一下。

　　从三路居公交站往东走一点就是一个十字路口，向南拐去，经过一大片的高楼和在建的楼群，路的尽头是一个丁字路口，东西一条路南面一片的平房，房东房西是大片的废墟。到路口向西一转，是一片仿古的青砖房，先是一个大门，是一个基层的行政单位，紧挨着它的是一个大院子，有一个很高大的仿古的大门，走近一看却没有门牌，也没有标牌，院子里面绿树成荫，可以看到院内有古碑高出院墙，我猜这里应该就是金中都城垣博物馆的所在了，可惜大门紧锁，顺着院墙走了几十米，也未见有第二个门，于是我又回到东边的废墟里找寻。

　　废墟上没见有人，南面是一条极宽阔的东西向的新铺大路，还没有通行。废墟还没有收拾干净，但房子都已完全推倒在地，只是东边有棵大树，它的附近有些没拆完的东西。我走到近前仔细一看，发现不是什么松柏，就是普通的槐树，虽然高大，年纪却不会太大，接下来发现让我惊喜，就是树下有一圈铁栅栏，围着一个用半人高的水泥抹灰虎皮墙护着的土堆。铁栅栏南有缺口，我忙拨开半人高的野草走了进去，赫然发现一块石碑就嵌在虎皮石上，又踩倒了几棵野草，终于看清了碑文，正是："北京市文物保护单位　金中都城遗址　北京市人民政府一九八四年五月二十四日公布　北京市文物事业管理局一九八四年九月立。"

这虎皮石墙护着的就是金中都城墙的遗迹了。据史籍所载，金中都三年兴建，壮丽无比，现在的这段遗存加上虎皮墙不过两三米高，而且为了防止雨水的侵蚀，还盖着厚厚的防水布。再往东走，这段墙上仍然披着防水布，但露出来的地方很多，白色的夯土上坑坑洼洼，还有很多的虫洞。站在此处向东一看，是一片拆迁工地，往西一看，隔着两三百米的渣土堆和尚存的平房，就是树木茂盛的那个应该是城垣博物馆所在的院子，正与此道残墙在一条水平线上。在前往凤凰嘴村探寻金中都遗址之前，我也查找了一些资料，读到刘仲孝先生的一篇文章《寻访金中都城遗址——凤凰嘴》，写到了20年前他看到的城墙遗址：

"1997年春节期间，笔者骑车前往金中都城西南角的遗址，寻访了凤凰嘴村。出右安门沿护城河南岸西行，过祖家庄、万泉寺，就到了凤凰嘴村。……如今中都城的西南角土城墙逐渐湮灭了，只有三处土疙瘩还依稀可寻，然而都不太高了，如果不采取措施的话，很难说还能存在多久。第一处在万泉寺西部北京市水产公司仓库院内，只剩下十几米长的一小段了。第二处在凤凰嘴村东头，是土城墙留下最多最高的一处。还有一处在村北的高楼村，被农家借着土墙挖了个猪圈，若不是后来有关部门用铁栅围了起来，真不敢相信这是土城墙的遗址。"

时间又过去了二十年，此处已经从京郊的农村变成了迅速建设中的城市中心，地貌发生巨变，但结合1993年出版的《北京市地图册》与刘仲孝先生的描述，我还可推断博物馆院内的就是"第二处在凤凰嘴村东头，是土城墙留下最多最高的一处"，而眼前的这一处就是"第一处在万泉寺

第九章 西南附郭

西部北京市水产公司仓库院内,只剩下十几米长的一小段了。"

据《日下旧闻考》载:"(金中都)城之门制十有二:东曰施仁、宣曜、阳春;南曰景风、丰宜、端礼;西曰丽泽、灏华、彰义;北曰会城、通玄、崇智。"这样一座大城,如今只有这样仅存的几段残迹,这一带土城墙是怎样消失的呢?刘仲孝先生通过走访得知:

"当地父老说,破坏最厉害的时候是闹日本的那几年。日本侵略中国修建了大批的营房、碉堡、炮楼,砖不够用,就在这里办起了洋式砖厂,烧砖用的土全是扒城墙的黄土。试想烧制大量的砖需用的土还少得了吗?还有在新中国成立前,穷人找活路,他们知道北京城内居民修房、摇煤球需要黄土,就扒城墙土用小车拉到城里去卖。"于是这样,等到人们想到要保护的时候,金中都也就只留下这样的几段残墙了。

二○一六年九月下旬

第十章 西北长河

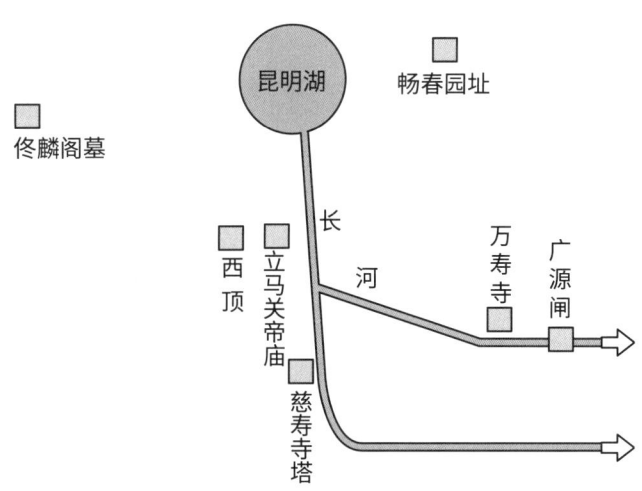

第十章　西北长河

慈寿塔镇八里庄

地铁十号线有一站名为慈寿寺，这里也是与六号线的换乘站，上班高峰时，这里人潮如涌，只不过很少有人会想到，这个慈寿寺在哪里呢？其实，慈寿寺就在地铁站南面河西的高坡之上，现在那里还有一座高大的宝塔呢。

说起这座宝塔，我并不陌生，因为小时候去师范学院的舅舅家，出了那个学校的西门远远就能看到一座大塔，大家都叫它八里庄塔，不过仅仅是远望，从来也没有到底下看过。过几年后，我从报纸上看到一个新闻，说是有个飞贼居然到那个塔上去窃取塔上的铃铛，后来落网，政府和社会各界于是加强保护这座野外的古塔云云，这也是大约三十年前的事情了。以后也曾路过，不过直到最近我才真走到塔下一观究竟。

慈寿寺塔在昆玉河西岸的一片高坡上，现在已经建成一个开放式的公园，公园平面到蓝靛厂南路的路面有近十米高，斜坡上都是修剪得极好的灌木花草。公园面对昆玉河有一个入口，一层层台阶上去，一块巨石横卧其上，上有两个金书大字"涤尘"，在早上，会迎着朝阳闪闪发亮。由此而上，没有几步就到了坡顶之上，眼前豁然开朗，只见平台从北向南延伸，有健身步道，也有健身的空地，在这里晨练的都是附近的居民。

这座公园的主体就是宝塔，在它的北面，有一个很大的长方形水池，正好放得下塔的倒影。以往都是从远处看塔，不觉得有多高大，等走到塔下，才感觉到它的雄伟。

这座慈寿寺塔，因为位于海淀八里庄，所以也叫八里庄塔，实际上它的正式名字叫作永安万寿塔。慈寿寺和这座塔都是明代的建筑，是明神宗的生母慈圣皇太后李氏所建，时间是万历四年，也就是公元1576年，基址是明正德太监谷大用的墓地。这座大塔是八角十三层密檐式实心砖塔，高约50米，仿天宁寺的辽塔而建，塔上的风铃有三千多个。尤其令人称奇的是塔身底层门窗两侧原有泥塑的金刚力士和佛像，就这样暴露在风吹雨打之中，经过四百多年，居然还能大概看出模样来。

据记载，寺修成后，由权相张居正撰碑，《宛署杂记》记载了这篇《敕建慈寿寺碑》，碑文说，慈圣皇太后建此庙是为了给先帝穆宗荐冥祉，也为儿子神宗祈胤嗣，心愿许下后，在城外找了好久也没有找到，后来就命司礼监太监冯保亲自来找，才找到这块合适的地方。关于经费，碑文说，太后自己出了私房钱，从神宗的同母弟潞王开始，皇室和官员都奉献钱财，因为经费充足只用了两年就建成了。碑文还特别说，这钱不是出于公家的经费，监工者也是太监而没用官员，所以这么大的工程，并没有惊动官府和地方。神宗皇帝很高兴，于是命名为慈寿，祝太后得百灵崇护，万福攸同。

现在当人们围着环塔的铁栏细看它的精致和美丽时会想，宝塔如此壮观，那当年的慈寿寺是什么样子呢？据《帝京景物略》记载，慈寿寺的建筑与普通的寺院布局有很大不同，庙坐北朝南，进庙后的主体建筑首先就是这座永安寿塔，"高十三级，崔巍云中，四壁金刚，振臂拳髻，……如叱咤有声"。过塔，是延寿殿，接着是宁安阁。按一般的比例来看，塔后的殿阁自然也应是十分的高大。除了高大外，寺内还有能与"梵色界诸天"和"龙鬼神诸部""争幻丽"的塑像与绘画。按现在人看，这应该是一座巨大的艺术宝库，可惜没有保存到现在。

据《日下旧闻考》记载，乾隆二十二年曾奉旨对慈寿寺进行修葺，乾隆皇帝又为正殿亲自书写了匾额"旃檀宝地"，为后面的阁亲书名"香云阁"及对联一副。不过，当时慈寿寺的盛况已不能与明末时相比了，朱彝尊在康熙二十五年的《日下旧闻》中描写的景物，到了乾隆三十九年诸臣为之作注考证时，已有一些变化，如张居正撰写的那块碑就已经不存在了。

另外，《帝京景物略》说，宁安阁后殿供奉有九莲菩萨，因为菩萨几次出现在李太后梦中,并向太后传授经文,太后指示工匠按梦中所见铸成佛像。另有的书说,李太后梦醒后对经文记得一字不差,这个经文就被收入了官修的大藏经中,盖好这座慈寿寺后,在寺中阁内塑菩萨像,跨着一只有九个头的凤凰,庙里的和尚说,李太后就是菩萨的转世。到了乾隆年间,修《日下旧闻考》的诸臣说,阁下的一个角落确实还供着一座佛像,跨着九头凤凰,不过,像只有一尺来高。

现在又是两百多年过去了,这里除了塔和塔下之碑,慈寿寺已不见踪影。据记载,这座寺是光绪年间废掉的,据说六七十年前还可看到一些残迹,现在塔南就是一个缓坡下到平地,那里就是原来庙门的位置,而塔北的平台一直延伸向北,也可看出当年塔后殿阁的规模。

二〇一七年八月中旬

长河古渡万寿寺

慈寿寺是明代万历初年李太后所建，这位与九莲菩萨恍惚一体的圣母皇太后给我们留下了很多壮丽的佛寺。慈寿寺塔在寺没了，不过在离它不太远的长河边上，万寿寺仍然在那里，可以从这里想见当年慈寿寺的宏伟。

万寿寺始建于明万历五年，即公元 1577 年，历时一年多。据《万历野获编》，"逮至今上与两宫圣母，首建慈寿万寿诸寺，俱在京师，穹丽冠海内"，又说，"至五年之三月，今上又自建万寿寺于西直门外七里。……时司礼故大珰冯保领其事，先助万金，潞邸及诸公主诸妃嫔，以至各中贵，无不捐资。……视金陵三大刹不啻倍蓰。盖塔庙之极盛，几同《洛阳伽蓝记》所载矣。"

这座大寺的诞生到现在正好是 440 年，其间江山易主，朝代更迭，兵荒马乱，战火纷飞，而万寿寺仍然基本保持着原有的规模与风格，不能不说是一件幸事。

万寿寺现在占地三万多平方米，从左至右，分为 3 路，中路是寺庙的主体建筑，西路是行宫，东路是方丈院，围绕庙宇的红墙大部仍在。只以游人能到的中路而言，规模已远非寻常寺院可比，从山门向北，一共有 7 进院落，其中第五进院是象征着普陀、清凉、峨眉三座菩萨道场的假山和观音、文殊、普贤三大士殿，山下的桥头洞内原供有地藏菩萨。这种布局明代初建时已是如此，非常罕见。

因为是皇家敕建，皇帝和太后亲自过问，加之当时正值明代晚期国势回光返照之期，因此万寿寺的规模如此之大也就可以理解了。除此之外，万寿寺在当时还有一个特殊的用途，那就是皇帝的替身僧就住在这里。《万

第十章 西北长河

历野获编》说:"主上新登极,辄度一人为僧,名曰代替出家。其奉养居处,几同王公。闻初选僧时,卜其年命最贵,始许披剃度。有云重赂主者中贵人,乃得之。"

《万历野获编》的作者沈德符就目睹过万寿寺的几百名僧人一起诵经的盛况,他说:"予再游万寿寺时,正值寺衲为主上祝釐,其梵呗者几千人,声如海潮音。"其中就有万历皇帝的替身僧,"内主者年未二十,美如倩妇,问之亦上替身,但怪其太少"。后来一问才知,万历皇帝的替身僧名为志善,最初住在城内的承恩寺,但已经去世,这是新选出来接替他的,并从承恩寺移居万寿寺。

正因为这特殊的渊源,万寿寺得到了很多的特别的重视,万历皇帝命将城内的汉经厂迁到万寿寺,连带那口永乐钟王,每日以六僧击之,清代乾隆时移往觉生寺(大钟寺)。万寿寺内还有过一部《大藏经》,为万历初年所赐的。据《宛署杂记》记载,万历七年钦赐庄田九顷七十亩给万寿寺。圣旨《皇帝敕谕官员军民诸色人等》说,"复念寺众无以养赡,于寺基后置果园及白地,共计五顷五十亩,又买到顺天府宛平县香山乡张花村民庄房果园四顷二十亩,其房地所出租课,俱供本寺香火之费,粮草差役,悉照先年大慈仁寺事例,一体优免。" 明代的城外七里,现在已经成了城市的核心区了,除了大致的院墙之内,万寿寺的九百七十亩的庄田已无迹可寻了。我突然想,此处不远现在就有地名为彰化村,可能就是万历时候的张花村啊。

万寿寺现在是北京艺术博物馆的所在地,也是游人如织的著名景点,除了游船上下外,在寺对面河南岸的马路和空场上,也经常停满了大型的旅行车。在我的记忆中,眼前这条长河的通航还是近十几年的事情,以前这条河就是个游野泳的地方。不过在历史上,这里却一直是从城内通往西山下的黄金水道,河的上游就是现在昆明湖的前身,明代人所说的西湖,那里的水乡风景让人流连忘返。过闸放水蓄水需要时间,万寿寺的行宫也就应运而生。

当时间从明朝进入清朝之后,万寿寺行宫的地位一直没有降低。顺治二年曾赐寺额曰"敕建护国万寿寺"。此后在清的盛世,康熙、雍正到乾隆都对万寿寺很重视,尤其是乾隆时为其母祝寿也曾两次大修万寿寺,现在这里能看到很多乾隆御书的石碑和匾额。万寿寺历史上最后一次沾上皇家光彩是光绪二十年慈禧太后六十大寿的时候,朝廷花了白银240万两从颐和园东门到故宫西华门的沿途搭建庆寿景点,万寿寺这里搭彩棚55间等就花了白银29000两。当然,这一年中国人最沉痛的记忆是甲午战争。

此后的风雨飘摇的近百年也是中国历史上最动荡惨切的岁月,万寿寺都挺了过来,虽然失去了一些宝物,失去了一些殿堂,其间又充满了千钧一发和险象环生,但正如我们现在看到的金碧辉煌与熙来攘往,它在民族复兴的伟大时代已经得到了新生。

二〇一七年八月下旬

第十章 西北长河

龙舟已去广源闸

万寿寺是一个外地游客非常集中的景点。寺前高柳夹着水清波平的长河，大型游船不时驶过，南岸是一个很大的游人码头。长河从此向东流过的第一个涵洞就是广源闸。

据《北京名胜古迹辞典》："（紫竹院行）宫西有元代广源闸，为白浮堰第一涵闸，这条河渠系元代著名水利学家郭守敬于至元二十八年（1291年）设计开挖的。闸口南北南端镶嵌着白玉石雕龙头各两个，首昂目瞪，前爪隆起，栩栩如生。南北两岸垒砌花岗石驳岸，乾隆年间在苏州街南口建造一座苏州形式的酒楼，取名杏花村。对岸则是东西河口之间的大片河滩，按照苏州城葑门外朝天桥港汊芦苇深处的江南水乡景观仿造的。在河滩南岸叠置假山，遍种芦苇，取名芦花渡，又称苏州芦花荡。"

《海淀文物》称，广源闸"是元代通惠河上游的头闸，其结构大体分为闸门、闸墙和基础三部分。历史上，广源闸不仅有调节河水流量、控制水位高低的作用，而且在闸上铺设木板，又具有桥的功能，故是一座桥闸。闸口宽约13米，长约6米。广源闸也是元代以后帝后出京游玩的重要转船处"。

北京古迹众多，每一处都有其独特历史，广源闸现在只是人们在从颐和园到动物园的水道上匆匆而过的一个小桥洞，并不起眼。不过，几百年前，这里却是京西的一处胜景所在，颇有江南之风，每当秋高水明之际，常令游人忘返。广源闸也是保证船只从城内直达西湖（昆明湖）的重要工程。

据《北京交通史》："由于北京城的地势比通州高很多，所以，为了保证通惠河的畅通，除了解决水深外，另一个关键就是在不同坡度的河道中,建筑上下闸,用关闸或开闸的办法,来提高一段河道中的水量,让漕船能通过。元代的闸有:广源闸,在护国仁王寺西……这些闸原是用木料做的,以后改用砖石结构……以后明清两朝对水闸进行了不断的维修或改建。"

作为大运河北段通惠河上游的第一个闸门,广源闸的功能很重要,如果此处水源供应不足,通惠河就会干涸,无法漕运。明末的《长安客话》记录了明代帝王出游经过这里的情景:"出真觉寺(五塔寺),循河五里,玉虹偃卧,界以朱栏,为广源闸。俗称豆腐闸,即此。闸引西湖水东注,深不盈尺。宸游则堵水满河,可行龙舟。……每通惠河水涸,粮运不前,则遣官于此祭祷诸水云。"

王铭珍先生在《天下第一闸》一文中对广源闸的历史有详细的考证:元代时,皇家的御舟常年停泊在广源船坞之中;明代在广源闸北岸建万寿寺,皇室乘龙舟至此上岸进寺礼佛;到了清代,由于西郊皇家园林的兴建,这里更加繁忙,乾隆三十六年(1771年),乾隆皇帝御制《过广源闸换舟遂入昆明湖沿缘即景杂咏》说:"广源设闸界长堤,河水遂分高与低。过闸陆行才数武,换舟因复溯洄西。……慈禧太后在万寿寺中修建了一座行宫,她乘御舟至广源闸下船上岸进万寿寺行宫小息之后,再易舟去颐和园。"

现在,万寿寺前的行宫码头石阶犹存,对岸是新建的游船码头,无论上行还是下行的游船都在南岸靠泊。向东一两百米就是广源闸,闸西已经建起一座新桥。据《海淀文物》:"新中国成立后,广源闸仍为木桥,1979年落架大修,改建为钢筋混凝土结构,并置栏杆。广源闸于1998年北京治理长河时进行了修缮。"这就是我们现在看到的样子,而且在广源闸南侧另挖河道,在闸孔的南面又形成了一个闸孔。由于大型游船需要频繁通过,为了保护珍贵的元代建筑遗存,无论是上行还是下行的游船都会在统一的调度指挥下,分批次只从南面新建的桥孔通过。

第十章　西北长河

在闸下游北岸小土坡上有一片茂盛的小树林，林中有一座小庙。小庙只有一间，面向长河，显得很新，前面的小平台上放了一大一小两对石狮，旁边的灌木丛中是一块小碑，"海淀区重点文物保护单位　广源闸及龙王庙　海淀区人民政府一九九九年一月公布　海淀区文化文物局一九九九年七月立"。

王铭珍先生说，这座小庙其实身份可不一般："广源闸旁边有一座龙王庙，相传这位龙王爷是掌管水利的，大概相当于民间的水利部部长吧，如果他的工作尽职尽责，永定河、高粱河就不会泛滥，就不会水淹北京城，就能保障北京皇宫平安无事。据说龙王的生日是腊月二十三日，和灶王爷的'上天言好事'是同一天。从前，老北京人每年腊月二十三日祭灶王爷，同时也祭龙王爷。要说北京祭奠龙王爷最热闹的地方，就数广源闸的龙王庙了。不但皇家要派官员参加，就连日本国的天皇、高丽国的帝王也要派使臣出席。"

这样大的阵势，与现在这座树丛中小庙实在难以联系起来啊。

二〇一六年九月上旬

在繁华隔壁——走过北京角落的篇章

长春桥下广仁宫

京密引水渠从颐和园流出后,在长春桥附近分成两路,一路向正南流入玉渊潭,一路转向东南经紫竹院公园、白石桥注入护城河,正是旧时的长河,旧时两岸庙宇道观众多,最有名的就是位于现在海淀区四季青蓝靛厂的西顶庙了,又称为广仁宫。据《日下旧闻考》记载:"长河麦庄桥之西为长春桥。度桥为广仁宫,供碧霞元君,旧名护国洪慈宫,俗称西顶。"

广仁宫始建于明万历年间,清康熙五十一年(1712年)整修后改称"广仁宫"。据庙内康熙碑中记载:"元君初号大妃,宋宣和年间始著灵异,厥后御灾捍患,奇迹屡彰,下迄元明,代加封号,明成化、弘治以后,祠观尤盛,郊廓之间五顶,西顶其一也。"这五顶都是供奉泰山女神碧霞元君娘娘的,是北京众多碧霞元君庙中最大的五座,而西顶又是其中最大最有名的一座。清代每年农历四月初一日,开庙会半个月,朝廷特派大臣前往拈香,为其他各顶所不及。

相对于其他几顶,西顶是幸运的,于2001年被公布为北京市重点文物保护单位。据《海淀文史选编》内相关文章介绍,在2000年后的大拆大建中,由于海淀区政府出面严令开发商不得拆除广仁宫,建筑群才得以保存。经过修缮后,西顶的主体建筑已经开放了数年了,最开始时还要收20元的门票,现在已经免费开放了。

明末至今,四百年过去了,附近的一切已经沧海桑田,长河边的西顶已被大片的现代建筑三面包围,过去的宏丽建筑在高楼大厦的映衬下已经

第十章 西北长河

没有了气势,还被东西向的一条小马路分成了南北两个部分。南面是山门,没有得到腾退和修缮,形成了一个微型的大杂院,居住者以外来务工人员为主,环境破烂不堪,为了挡住破败的一切,山门南面面向号称亚洲最大单体商业建筑的世纪金源商城的那一面用了一块巨大的房地产广告的塑料布严密遮挡,只在中间的位置上开了一个小门,那是一个小商店的门脸。

马路北的部分是庙的主体,有不甚规则的红墙围绕。入口处实际上是山门殿,哼哈二将神像早已没有,现在左右分挂的神像都是廉价的塑料布喷绘复印品。过此就是前院了,正面的是前殿,也就是供奉着碧霞元君神像的元君殿了,左右配殿分别是财神殿和药王殿。

元君殿又名圣母殿,中央供奉碧霞元君娘娘,东侧供奉慈航道人,西侧供奉妈祖,都是新塑的神像和供具。按说每个殿里都有看守的桌子,但处处无人,只此殿中有三位女士在一起说话,有两位明显是道姑的发式。殿中的神像金碧辉煌。碧霞元君,俗称泰山娘娘,道教认为,碧霞元君"庇佑众生,灵应九州","统摄岳府神兵,照察人间善恶",是道教中的重要女神,民间相传碧霞元君神通广大,能保佑农耕、经商、旅行、婚姻,能治病救人,尤其能使妇女生子,儿童无恙,故民间信仰特别虔诚,是中国历史上影响最大的女神之一。不过现在看起来,民间对此大神已经很陌生了,一个小时内,只见一对父子来上香。

前殿和中殿之间有廊庑相连,本可相通,但现在廊庑加宽了,和前中两殿连成一体,平面布局由"工"字形变成了"目"字形,从玻璃窗望进去,里面是一个很大的教室似的建筑,很适应瑜伽和冥想之类的大型活动,却铁锁紧闭,究竟不知是个什么所在。

后殿名为"诸真殿",中央供奉吕祖仙师,左右供奉着南极仙翁和文昌帝君。这座殿里的一切陈设也是新置的,但保留了更多的古代风貌。抬头看,顶上木构的彩绘保持得与元君殿一样好,原有的贴金的部分,仍隐隐发光，尤其是梁上的金龙，居然是五爪，这和殿顶的黄琉璃瓦一样说明了这里皇家寺院的地位。看两壁，元君殿只是"凸"字形的蓝框黄底的素墙，而诸真殿绘有众多的仙人，但上下两截却完全不搭，下面部分是新绘的，上面的一小条是旧制。新画也不错，但细观人物，似乎面目无甚区别，而旧画的部分，虽然只是原画中不起眼的边框处的附属人物，但眉眼间的神态却是自然生动多了，这也可以想见原画的主体部分应该精彩得多。虽然非常可惜，但比起完全消失的元君殿壁画来，能剩下这两小条也是幸运的了。不难想出这里曾被废物利用，在壁画分截的地方搭了项棚，并对顶棚以下进行了改建和装修。这样，下面的部分破坏了，上面的部分却得以尘封保留，终于有了重见天日的时刻。

　　仰观梁上的彩绘和壁上的仙人，可以想见旧时这里的荣光无限，在殿中走几步突然发现，原来地上的砖也是故物。砖很完整，砖缝对得很齐，但砖的中间却都凹了下去，这是几百年来虔诚人们留下的印记。从相关的资料中可以得知，1947年时，傅作义部将此暂作驻兵之所，新中国成立后这里改为"北京市精神病院"（即回龙观精神病院前身），1955年这里又改成盲人工厂，工人中出过我国第一个残奥冠军平亚莉。屈指算来，广仁宫里的香火断过六七十年。

　　在诸真殿前面的两侧，是新修的六十甲子神的神位，在中殿的后墙山上，贴着生肖相克以及道教行礼身姿等道教知识。过了诸真殿，后面还有一个院落，是正在修缮中的藏经楼，搭着工棚，堆着砂石砖木，看来修复开放有期。

二〇一六年六月下旬

第十章　西北长河

三探立马关帝庙

《水浒传》里有一段三探祝家庄，最近我也对蓝靛厂长河边上的立马关帝庙来了一个三探，不过没有杀个几进几出那么多阵仗，我这三探只用了一个中午，偷懒得多，而所谓三探，不是指三次，而是从东、南、北三个方向进去探访。

要说蓝靛厂附近长河边的风物，最有名的就是西顶广仁宫，那是明末的古迹，立马关帝庙就是晚得多了。据《北京名胜古迹辞典》说："立马关帝庙在海淀区蓝靛厂东南角。庙始建于清光绪年间，是慈禧太后的三大权监之一的刘诚印的家庙，用以安置年老贫困无家可归的太监居住。大珰崔玉贵曾献地680亩。这样太监们还可以依赖房租和出租土地的收入维持他们的生活。立马关帝庙是礼奉关羽的庙，因山门内左侧有泥塑枣红色立马一匹，故名。进山门为中殿、正殿。正殿雄伟庄严，绿琉璃瓦顶，绿琉璃砖砌墙。山墙用黄绿相间凸花琉璃砖镶嵌而成。庙全盛时，殿堂禅房共计40余间。"现在的身份是海淀区重点文物保护单位。

一座清末的建筑，躲过了一百年间的那么多劫火，尤其是近二十年的大拆大建，不能不说是一个奇迹，不过，与已经大体修复的广仁宫相比，立马关帝庙就要惨得多，仍然是破烂不堪的大杂院，与四周的高楼大厦相比过于碍眼，于是，它直面繁华的南面就被用几米高的塑料喷绘幕布围了起来。

1993年11月编印的《海淀文史选编》第7辑中有一篇文章，《我所认识的太监们》，作者赵立贤，专门讲了解放初的立马关帝庙："1953年春我们随姥姥家住进了蓝靛厂长春桥23号院（这里原为蓝靛厂街东口路北立马关帝庙的房产。）23号院是一座气势森严的院落，……由大门向西有北房4间，仍由太监们居住。西房3间是磨房，在磨房的后面是一排7间坐北向南、一面坡的暖房，……几个太监住在这里。……在大院的东南角处，有一座两丈高的小楼，形状与长城敌楼相似，更增加了23号院的庄严色彩。"

屈指一算，这才六十年有光景，别说两丈高的小楼，连院墙已然都没有了。很多被占用的古建筑不是一个门牌号，达智桥的杨椒山祠也是分成三个院子，砌墙分开，三个门洞进出，感觉这个立马关帝庙也是一样。只是这样的一堆待拆不拆的建筑上，完全找不到任何门牌的标志。

我先从院子的西侧寻找入口，很快发现一个小汽修厂兼洗车店的东边就是一个入口，走过一排红砖新房子，就进了一个院落，没有围墙，就是一个大杂院，但房子一看就是旧的，向南一拐就进了另一个套院，房子就显得好一些，在这个过道里装着电表箱，墙上还有花纹，木头上有过火的焦痕。

原路出来后，顺着马路向南，就绕到了南面，也应该就是庙的正面了，只见这里已经从东到西围上了一道塑料幕布，足有三四米高，将里面全部遮住，不过，也开了两个口子。在北京市海淀区文化委员会编集的《海淀文物》里有"立马关帝庙"这一条，那上面的图片还是很清楚地显示了大门包括文物保护标志牌的，现在一看，只比当时更乱。西侧的缺口是一个比较整齐的院门，我小心翼翼地走下一米多高的台阶，走进去看了一下，是一个算是整齐的四合院，杂物不多。

上台阶回到马路，再向东走，又是一个缺口，向下一望，原来的大门洞里和外边都是满满当当的，是一个杂货店，可能还带有批发的性质，两边还有其他的买卖，出售茶叶蛋等吃食。我想下去，但一个外地口音的黑黑的粗壮朋友打消了我的念头，"看什么看，这里住人的，没什么好看的！"我估计他们自己封住的这个幕布与房子之间的长条货仓，正是大庙正门的

第十章 西北长河

位置，这样一来，书上显示的那块清清楚楚的文物保护标志牌就看不见了。

庙前的大树枝叶正浓，凡在北京，有大树的地方一般都是寺庙之类的所在，略翻一下历史的记载，就会发现庙宇实在不像现在这样的稀少，现在，庙不在了，常见的是售房广告中的"原生态的大树"。

转过了幕布，就来到了东侧，这里一看，比西边要整齐，缺口处明明白白地就是两个门。从左边也就是南面的门洞进去，立即就看到了《北京名胜古迹辞典》上所说的绿色琉璃瓦的立马关帝庙的正殿的东侧面，整整齐齐的大砖和条石说明了它在这组建筑中的地位。这里也是一个大杂院了，没走几步，不祥地传来了狗叫声，我急忙顺着东厢房往里走，犬吠声此起彼伏。说时迟，那时快，我已经走到了正殿前的另一座大殿前，是一座灰瓦的大殿，看来是中殿了。电石火光间一两分钟之内，我拍了几张照片，这时随着狗叫声，一条大汉愤怒地站在了厢房的门口，愤愤地说，"有什么好拍的！都睡觉呢！"我于是也不说话，赶紧从他面前走过，顺着原来的路，走了几十米，直到出了门，狗叫声渐止。我看了看表，11点40，还好，不要继续扰人家的梦啊。来回走了半天，也有些累了，门外是一大片的树杨浓荫，正好站一会儿歇歇。

有些陡直的中殿，绿琉璃瓦的正殿，垂花门的抱厦，……这些都好好地在那里，只待有关部门一声令下，相信不用多久，一座簇新带旧的立马关帝庙就会重回人间，这当然令人欣慰，但细想想，在这六百年来梵宇棋布，钟鼓相闻的长河上下，这里实在称不上一个高明的所在，它能够留下来，很大程度是因为它到六十年前还是好好的，还能够有实用的价值，直到大拆大建后人们后悔时才发现它还没有倒下，好比是人们现在常常说的最后的大师，不在于学问，而更在于长寿，哪怕学问很弱很弱。从文物的价值来看，这座晚清庙宇多少能让人们在这里抓住历史的尾巴。

在知识出版社1993年3月出版的贾英华著《末代太监秘闻——唯一在世太监孙耀庭传》中，孙耀庭这样回忆："晚清时，这儿只是一个矮小的关帝庙。大太监刘承印出巨资将小庙彻底改建、整修，又重塑了立马关帝的金身，引来了众多香客。一度，立马关帝庙成了京西香火最旺的寺庙之一。"到了新中国成立前不久，孙耀庭接手掌管了这座大庙，"据孙耀庭接手后亲自己查验的结果，立马关帝庙的庙产总算有了数儿。十六顷田地，大顺庄近六顷地，北坞一顷六，六郎庄种了一顷一，兰靛厂种着四顷多旱稻田地……房产还有数百间出租，十几亩的菜园子里辟有一处坟地，那几个大坟头里葬的都是白云观的开山方丈，其中就有刘承印的衣冠冢。……庙里当时有二十来个太监，十三个伙计，共三十多口子人。……当时庙里一年收入折合玉米十八万斤。"土改时，庙里只剩下十个太监，因为不劳而获，成分当然是地主。

在《我所认识的太监们》书中，作者赵立贤回忆了他见到的最后的太监们："我家暂住 7 间暖房中最东面的一间，当时，还有八九个太监住在这里，他们是张自光、赵荣升、边法长、侯长贵、张修德、池涣卿、孙耀庭、老郭三和蔡当家的等人。……这些太监们当时大多已是六七十岁的老人，只有孙耀庭年纪最小，当时只是 50 岁出头，他年轻少壮，人又精明。所以，庙里的事由他一人负责。……太监们孑身一人，性格都很怪僻，但他们都十分喜欢小孩。自从我们搬进长春桥村 23 号院，这里似乎增添了无限的生机。我们前后共搬进 6 户人家，共有七八个小孩，老太监们十分喜欢我们。"据他的回忆，1957 年初夏，太监们就从长春桥村搬走了，最后辗转落脚于西城区的广化寺。

树下歇了一会儿，我就准备离开，此时阳光正好，院中静寂，有几个小孩正在房前快乐地玩着。

二〇一六年七月下旬

第十章　西北长河

畅春园存两庙门

在北京大学西墙外有两座相隔不远的黄色琉璃瓦庙门建筑，名为恩佑寺山门和恩慕寺山门，现在已经用水泥钢筋砌了很高的围栏护了起来。虽然并不起眼，但这两座庙门却是一代名园畅春园仅存的建筑了。

畅春园是清代在京西修建的第一座离宫，在清代前期的政治生活中占有重要的地位。据《日下旧闻考》记载："……畅春园在南海淀大河庄之北，缭垣一千六十丈有奇。……畅春园本前明戚畹武清侯李伟别墅，圣祖仁皇帝因故址改建，爰锡嘉名。"

畅春园在明代的名字叫清华园，这与现在的清华大学的地理位置完全没有关系，清华园在海淀镇的西北，清华大学在海淀镇的东北。清华园的主人武清侯李伟不是别人，正是万历皇帝的外祖父，此园之宏大在当时就为人称道。康熙皇帝就以清华园旧址为基础修建了畅春园，一年中七八个月都住在这里。现存的这两座山门中，恩佑寺改建于雍正年间，此前，这里也是康熙最喜欢的地方，清溪书屋是他的寝宫。

据《海淀古镇风物志略》记载："恩佑寺……此处为康熙年间畅春园东垣内的一处名胜——清溪书屋，因此处有泉水涌出，形成溪流，皇宫莳花以此泉水喷洒久不萎蓉，故有'梅花泉'之誉，圣祖皇帝极喜此处，常宴寝于此，后来也死在这里。"因为后世关于雍正继位的种种传说，清溪书屋也荣蒙上了神秘的面纱。"自康熙皇帝逝世前后，在清溪书屋发生了两件事，一是相传雍正夺宫逸闻就发生在这里；一是相传杨香武盗康熙皇帝心爱的九龙杯也发生在这里。"

据《北京名胜古迹辞典》记载："恩佑寺山门在海淀区海淀乡北京大

学西校门外，与恩慕寺山门并列。建于清雍正元年（1723年）。此处原为清初畅春园内的清溪书屋，康熙帝常宴寝于此，后死在这里。雍正帝为给康熙荐福，将书屋改成恩佑寺。寺坐西朝东，原有正殿五楹，内奉三世佛像。现仅存山门，门为歇山式无梁结构，黄琉璃瓦顶，石券门，券面上饰有缠枝牡丹纹，门额书'敬建恩佑寺'，是畅春园仅存的两座建筑之一。"

《日下旧闻考》说："恩佑寺，世宗宪皇帝为圣祖仁皇帝荐福，建于畅春园之东垣，正殿内奉三世佛，左奉药师佛，右奉无量寿佛。山门额曰敬建恩佑寺。二层山门额曰龙象庄严，正殿额曰心源统贯。皆世宗御书。"现在仅存的山门上，就是雍正皇帝御书"敬建恩佑寺"的石匾，字体端正，保存完好。

关于雍正皇帝的即位，一直有很多野史传闻，但从经得起推敲的证据来看，似乎也并无太大的问题，一些现象可能只是巧合。以紫禁城中的居所论，明清帝王一直到康熙皇帝，都是以中轴线上的乾清宫为寝宫，雍正继位后将寝宫移到了西路的养心殿。以陵寝而言，清入关后顺治和康熙两位皇帝都葬于遵化马兰峪，而雍正为自己在西边几百里外的易县另选了陵址，于是有了清东陵和清西陵之别。这也让有人附会说，雍正是因为篡位而有意避开先帝泉下的注视。至于西郊的园林，雍正之后大建圆明园三园，畅春园康熙时代的风光不再，雍正元年，康熙皇帝的寝宫就被改成了庙宇，这也无意间与野史传闻有了一些互动。

在恩佑寺山门之南五十米左右就是与它平行的恩慕寺山门，两者几乎一模一样。建这座恩慕寺的正是雍正皇帝的继承人乾隆皇帝，建寺原因是为他的生母祈福。

据《日下旧闻考》记载："恩佑寺之右为恩慕寺，殿宇规制与恩佑寺同。圣祖仁皇帝为太皇太后祝釐，建永慕寺于南苑，世宗宪皇帝为圣祖仁皇帝荐福，建恩佑寺于畅春园。乾隆四十二年，皇上圣孝哀思，绍承家法，于恩佑寺之侧敬构是寺，名曰恩慕寺，为圣母皇太后广资慈福。"

关于恩慕寺山门的建筑特点，《海淀古镇风物志略》说："现在恩慕寺山门一座，门为歇山式砖石结构，无木无钉，黄色琉璃瓦顶，象征着皇权的尊严无上。石拱券门，券面刻有缠枝花纹，以喻富贵仙门。门额处镶嵌'敬建恩慕寺'，石匾四围刻有仰莲纹饰，十分精美。书乃乾隆皇帝御笔，楷法风流，有肉无骨，人曰'乾隆体'。"

这两座比邻而居的山门，大小高度形状都几乎一样，但细看一下，还有不同。虽然都是坐西朝东基本平行，但恩佑寺的朝向并不是正东，而是略偏东南，这可能是因为当年的清溪书屋是依园内山水走向而建，改建时来不及对建筑进行全面的调整，于是迁就着盖了庙门。如果不是后来新建的恩慕寺的对照，这种细微之处还不好察觉。从内行来看，两座残存山门在建筑上也有高下之分。《海淀古镇风物志略》说："整个恩慕寺山门与恩佑寺山门一模一样不敢越制，但细一观赏，该门的工艺水平远高于恩佑寺，这倒不是乾隆皇帝有超越其父之心，而是负责施工的艺人有不让前人之举，要与前贤一比手艺高低。故此该山门深得古建专家的青睐。"

清咸丰十年（1860年）英法联军火烧圆明园，三山五园连同海淀镇老虎洞都被付之一炬，恩佑寺和恩慕寺俱被火烧，然其山门因是砖石结构坚固异常遂免于难，余存至今，成为畅春园仅存的建筑。为使之妥善保护，1985年北京市文物局、1997年海淀区文化文物局先后出资修葺。1998年被列为海淀区文物保护单位。现在这两座山门围绕着的钢筋水泥围栏异常坚固，保护之功可称甚好，唯一美中不足之处是设计有欠美观，中间巨大的水泥柱正好挡在券门前，想来以后重修时定会加以改善。

二〇一六年八月中旬

在繁华隔壁——走过北京角落的篇章

香山脚下谒忠魂

9月3日中国人民抗日战争胜利纪念日就要到了，全国人民都在缅怀为国英勇捐躯的英雄。作为全面抗战的爆发地，在北京这块土地上也洒满了先烈们的斑斑碧血。在七七事变的枪声打响后，为了保卫这座古都，中国军队进行了顽强的抵抗，在南苑的战斗中，佟麟阁将军和赵登禹将军壮烈殉国，并长眠在北京，永远受到人们的追思和缅怀。

据《北京名胜古迹辞典》："佟麟阁墓在海淀区四季青乡北、正黄旗村旁的山坡上。"为了找到这里，我还是费了一番心思。现在出行都靠百度地图，输入"佟麟阁墓"，没有查询结果。再输入"正黄旗村"，只出来了一个"正黄旗村路（一棵树路）"的查询结果。我想，香山也没多大，到了那里再找吧，于是在一个异常风和日丽的下午来这里探寻。

到了香山路和一棵树路路口，发现是一条大致南北走向的路，北低南高，既然是在山坡上，就往上走吧。也问过两三个路人，均不知道。再往上走，突然在右边发现了一个大门，明晃晃的大铜牌上写着大字"抗战名将纪念馆"，再看看另一侧的房子上也有很多的标牌，其中就有"佟麟阁将军纪念馆"，我想，应该就是这里了，伸缩式的大门紧闭着，我于是向应该是传达室的那个小房子喊了两声"有人在吗？"，很快，门就开了一个半米宽的缝子，屋里有人在动，但没有出来，我于是走了过去，问，"这里开放吗？"里面一个老者的声音说，"开。你带身份证了吗？"我忙找出身份证挑门帘进去，里面一个六十岁左右的老者，很认真地在簿子上登记了我的信息。写好后，我问他，"这里能拍照吗？"——这是因为一路上不少的军事机构，我怕这也建在军事机构里。他怔了一下说，"能啊"。

第十章 西北长河

于是我就往里走了。

从入口处的地图上看,这里实际上是一个围绕佟将军墓地建成的军事题材的搏击场,通往中央的墓地的一路上,标牌都清清楚楚的。路向左靠着一墙高墙缓缓向上,两边树木茂盛,野酸枣树已经挂满了红色的果实,裸露出来的石头都是风化得很厉害的黄色花岗石。坑洼不平的水泥路走了二三百米,就到了一个平台,正对着路的是一块石碑,上写"海淀区区级文物保护单位 佟麟阁墓 海淀区人民政府二零一四年八月公布 海淀区文化委员会二零一五年十一月立",碑后一条修砌工整的石路通向更高处的墓地,平地上正面一座二层楼房,就是"佟麟阁将军纪念馆",程思远先生题写的匾额,正对着纪念馆的佟麟阁将军半身像。

佟麟阁将军半身像威武传神,基座左侧是两行大字"英雄佑我民族兴,荣辱系国泰山重"。进入纪念馆,正中是佟麟阁将军半身像,一层是介绍将军生平的展室,展示了将军使用的大刀等珍贵文物,拾梯而上的二层是抗战进程展板。

佟麟阁将军生于 1892 年,字捷三,河北高阳人,1911 年投笔从戎,1925 年任冯玉祥国民革命军第一师师长。1933 年冯玉祥在张家口组织抗日同盟军,佟麟阁代理察哈尔省主席并兼任抗日同盟军第一军军长。抗日同盟军失败后,他就来到香山脚下的这个小村子隐居,将军像旁边立着一个不起眼的粗制的石碾子,就是当年将军故宅的旧物。1937 年国难日深,他毅然出山,担任 29 军副军长。七七事变爆发,7 月 28 日日军悍然向我南苑守军发动进攻,佟麟阁亲临南苑前线,指挥部队抗击日本侵略者的进攻,不幸中弹牺牲。他也是第一位在抗战中牺牲的中国军队高级将领。

在佟兵的《怀念我的父亲佟麟阁》一文中,述说了将军战前早已下定了誓死报国的决心:"……七七事变爆发时,我父亲任二十九军副军长、军事教导团团长兼大学生训练班主任。他在对大学生讲话时说:'中央如下令抗日,麟阁若不身先士卒,你们可把我绑在天安门前,挖我双眼,割我双耳。'声音激越,闻者肃然。事变前夕,他曾在一次军事会议上讲:'中日之战不可避免,日军来犯,我二十九军首当其冲,战死者光荣,偷生者耻辱,荣辱系于一人者轻,而系于国家民族者重,国家多难,军人应当马革裹尸,以死报国。'"

文中写道,跟随他多年的少校军械官王守贤回忆说:"大战将临时,我将自己在银行的存折(约三百元)交给佟将军,托他交与我的家属做生活费,将军沉吟一会儿,却摘下自己的金十字架项链对我说:'大战一触即发,我不能离开南苑,你把项链带回北平城内交与我的夫人做永久纪念吧!'"

离开了纪念馆,左转向上走百来步,就到了佟麟阁将军的墓园。墓园修砌一新,围有园墙。将军和夫人的墓就在园内靠山一侧的平台上坐南朝北,正中的大墓前有高大的墓碑,洁白的汉白玉上从右到左金书大字"抗日烈士 佟麟阁将军之墓 一八九二——一九三七 一九七九年十月立",将军墓穴之旁为夫人彭静智之墓。墓前阶下两侧各有一座汉白玉石碑,一块为"北京市重点烈士纪念建筑保护单位 佟麟阁烈士之墓",一块为"海淀区文物保护单位 佟麟阁墓",墓园内正对将军之墓的园墙上一座暗色琉璃瓦顶嵌黑色大理石的石壁,上有金色大字所书的将军生平。

据《海淀历史文化研究》所载:"……佟麟阁牺牲后,他的卫兵中唯一幸存的高弘锡,将佟将军的遗体藏在当地村民家的山药架里。在无法将遗体送回城的情况下,高弘锡把佟将军的怀表、照相机等遗物送回北平佟将军家中。第二天,佟将军家人联系到唯一可以自由出入城的红十字会,寻得佟将军的遗体潜运回城。家人含悲收殓,将其遗体安放在佟麟阁本来为父亲准备的棺材里,寄厝于柏林寺中。寺中方丈出于对佟将军抗日爱国的敬慕,始终严守秘密,直到抗战胜利。抗战胜利后,北平市政府各界将寄厝在柏林寺内的佟麟阁将军遗体移至八宝山忠烈祠。1946年7月28日,国民政府为佟将军举行了隆重的国葬,上万人护送烈士的灵柩运

第十章　西北长河

至香山墓地,沿途民众自发摆设供桌、祭品,以悼忠魂。"

墓地所在之处,就是佟麟阁将军当年辞官隐居之地。七十年过去了,将军的事迹让后世感动景仰,满山树木衬得精心修葺的墓园格外洁净、肃穆,让人来此一次,就会受到一次心灵的洗涤。时值初秋,天清气朗,从墓地上向东平望,昆明湖、玉泉山历历在目,满眼翠色无边。

二〇一六年九月上旬

第十一章　西南大道

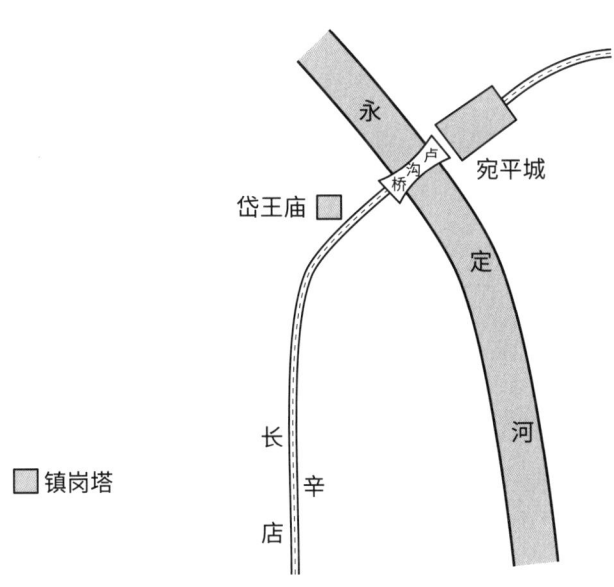

第十一章　西南大道

灞柳依稀拱极城

年前看到新闻说，有关部门将对宛平城地区的环境进行治理，这真是一个好消息。由于工作的关系，这几年中我已经去过几次那里，每次都从城的东门穿过瓮城和城门两道关口，真是有进城的感觉。跨年雾霾刚过，又是大好天气，我正好到那里看一看。

顺着京石高速北侧的辅路走，快过永定河前，有一个向西的路口，通向宛平城。这条路并不十分起眼，也不笔直，两侧有住家也有商铺，比较破旧，唯一有些特别之处就是两侧都比路高出来近一米，都用砖砌得整整齐齐的。可不要小看了这条路，这可是有着几百年，甚至几千年历史的一条路。据考证，从上古时，就有一条古道沿着太行山的东侧联通中原与华北，也就是古代北京地区通往中原的西南大道，而自从金明昌三年，也就是公元1192年，广利桥（卢沟桥）建成后，眼下的这段路就是进入北京的必经之路了。

走了几分钟，就看到了宛平城的东门，路北侧有一排商铺已经关门开拆，有的门玻璃上面还有提示说，已经搬到了附近的市场内。在靠近城门的南北两侧，又都有一大片已经拆完的或者快拆完的废墟，可以想见，等这片完全清理好，就可以让城墙更好地露出来了。

进入东门瓮城，里面是一个半月形的广场，前面就是城门，城台上勒石曰"顺治门"，从进入城门开始，直到出西城门，地方全是由宽大的新石板铺成。城内并没有特别高大的建筑，从东门到西门，两座城楼遥遥相望，一条城内街连接两门，两侧都是仿古的新建筑，建设者匠心别运，平房和楼台都造型各异且疏张有致，让这座小小的城池很有味道。

作为城中的主体建筑，中国人民抗日战争纪念馆位于城的正中心，路北是枕着北城墙的纪念馆主体，雄伟庄严，路南是广场，有国旗和大型雕塑，一直延伸到南城墙。在纪念馆的东侧，有一组由多个四合院组成的高大建筑，大门额曰"宛平县衙"，旁边墙上有中、英、日文的铜雕说明："宛平县衙　宛平县衙原设在顺天府积庆坊。民国十七年（1928年）迁至卢沟桥拱极城内，将卢沟桥城内河路厅、城外龙王庙各房屋作为县政府机关临时办公用房。民国二十三年（1934年）建新县衙，由于七七事变日本侵略军的炮击，仅存正房三间。七七事变后宛平县衙迁至长辛店老爷庙。1986年建中国人民抗日战争纪念馆，将宛平县衙旧房拆除。2004年复建宛平县衙。"

据《北京名胜古迹辞典》："宛平城全城东西长640米，南北宽仅320米，总面积20.8公顷。建于崇祯十三年（1640年）。原名为拱极城。拱极城实际上是一座桥头堡，故其形制结构除了小而坚固之外，城内既无大街小巷、集市广场，也无钟鼓楼，只有城门两座。……这种建制完全是为了适应军事上的需要。"这也是北京境内唯一保存完整的明代城池。

这就是拱极城的由来，而宛平县的历史要更长，自金中都之后到民国初年，宛平与大兴就是顺天府的附郭两县，县衙门就设在北京城内，宛平县就在地安门西大街道路北，遗留地名为东官房。民国十七年（1928年）京兆各县并入河北省，12月31日宛平县公署迁至卢沟桥原拱极城。这时，拱极城始称宛平城。

漫步城内就会发现，这座城池真是很小。除了直通东西的城内街，就再没有一条像样的大道。在小巷中穿行，你会觉得这里与其说是北京的胡同，不如说更像是京郊的一座村庄，在城东还见到一个大一点儿的单位，是中国盲文出版社。在城内的西南部，有一大片新修的四合院，游人免进。

走过了中国人民抗日战争纪念馆，就到了城的西侧，一座大门赫然在目，一看原来是兴隆寺，还挂着"卢沟桥第一小学"的牌子，根据文献记载,这座寺庙的历史很可能是拱极城修建之前,在庙门东南的墙上有一块铜牌,上面用中、英、日三种文字做了介绍,"兴隆寺 兴隆寺始建于明代。1958年兴隆寺被拆毁,现仅存大殿遗址(上有建筑物)和东配房三间。2005年复建兴隆寺山门。"

  看过介绍,我再看大门,发现门口上的门墩特别漂亮,选型繁复,雕刻精致,北京城内的门墩基本都是青石的,这个却用了一种深色带花纹的石料,而且已经磨得发光发亮。我正看得高兴,旁边走过来一位四十多岁的师傅,跟我说,这都是新建的,这个庙门也是新建的没几年,就外面这一层,里面什么也没有。我说,原来这样,不过,这门墩可是真漂亮啊。他说,那也是后来新做的旧。我还是有些不信,不信现在能有这样的手艺,我轻轻地摸了几下,触手处冰凉如铁,还摸出了上面细细的裂纹,我回过头来跟他说,不像啊?他见我如此认真,于是又说,反正是后来移过来的。他走过来,推开了大门,我一看,果然已经是红砖砌成的几排教室了,还盖得挺密,原来的老房子一点也没有了。一眨眼间,他进去关上了门。

  穿过西边的城门走出去,前面就是卢沟桥,回望拱极城,西门瓮城上嵌着"宛平城"三字石额,再往里,西门楼下的石额正是"威严门"。此门初名永昌,清初改为威严。此城建成于1640年,而1644年就发生了李自成攻入北京、崇祯皇帝殉国、清兵入关等大事,拱极城作为一座要塞,并没有发挥什么作用,反而是它的两座城门的名字被认为预言了这些事情的发生:西侧本名永昌,李自成建国的年号就是永昌,而东侧的顺治,正是清世祖的年号,这种巧合真是千古罕见。

二〇一七年一月中旬

在繁华隔壁——走过北京角落的篇章

桥西短街岱王庙

在几代人的儿时记忆中都有孙敬修讲的故事,而对于孙爷爷本人的故事,了解的人应该不是很多。我读了一本《我的故事——孙敬修回忆录》,四川少年儿童出版社,1989年5月版,里面讲到他从一个苦孩子到幼儿故事大王的经历。这位土生土长的北京人是正经的师范学校毕业,而这座学校就在卢沟桥西面的一座庙里。这座庙还在不在呢?好奇之下,我在初夏的一天前往探访。

在回忆录里,孙爷爷写了他在八十年代的时候重访校园的情景,"……步行到桥西头,一眼就看到了'岱王庙',这就是我原来读书的'京兆师范'地址"。这座岱王庙就在卢沟桥的西侧,由于卢沟桥已经封闭起来成为一个独立的旅游区,我决定从北面的新桥过永定河,再顺河西向南走,再拐到卢沟桥的西侧。

路是很顺的,新修的园博大道就在永定河的西侧,很明显的一个向东的标志指明我要去的地方——桥西街。从这个路口到卢沟桥还有两三里地远,不过一拐上这条路,马上感觉这条不宽不窄的大路正是以往的大道。走过射击场路路口,前面是一座水泥桥,路边上的碑上写着这是小清河桥,桥栏的花纹装饰应该是至少五六十年前的风格。到了东侧的桥头,是砌得整齐的堤岸,让人不禁联想起当年这里也曾有过的洪涛击岸,堤岸上边是一大片的平房,对着桥的是一条老街,两侧绿树成行,这就是桥西街了。只见一座二层的古代砖楼正当路北,虽然破败,仍难掩其高大,入口是一座雕刻精美的石券门,二楼上还开着六角形的窗户,而要到庙前,就要先下十几个台阶。

第十一章　西南大道

　　孙爷爷在回忆录中说："……当初庙前有两棵国槐，紧靠门两侧，经过几十年的岁月，如今只剩下一棵了。原来有一块匾额，上有'岱王庙'三个大字，是用汉白玉石刻的，镶在圆拱式的石门上边。……"现在这棵大槐树还在那里，枝繁叶茂，树荫盖住了二层楼的大半，而三个大字的汉白玉石匾却不知去向，墙上挂着一块牌子，上写"北京市丰台区普查登记文物　岱王庙"，是五年前所挂。我唯一有些疑惑的是庙前的道为何如此之高，看孙爷爷文中对于这个问题全无提及，应该是当年即是如此。

　　在三十年前了，暮年的敬修老人来到少年时的校园时，他看到的已经是一个很破烂的大杂院了，"……我们进去一看，面目全非了。整个院落被一间间小房子挤得几乎没有走道的地方，殿前竖立的石碑也被推倒在地……"而当我小心翼翼地走进券门的时候，也是如此感觉，只是三十年后，一切当加一个"更"字。

　　券门内，通道上面是木板，两侧顶着木头加固，一进院子，满满当当的全是房子，向右拐的方向有狗叫声甚急，不敢往那边去，于是向左走，到了西厢房前踮脚看，也看不到院子中央的大树和大殿的位置，不过从这个角落里可以回望一下进来时的那个二层楼，我这才发现，原来这是一个二层的戏台，而且二层以上已经用铁网封闭不让人上去了，戏台的檐柱因多年失修已经呈现黑乎乎的一片，不过仔细观察又能看到上面残留的一点点彩绘的痕迹，而整体的图案就完全看不出来了。

　　在这大杂院中不便多停留，我于是又回到了老街之上向东走，只见挨着岱王庙不远，就是整齐连成片的大瓦房，保存得很好，这应该是附属于卢沟桥的文物建筑，街边没有什么像样的门脸，再往前就是卢沟桥了，从北侧有小门可以进入，从此一眼就能看到桥面和对岸的宛平城的城楼，骄阳下桥面上有几个游人，还有村民推车从东往西走。我看门口售票处写着每人二十元，但村民样子的人进出很是随意，就想起前年到宛平城办事时，出租车司机正是本地人，他说，上桥也不一定买票，拿个菜篮子，就说河西过来买东西的，也不会有人拦着，看来此言不假。

岱王庙，何谓也？据《北京名胜古迹辞典》载："大王庙在卢沟桥城西街，明代建筑。存有二层戏楼一座，券门一座，东西配殿各九间。尚有后殿三间，屋顶已改修。此庙在1937年'七七事变'时是原二十九军三十七师一一〇旅一二九团团部。现已划为全国重点文物保护单位卢沟桥的保护范围之中。

"据访问，新中国成立前大王庙正殿檐下悬'岱王庙'的匾额。但房管部门标名为'大王庙'。又据永定河管理处介绍，民间传说，此庙并不供奉神像，每年汛期，由河内寻一只乌龟或蛇，供在正殿，并在戏楼为它演戏，以祷免于洪泛，故传为大王庙。"

不过，据孙敬修爷爷说，庙里是有佛像的，"……从侧门进入，东西两排厢房，是学生宿舍及其他用房。正中是二进大殿三间，最后一进也是三间，里面的泥塑佛像没有毁坏，只是用纸糊成的板壁挡了起来，算是个小的教室。……"而且这里本来还有和尚，"……东院，原来是和尚住的地方，现在改成了校长、学监、教员的宿舍和办公室；只有院子当中的大教室是后盖的。……"

庙里的建筑是明代的，直到清末的1905年，这里才成为了顺天西路师范学堂的校址，算到今，也不过一百年多一点的时间，距离1988年的《北京名胜古迹辞典》，更只有八十多年，历史就已如此模糊，可不让人为之感叹？

二〇一七年六月上旬

第十一章 西南大道

古道老街长辛店

对于大部分北京人来说,长辛店是一个很近又很遥远的地方,说近,因为都知道这个地方,说远,因为很少有人会专程到那里看一看。齐如山先生在台湾时曾回忆说,北京城外有两个地方最为热闹,一个是通县,一个就是长辛店的五里长街了。长辛店现在还大体保持着旧时的样子,那座著名的二七车辆厂其实并不在镇上。

北京的西南干路,大致就是现在的京石公路的走向。按照侯仁之先生的说法,北京城的出现就与这条太行山东麓上的大道有关,大道上最关键的节点就是永定河上的渡口,靠近古渡——后来是卢沟桥的地方,自然成为了交通的枢纽。现在卢沟桥虽然已经不通车了,但长辛店的位置仍然重要,紧挨着京港澳高速、京广铁路,107国道也从镇东绕过。

据考证,长辛店这个名字大约出于是明代晚期,因为当时这个位置附近出现过两个村庄的名字,一个是长店,一个是新店,这两个相邻的村子,长店在南,新店在北,因为两个村子里的沿街的生意非常兴隆,日久之后,就连在了一起,而总名之为长辛店了。长辛店是一个永定河西岸的狭长的船形古镇,长辛店大街贯穿中间,略呈东北——西南走向,整体镇子也是从这条古道向两侧伸展而成的。从现在的地名看,北有北关,南有南关,好像一座城池一样,但这里并没有城墙。

长辛店因为驿路的繁忙而兴旺,随着现代交通的发达,这里没有了往日的通衢地位,但近代以来附近铁路和工厂的兴起又让这里仍然很热闹,当然,这是一种只有这种老街才有的热闹,与高楼大厦的商业区又不同。走在这里,两旁是一座连一座的店铺,街道两侧也尽是些卖着水果、蔬菜和各种日用品的摊子。

　　长辛店古街最让人称道的就是两旁的槐树，在夏天的时候树荫遮天蔽日。街道两侧的建筑虽然多经过翻盖，有的已经是新的建筑了，但仍能发现不少很有沧桑感的老房。这些老房当然够不上文物的价值，也称不上华贵精致，它们年代各异，风格不一，单拿出一间来并没有什么欣赏的价值，但放在一起，断断续续，或密或疏地排在道旁时，你会感觉得到旧时光就停留在那里。

　　如果没有时间在大街和小胡同里慢慢地走走，你也可以做一个来去匆匆的游客，把街上的古迹看看。长辛店古镇历史上曾有大小十几座庙宇，现存的还有娘娘庙、火神庙、老爷庙、清真寺等。

　　长辛店老爷庙开门在路东，正对大街，现在是政府机关办公用房，从南侧的大门进去望一下，就能发现这个庙占地还是不小的，有一个很长的广场，广场尽头也是一座大殿。最有意思的是庙门与戏台背靠背连在一起，估计旧时这里唱戏时院里一定全是人。卢沟桥事变后，宛平县政府曾迁此办公直到解放初撤销建制。

　　长辛店古代即为重要交通的客旅聚集及官府驿站处。清末时沿着旧的北京西南大道修筑铁路，1901年，比利时与法国人联合继续修筑京汉铁路，在长辛店修建了规模较大的"邮传部京汉铁路长辛店机厂"，就是现在的二七厂，长辛店也成为中国工人运动的摇篮，这里的很多古迹都与中国早期工人运动有关。

　　长辛店大街是长辛店镇的脊背，向东西沿伸出一条条的小胡同，而这些胡同大都以某某口还命名。工人劳动补习学校旧址在长辛店大街南头祠堂口1号，不过并不经常开放。据记载，这是一个小三合院，从外面看觉得并不高大。1920年，北京共产主义小组成立后，邓中夏同志来这里筹办成立了工人劳动补习学校。1921年1月开学，教员是北京共产主义小组派来的，有专任和兼任两种。经费是北京共产主义小组筹集的。劳动补

第十一章　西南大道

习学校，是在中国共产党直接领导下组织起来的，是京汉铁路工人运动的发源地之一，是北方工人运动的起点。

娘娘宫也是"二七"大罢工的遗址之一，在长辛店大街中部路西，五四运动以后，机车厂工人在这个庙里办起了一所夜班通俗学校。1921年5月1日，长辛店一千多名工人在这里召开大会，纪念自己的节日，还邀请了外地来宾代表，在会上宣布成立工会。1922年的8月罢工和1923年的"二七大罢工"都是在这里开的。此庙以前香火很盛，建筑也很高大，新中国成立后，门楼和大殿因坍塌而拆除，南北配殿至今还保持着原样。现在这里是长辛店第一小说校址，在大门外还能望见两座配殿，都得到了很好的保护。

火神庙在长辛店大街路东，面向大街的山门非常宏伟，为砖砌仿木结构，门额为"敕建延祚善庆宫"，雕二龙戏珠。这里现在是长辛店派出所的办公场所，进院是从山门北面，进去可见院中还有一座大殿，应该是天王殿三间，保存也很完好。此庙新中国成立前香火甚盛，来长辛店赶集售鞭炮的商贩，多到火神庙烧香祈祷，保佑免遭火灾。"二七"大罢工时，这里也是警察局驻地，反动军阀及警察在此处与罢工工人对峙，是长辛店"二七"大罢工的纪念地之一。

古街号称五里，蜿蜒北去，路边槐树高大茂盛，行列齐整，两侧老房子高矮参差，一下子让我想起了三十年前从海淀黄庄到西大街的景象。

二〇一七年六月中旬

清明前后镇岗塔

久闻丰台永定河西有一座镇岗塔,一直没有机会一游。其实不仅是镇岗塔,那边的名胜我去得很少,一直有些遗憾,今日正是春光大好,正好一往。

按手机上百度地图上的指示,我应该从辛庄车站下车,然后从十字路口向左拐向南走一公里,再向西转,到了铁路边上再向北转,约两公里就能到。这里本来是农村,连城乡接合部都称不上,只是由于现在的房地产建设发展太快,于是这里也变成了拆迁的主战场。我的右侧先是有一片老旧的低层住宅楼,从楼的空隙看过去,楼的另一侧是一个直上直下的陡坡,坡上有树,坡与路平行,我心想,所谓镇岗,是不是镇的这道山岗?再向南走,是一处军事管理区,沿着营房的墙外是一排高大的杨树,在春日正午的阳光下,除了主干,刚生出的嫩叶连同细枝,通体发着草绿色的光芒。

沿着这条张家坟路继续前行,又进入了一片拆迁场,路的右边是村子,已经变成了一片的瓦砾和砖垛,从路边缓步向上,直到坡顶,只见零零星星一些正在拆砖的人和两三辆来运砖头的农用车,还有不明来源的水从上面渗流下来,不小心的话,踩到低处就会溅上一脚。

快到了坡顶的时候,就是干净的柏油路了,一直通到上面,不知为何砌了一个红砖的铁栅大门,还锁着,右边是一个院子,大门紧闭,看不到里面,只听到狗叫声甚急。左面是铁丝网,有一个两三米宽的缺口,里面的小路已经成径,我正好过去。

我上了岗顶,视野立即开阔,这是一个丁字路口,前面的路在坡顶向左右展开。岗上树木茂盛,前面就是用铁丝网严密封锁起来的铁路,好几

第十一章 西南大道

道铁轨，运行繁忙。按手机地图的提示，我向北走，很快从坡的左侧下来，一路不见人，走了几百米，前面靠岗边一侧又传来了狗叫声，明显比刚才的狗的声音凶猛高亢，走近一看，原来是木板和铁丝搭成了狗舍，至少两条大狗在里面急迫地吼叫着，转身抓地，又搭在铁丝网上看着我狂叫不已。

路已经没有了，只能原路返回，还从那个坡下到张家坟路上。快到路口的地方，我突然发现把路口有一间与红砖新民居不同的青砖旧房，山墙上还有很大的青石构件，应该是庙宇之类的建筑，它旁边的房子都拆了，它还在这里，是不是什么保护建筑？我忙走几步绕到了这个院子的前面，发现除了这间青砖房，厢房和南房都已经是红砖建筑了，不过这些新建筑都建在一个条石砌就的平面上，古建的规模仍很清楚。

这个院子坐西朝东，正对大路，中间上几道台阶就到了院子边，这几道台阶里还有原来的石阶，台阶到院门处还有一处凸起，细看竟是一块长约两米，宽近一米的汉白玉，中间略鼓起，正当路中，应该是原来的故物，这样看来，这座院子建得还是挺讲究的，可惜的是，院子的前部已经完全拆改了，格局也有变化，正中并没有门。

我顺着院子的另一侧走走看看，这是一条向坡上的路，正对着一棵巨大的被截去树冠的杨树，在院子的东南角上有一个半倒的铁栅栏门，再往前又有一个小门，直通大殿前面。我走进去，很安静，大殿和南北厢房都是空空荡荡的，大殿的梁柱还是旧的，只是前面用红砖新砌了正脸，而北侧的厢房还是原来的椽子，但房瓦和墙都已经是新换的了。院内还有树，只是没有看到任何的文字说明，也未见什么碑记，很是遗憾。也是在这个院子的南墙上我看到了这里的地名：二老庄。

顺着来时的路，我走过了部队大院，又回到了最开始时拐弯的那个十字路口，这次我向直对岗子的路走过去。经过一个隘口，两侧的陡壁有二三十米高，上面是一座很宽一座铁路桥，应该就是我刚才走错路时见到的铁路。再往前走，就看到了一座古塔就在隘口出口的南侧山坡之上。看来镇岗，就是镇的这条南北向土岗。

顺着坡道从大路走到古塔所在的岗上，是一片平地，古塔正在北侧的崖边上。这里应该是算是一个以古塔为核心的小公园，只是没有游人，通往塔的路也坑坑洼洼。古塔四周有严密的铁栅栏围着而不能进去，在铁栅栏下倒有一些坐垫之类的东西，应该是有信众不时来参拜。塔下一左一右两块石碑，一块是全国文物保护单位碑，一块是北京市文物保护单位碑。此塔形制朴素，没什么让人眼为一亮的奇特装饰，一层层地开着很多的小龛，隐约可见里内的佛像。

据《北京名胜古迹辞典》："镇岗塔在丰台区长辛店乡云岗村（张家坟村）。金代建筑，是一座砖结构的实心花塔。坐北朝南，通高 18 米，周长 24 米。底座呈八角形，低矮敦实，平座上有双抄重拱五铺作斗拱，每面各一攒。……塔身像一座八角亭，……塔身上部有一层须弥座，从第二层龛以上，每佛龛内端坐一尊佛像。"书中说，在抗战期间，塔刹被日军炸毁，现在的塔刹是 1958 年重修时补砌的。由于此塔在完整时一直没有相片留下来，因此补砌的塔刹是否与原来一样就很难讲了。

走下坡来，见两三个人也来上坡来看塔。走下坡来就想，原来所谓的云岗，就是这道土坡。至于这个张家坟，后来查到，为明代定兴忠武王张辅的家族墓地。

二〇一七年四月上旬

第十二章 西山大道

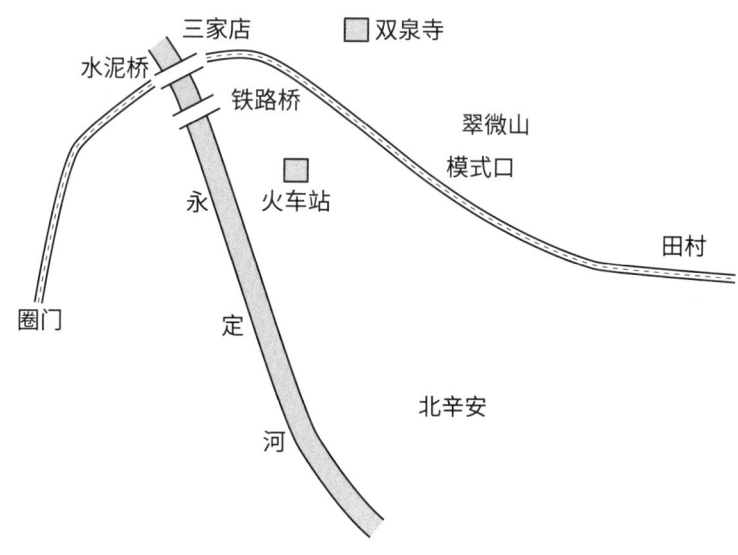

第十二章 西山大道

古道新生田村路

从我工作的八宝山地铁西南角大楼的北窗望出，是一幅开阔的风景长卷。天气好的时候，不要说近在咫尺的老山和八宝山上的树木花草，就是八大处坡上的索道和秋天红叶节时铺下的那个大大的"佛"字也都清晰可见。几年之间，八宝山北的高楼成排拔地而起，眼见就要封住颐和园万寿山的湖光山影，田村和它周边的小村落就在这片新起楼群的后面。

像所有城郊的村子一样，现在的田村也是一个杂乱而拥挤的城中村了，被四周新起楼房所围绕，明晃晃的冬日照耀下这种对比和反差更加强烈。在这片村庄的东面，就是新修的宽大的田村东路，过此就是一个老旧小区，在这里有一座被铁栅栏围起来的小庙，高高的台阶正对着前面的大马路。

细看铁栏内的文物保护碑，才知这座庙是田村关帝庙，是海淀区级文物保护单位。现在看到的应该是庙内的主体建筑，不但院墙没有，庙的山门也不见踪影，想来是道路拓展的原因。现在台阶之上就是一间三间的正殿，正殿前立着一块带着雕龙的碑额和底座的大碑，也许是风化严重，隔着铁栏看不清一个字。正殿过后穿过庭院是一座两顶相连的房子，两侧山墙上新维修的痕迹很明显。

在三十年前出版的《北京名胜古迹辞典》和十五年前出版的《海淀文物》画册上，都没有关于田村关帝庙的记载，细看一下文物保护碑，原来是二〇一四年才公布的。在旧时的中国城乡，关帝信仰非常普遍，每个村都应该至少有一座关帝庙，城里的关帝庙也是随处可见，只是随着时代的变迁，留下来的已经很稀少了。这座大庙能够留下来应该有很多的机缘，我想最重要的应该是这座庙修得够大,房子够结实,够人们用来移作他用,一直用到人们想起来要保护这样普通的文物的时候。

一个村子有这样一个大庙也不多见,实在因为这个村子也足够大。现在的田村肯定是外来人口至少数倍于本地户籍人口的人口倒挂村了,在九十年代出版的《海淀地名志》中,这个村子已经规模很大了:东西长1200米,南北宽近500米,有1527户,4260人。这也是一个古村落,至少从元代就有了"田村"之名,在乾隆年间就是有"三街六市七十二眼井"的大村子,还曾建有虎皮石的寨墙和东西两座关门。如果不是有这样的规模,这里哪能建起这么大的关帝庙呢?

站在田村关帝庙下四下张望,眼前一条宽阔的大路直达东西,这就是田村路,村子南面的田村山已经被田村路两侧的住宅楼挡住完全看不见了。这就是古代西山大道的故址,与后来开辟的阜石路的走向开始时略显平行,不过从此向西就越来越北,越过西黄村就向模式口和更远的三家店而去了。西山的煤就是从这条大道源源不断地运进北京城的。经过多年的展拓,原来只有6米宽的土道已成通衢,隔不多远就有蓝色钢板围起的工地和料站,这就是建设中的地铁6号线延长线,向西直达石景山区苹果园,据说到明年底就能修成了。

在海淀区的这个西南角上,城市化正在以惊人的速度完成,像田村和它周边的小村子无论从外观还是功能上都与周边的差距越来越大,退出历史的舞台已成定局。

在田村的西南不远,西五环东,阜石路北,是一个名叫龚村的小村子,也是一个拥挤密集的外来人口聚集地,一条东西向的不太直的路穿村而过,只有个别的平房还能看出这里原来的民居风格,其他都盖得高高低低满满当当,从村中贴的布告看,这里的拆迁已经开始,腾退奖励期限50天,从2017年11月26日至2018年1月14日。街上原有的各种小门脸招牌已全部拆除,大部分已经关张,行人也已不多,看得出,这座村子即将成为历史。走到村子的西口，对面小区的铁栅上挂着几十米长的红色横幅，有力的口号让大家认清形势和统一思想，以便将拆迁工作顺利完成。

对于此村的得名，我曾问过村中的当地村民，他们也不知道如何得名，但说这村子并没有姓龚的本地人。查阅书籍得知，此地原名东井，与石景山区的西井相对，两村之间本有小河。另据明代《宛署杂记》，这里明代名为宫村。龚村正北田村路古道上的廖公庄村，得名于姓廖的太监在此居住。

五环之内，西山大道边的历史遗迹就只有田村这边几座村庄，虽然它们很快也要被高楼大厦所替代，但这里的故事和传说将世代流传，新时代的西山大道仍然是生机勃勃。

二〇一七年十二月下旬

在繁华隔壁——走过北京角落的篇章

再见，北辛安大街

我头次来到北辛安大街还是三年之前。那次也不是专门前往，我是在首钢附近转转的时候偶然发现的这个地方，大街西口的一座新华书店让我想起了小时候的生活，虽然当时那个地方已经不卖书了。顺着大街向东走，并不很热闹繁华，到头向北一直走，就到了地铁苹果园站。

回来后，我查阅了一些资料，发现这条看起来不起眼的北辛安大街其实并不简单。

《石景山文物（普查专辑）》里介绍了北辛安地名的来源："北辛安应源于安祖寨。安祖寨唐代就有，现古城村西出土的唐代墓志，称所葬地为新安，是北辛安得名之始。北辛安镇南古有金沟河，是金元时期永定河水冲毁南新安后，村民迁居金沟河之北形成。"

《名扬京西的北辛安镇商业街》（作者胡冀民）介绍了北辛安曾经的繁盛，"北辛安镇地处交通要道，来往人多，具备了开展商业活动的最基本条件，商业店铺便由无到有，从少到多。特别是清末以来，石景山制铁所（现首钢）、石景山发电所（现石景山发电总厂）的出现，更使镇中人口不断增多"。《石景山建设史》说："1919 年，石景山炼铁厂和发电厂建成后，地区人口增加，特别是炼铁厂的大部分工人和家属聚居在紧靠北辛安镇的金顶街，更促进了北辛安镇商业服务业的发展。1949 年初，全区有私营大小商号和作坊 301 户，其中北辛安镇 70 多户。"

从新闻里，我从去年就听说，北辛安地区将进行北京市规模最大的一次棚户区改造，五千多户居民将从此告别脏乱差的旧居，而且是原地搬上新楼。年底的时候，又听说这里的签约工作进展得很顺利。我想，应该

第十二章 西山大道

趁着还没有开始搬迁的时候再去看一眼这条旧街。春节回来又遇到了大好天气，我正好去看看。

公交车开到长安街现在的尽头，首钢东大门已经不在那里了，车顺着首钢的东墙外的大路折向西北。这次我特地提前两站从田顺庄站下车，顺着马路东边向北走，左边就是首钢的厂区，那些久已熄火的大烟囱见证着北京现代工业发展的历史，而在路的东边，原来那些小店，主要是汽修和小商店小饭馆，都已经关门开始拆了，有的招贴还是春节前贴上的，现在就已经关门了。这大大出乎我的意料，我本以为现在还在签约落实阶段，要拆还要有一段时间呢，现在看来，如果再晚来一些，可能就什么也看不到了。

一路经过了两三个入镇的胡同口，都有蓝色的临时的治安巡逻岗亭，旁边还有加强管理的告示。人影已难见到，拆了的和开始拆了的房子占了大多数，偶有没拆的，就非常显眼。没一会儿，我就到了北辛安大街西口，那个新华书店的老房子还在那里，它对面的商店（看残存墙面上的留言，这里是一个经营香烟的商店）已经拆了，上次因为距离太近而不能拍摄得书店的全景，现在从对面的废墟上拍倒是好多了。

这座新华书店现在铁栅紧锁，倒没有开拆的迹象，也不知能否保留下来。以前也看过网上有的朋友发的帖子，也把这个新华书店作为题图照片。其实，这座建筑本身也没什么大的奇特，年代也就是五六十年，不过，在这个好位置盖书店却是一种时代特色。据记载，这条有几百年历史的老街上最多时有一百多家的商铺，主要是小商店和饭铺，现代化一点儿的就是照相馆了，如城里那样的书店却是没有，这样大的新华书店门市也只能是在新中国成立后的事情了。

现在的石景山区是在首钢的基础上形成的，北辛安因为石景山钢铁业的兴起而繁荣，也曾经是石景山政治文化中心。五十年代石景山区成立时，全区除了三十多座村庄外，唯一的一个镇就是北辛安，石景山区党政机关从解放初就设置在这里，一直到1979年迁到八角，古老的北辛安见证了石景山的发展：

1950年，北京市零售公司第五营业处第七零售商店在北辛安大街开业，这是石景山地区第一家国营商店。

1952年初，石景山职工业余学校在北辛安镇成立，设立初小班、高小班和初中语文单科班，主要开设文化课和政治课。

1951年，区第二个公办医疗机构——北辛安人民诊所成立。……

大街西口的新华书店正是反映了古镇的那段黄金岁月。虽然经过多年的变化，街上的很多建筑都失去了本来的面目，但如果仔细观察，还是能发现一些有意思的建筑。在新华书店以东一百多米处路北有一个小过道，走进去，尽头是一个铁门封着的院子，东面是刚刚开始拆的民房，西南是一座大楼，楼门外还挂着刚刚洗过的衣服，楼门紧闭，里面应该还有人居住，抬头一看，楼顶一颗很大的五角星，虽然年代久远，但仍可看出这里原本应该是一片白墙上一颗红色的五角星。五角星下七块方形铁皮一字排开，褪色的大字应该是"北辛安综合商场"。而在铁板下还有年代更早的一排大字，虽然已经很模糊，并且被铁皮挡住了些，仍可认出那些字是"石景山区工人俱乐部"，这很符合当时这里行政中心的地位。

在街上还有一些建筑，也是新中国成立后建的，但都被后来加上的各种广告牌挡住了，只是在街中部靠东的地方路南有一座比较高大的门市，屋顶之下也是一颗大的五角星，星下用水泥堆起的一行大字"石景山区供销社北辛安生产资料"，右边被挡住了，从宽度来推测，后面应该还有五六个字。难得的是，这里还开着门，从招牌上看，这里经营日杂，还有彩票，店里的喇叭里还在报着某种定时开奖的彩票的倒计时，门口有三个人在聊着什么。

我走过去一看，原来说话多的是一位五十多岁的师傅，显得很生气的样子，原来过节时候，有贼从东侧砸坏了他的窗玻璃进行偷窃。我说，我

第十二章 西山大道

从村口过来,每个出口都有治安点,偷了东西估计出不去吧?他愤愤地说,大件能管住,小件就管不住了!我说,还是有巡逻的啊。他走了几步到了东边指着门面后面的一排矮房上的窗户说,巡逻队一来,他们就猫到房子里面,外面谁看得见?!等人一走,他们就出来了,把我的窗户玻璃砸了,里面还有一层铁条,他们倒是进不去,就拿着棍子什么的往里面勾着挑东西,够着什么拿什么!

我听他的口音应该就是本地人,于是问,您这个房子够老的了。他有些自豪地说,这是1960年盖的。我说,西口那个新华书店也挺老的。他说,那个也是1960年盖的。我说,您这个房子拆不拆呢?他很肯定地大声说,拆啊。我又问,您这个房子应该是商用房,跟那些住家儿应该不一样吧?他说,那是!什么时候他们给的条件合适了,我也马上走!我想了想,还是没有问他那是什么样的条件。旁边的另一位老师傅对我说,抓紧照两张吧,马上就拆完了啊。

记得上次来这里的时候,街上人们的生活还井井有条,现在这条街已经行将就木,大部分的建筑已经在拆了。有的已经完全拆完了,房基上的灰土渣上盖着绿色的遮盖网子,旁边则是废墟上的特产,垒得半人来高的一堆堆的红砖和水泥砖;而更多的建筑并没有完全消失,只是或者失去了屋顶,只徒有四壁,或者只是被拆去了门窗,连房中的家具和碗杯都还没有移去,好像这里的人才刚刚离去。在快到东头的地方,南北两侧各有一个不小的堆积场,分门别类地放着拾荒者从废墟中得来房梁、旧暖气片和其他的有用的杂物。不大会儿工夫,已经见好几辆电动或者烧油的小挂车在街上经过,装的都是拆房下来的有用的东西。

在北辛安大街的东头,是一个"Y"形路口,道路分向东北和西南两路,这称为北岔和南岔。南北路口之间的是一座治安岗亭。据说,以前这个位置有一座古庙,叫五神庙,至少是明代就有了。供奉的是什么神呢?据《北京文物胜迹大全(石景山卷)》说,这座庙坐东朝西,"大殿正中为龙王,其左右分别为马王、财神。两侧为苗王、虫王。……龙王面前还有一个小龙王,据说是龙王之子。每当久旱不雨,人们便把小龙王请到庙外,小龙王经不住暴晒,往往降雨"。不过,这座古庙已消失了快四十年了。

在此转身西望,数百年老街最后的样子历历在目,尽头处黑压压一大片拔地而起的烟囱厂房是百年来现代工业的身影,再极目向上就是号称"燕都第一仙山"的石景山了,千百年的兴废就在此一眼之中。

二〇一七年二月上旬

第十二章 西山大道

金口闸前永引渠

时当晚秋，山中景色正好。一到假日，进山旅游的人就会很多。从城中向西出发向门头沟方向进山的干道只有一条，就是顺着永定河峡谷而上。在平原与山峡交界的地方有一片开阔的水域——三家店水库，这也是永定河干流上的最后一座水库了，在此一望，南北景色大不相同，北面波光淋漓直扑远山脚下，南面则是干涸的河床径走远方，消失在城区的尘雾之中。在水库的东侧有一片看起来不太起眼的建筑，那就是永定河引水渠的渠首了。

北京有两条最主要的引水渠，一条就是眼前的这条永定河引水渠，另一条就是大家更熟悉的从密云水库引水的京密引水渠了。按照修建年代来说，永定河引水渠建成年代更早。据《北京志 水利志》记载：

"永定河官厅山峡段坡陡流急，从三家店出山后，虽水流渐缓，但因水量不稳，丰枯悬殊，且含沙量大，河上又无调蓄工程，历史上虽然多次兴建引水设施，但均未能持久。1954年，官厅水库建成，控制了永定河上游洪水，拦截泥沙，调节水量，为修建向城区供水的永定河引水工程创造了条件。……工程于1956年1月开工，翌年4月建成通水。引水渠起自门头沟区三家店永定河拦河闸，过模式口、西黄村，沿南旱河旧道，经半壁店、罗道庄进玉渊潭，过木樨地、白云观，于西便门入护城河，全长25.13公里。"

由于是重要的水利措施，水库和引水渠首的主要位置都加装了保护。闸体不能通行，要看清闸体的样子只要从东到西，顺着与它平行的一座桥走一下就行了，只见控制水位的是一扇扇巨大的铁门，它的上方，在闸体上有很大的电机来进行控制，看闸下的河道上的石头都是干干的，可知闸门已很久没有开启了。

永定河是华北的主要大河，也是北京的母亲河，又近在咫尺，从这里引水到北京当然是一件顺理成章的事情了，除了灌溉，还可漕运，历代有过多次的尝试，但都以失败告终。

据《北京城市地理》载："（金）大定十年（1170年），议决卢沟以通京师漕运。世宗高兴地说：'如此，则诸物径达京师，利孰大焉。'……翌年底，省臣复奏请决卢沟通漕运的工程，'自金口疏导至京城北入濠，而东至通州之北入潞水，计工可八十日。'最后核计，只需50天。十二年（1172年），渠成，是为金口河。但因'地势高峻，水性浑浊。峻则奔流漩洞，啮岸善崩；浊则泥淖淤塞，积滓成浅，不能胜舟。'……虽然金口河不能行舟，但是灌溉效益仍发挥了十余年的时间。直到大定二十七年（1187年），为防危害中都城，才将金口堵塞。按金口，在石景山北麓，今石景山发电厂院内。由此向东，金口河大致经过北辛安南、杨庄北、龚村、田村南、梁各庄和铁家坟、朱各庄北，东入玉渊潭（以上河段讹称金钩河），然后向东南至木樨地、青龙桥入金中都北护城河，……，而东至通州入潞河。"

到了元代，再次尝试从金口引水："……至元二年（1265年），郭守敬建言……于是重开金口河，以运西山木石，供给营建大都所需物料。这次重开金口河，收到了较好的效益。大德二年（1298年），浑河水发为民害，遂落闸将金口堵闭。五年（1301年），浑河又水势浩大，郭守敬怕洪水冲没田、薛二村，南、北二城，又将金口以上河身用沙石杂土尽行堵闭。"到了元代末年，元顺帝至正二年，即公元1342年，依中书参议孛罗帖木儿和都水傅佐的建议，重开金口河，因劳民伤财，又没有效果，还惹起民愤，孛罗帖木儿、傅佐皆获罪被诛。此后明清两代，都没有再进行金口开河的尝试。

第十二章　西山大道

现在北京西四环附近还有一条金沟河路,四环上还有一座金沟河桥,这也就是古金口河的一个讹传,而关于金口的位置,历史上也有变化。《北京志 水利志》说:"(金代)金口的位置约在今石景山北麓,渠首在今麻峪村,取水口处设有临时堰坝,导永定河水入三国时期开凿的车厢渠故道,然后接金钩河,向东南行过玉渊潭,再南折入中都北护城河,再向东至通州入北运河。"

为了利用永定河,人们经过了两千年的探索,直到六十年前,这条苍龙才在被人们缚住,无定才成了永定,浊水淀成清流,造福于日新月异的北京城。《北京志 水利志》说,至1995年,三家店进水闸总计引水200余亿立方米,用水单位中,有首都钢铁公司等钢铁企业、高井发电厂、石景山发电厂、第一、第二热电厂等电力企业,燕山石化等化工企业,以及最高时达92万亩的农田的灌溉,和部分居民生活用水。另外,每年"五一"国际劳动节、"十一"国庆节等重大节日或重要活动,为城市河湖进行补水、换水,以保持水质清洁。

二〇一六年十月下旬

驼铃依稀模式口

前几日看新闻说,石景山区模式口地区即将进行大规模的整治,这当然是一个好消息。说起模式口,这不但是旧时京西古道上的一个重要关口,也是一个很大的村落,古迹众多,旧时风貌依稀。

据《石景山文物(普查专辑)》:"模式口历史文化保护区,占地面积约3平方公里,大体呈不规则的长方形分布,古时为京西重镇、著名隘口。街区两侧现存26处保护较完整的传统四合院式民居,四座过街楼遗址,国保单位承恩寺,市保单位田义墓(含慈祥庵、老爷庙)、冰川馆。另外,周边还有法海寺、龙泉寺、植树碑、四柏一孔桥、李童墓、永济寺遗址、万泉寺遗址等众多文物古迹。2002年10月16日北京市政府公布第二批历史文化保护区",石景山的模式口就在列。

模式口就在京门公路上,东为蟠龙山,西为黑头山,南北向的隘口就在两山之间。通过这里,不但可以到达北京西部山区,也是通往宣化、张家口地区的一条交通要道,多年来即为兵家必争之地,据《光绪顺天府志》记载,"(府)西北三十五里,磨石口镇,千总驻焉",可见模式口村的军事地位非常重要。现在的隘口已经过多次的拓宽已成大道,两边壁立仍有数十米,可以想见当年的险峻。

模式口东边就是模式口村,有一条经模式口穿村而过的龙形古道,为京西连接京城的西山大道。旧时,由于主要的交通工具是骆驼队,民间也称这条龙形古道为"驼铃古道"。

古道历史久远,模式口这个名字却很年轻。常华先生的《话说模式口》说:"1923年时,模式口村里住着一位河北省议员李雅轩。在他的建议下,

第十二章 西山大道

经宛平县县长同意,将原来的'磨石口'改成了'模式口'。"明清顺天府有附郭两县,宛平县统管西半城和西面直到三家店和门头沟,在西南方向与之相邻的就是同属顺天府的良乡县,两县就以古道为界。到了北伐之后,首都迁到了南京,原京兆地方也就地解散,北平市只保留了宛平和大兴两县,于是这条街也就成了河北省与北平的边界了。

至于古名磨石口,倒也好解释,模式口村后的蟠龙山出磨刀石,据说从汉代就开始开采了,以质地优良行销全国。另有专家认为,战国时燕国都城附近有磨室宫,就在石景山一带,"磨石口"也可能是由"磨室口"而来。

现在的模式口大街依然大体保持了旧貌,从隘口边上的西口进入大街,两边都是平房,很多已经翻盖,也有一些还是旧房,黑洞洞的大门大都破旧不堪,偶见保存得齐整的大门,走进去看看,也可能就会有惊喜的发现。模式口是西山的煤进入北京的主要通道,运煤的驼队,往来的客商,东西穿行,络绎不绝,所以村里设有旅社店铺和煤厂,曾经繁华一时。后来,由于京门公路开通,客商行人从北辛安镇可以直插村西的隘口,就不再从村里穿行了,这里因而日益萧条起来。不过,也正因位置由要冲变为偏僻,也让这里得以一直大体保留着旧时的样子。

如果以文物分布的密度而言,模式口地区相当惊人,这是一座明代艺术的宝库。其中最著名的就是法海寺了,位于模式口大街北侧的山坡上,始建于明正统四年(1439年),落成于正统八年(1443年),明英宗赐额"法海禅寺",这里的明代宫廷壁画异常华丽珍贵。在模式口大街上,从西以东,先看到的著名古迹是田义墓,是我国目前保存最完整,占地面积最大,石刻最为精美的宦官墓。在东面是承恩寺,于唐武德年间(618—626年)创建,明正德五年(1510年)在其旧址上新建承恩寺,它的一个与众不同之处是四角各建有石碉楼,承恩寺东侧为"三界伏魔大帝庙",建于明万历年间,供奉关羽及诸神。这几处明代古迹都与宦官有关，或由宦官主持修建，或是他们的葬身之所。法海寺和田义墓早已对外开放，承恩寺和关帝庙也早已整修好，但尚未对外开放。

见证古道沧桑的还有模式口大街上的国槐，经过多年的变化，街上的槐树已经不能连贯起来，不过，百年左右的古槐仍有几十株之多。在街上还有过四座过街楼遗址很是显眼。早年为拓宽道路，四座过街楼主体被拆除，但建筑基址保存较完整，现在中心的一座遗址已经进行了修缮。我想，如果以后这个地区进行整体的保护，这四座过街楼复建起来也不是什么难事。

我是看了新闻才来的，来这里一看，确实有大动作，很多临街的平房已经用蓝色彩钢薄板挡住了，还贴着有关单位的封条，街上的店铺也关闭了大半，很多关张的店门上还贴着店家的公告，说明已搬到某地某处之类。在街的东头，上次来时见到的热闹的马路市场不见了。看来，过一阵子再来，这里的变化会更大。

二〇一七年二月下旬

第十二章 西山大道

古迹杂沓翠微山

对于翠微山的确切位置,古来即有很多的说法,大致皆不出于西山八大处一带的低山。在古镇模式口以北的半山上,有一座以宫廷壁画闻名天下的法海寺。这座古刹建于明代中期,记载修建经过的古碑上清楚说明,此寺即建于翠微山下。

要到法海寺,最好走的路就是从模式口大街中间北转,顺着平坦的大道拾步而上。以前到这里时,两边都是热闹的小商小铺,再往上还有一个很大的农贸市场,现在全市一盘棋,整治拆墙开洞,这里也不例外,路两边的环境已经整治一新,让人为之一爽。这条路走到一半儿的时候要经过一道水渠,这就是永定河引水渠穿越模式口北的一段,现在正是春天放水的季节,水流从西侧岩壁间的隧道内涌出,清澈明亮,在狭窄的河道内东下甚急。过河再往上去,就到了山脚下,前面开始上坡,两边是大片的树林,附近的房舍也渐有山村之意。

在《模式口的寺庙》(吕品生著)中曾说:"据当地老人介绍:法海寺周围一共有四个大庙,中有法海寺,西有龙泉寺,东有涌泉寺,前有万泉寺。"过渠不远,路东就现出一座大庙的轮廓,虽然没有标志,我想这应该就是万泉寺的遗址了。这座大庙据说毁于清末民初,曾遗存有白皮松,树干直径近1米,可惜在1970年前后几年中被砍掉了。这片遗址上偶然还能看到残存的砖瓦石构,依山升起的殿堂虽然已经完全没有了踪影,但一层层的平台残土仍在。

由此再向上,坡度就有些陡了,路到尽头处是一个丁字路口,这里有一座小石桥,架在一条山溪之上,不过四五米长,简陋得连栏杆也没有,不过有些奇特的是，在桥的南北两侧的四个角上，整整齐齐地长着四棵古柏。在桥边还有一块近人所制的石碑，说明这桥的历史。一看之下，才知道这就是四柏一孔桥。

碑立于2003年，繁体简体并用，半文半言地讲了一个当地的民间传说："明成化年间，宪宗朱见深与妃游翠微山法海禅寺，遇清溪阻，即令伐树搭桥。众侍从欲伐山木，竟均不成材，宪宗笑曰：'即不成材，何不罚它把桥抬。'言罢扬长而去。众人相视无计。忽一大臣拍手道：'然也。'众人急问，曰：'皇上所罚乃指此溪边四柏，若以之为桥墩，不正合圣心乎？'众人恍然，急急动手。……（中略）……从此，民间传说，皇上已封此树为'界桥'。过桥上山即入仙境矣。"

我正在看着碑文，旁边人家的一位大姐热情地说："你要是到桥下面去，就能看到字了。"我有些奇怪，于是从东侧南桥头顺着坡下到了桥底，大姐边看我向下走边说"小心"。到底一看，大姐说的还真不假，桥的向上游的一侧，也就是东侧，桥身上确实有"四柏一孔桥"五个阴刻的大字，显得很是古老。桥洞也不高，我要过去也要低头弯腰，沟里已经经过了整治，两侧和沟底已经固化，因为正是春深物燥，沟里滴水皆无，不过可以想见，一旦暴雨来袭，这山溪之水就会咆哮而下。

四柏一孔桥，不起眼的明代建筑，现为石景山区级文物保护单位。过此，正面坡上一块牌子指示，东为法海寺，西为龙泉寺。法海寺是闻名海内外的古迹，国家级重点文物保护单位，现在已经得到了很好的维修，久已倾圮的天王殿和藏经阁也在近年次第重建，以前曾专程游览，此时还是向左转看看吧。

没走几步，路边一片用绿色铁丝网围住的墓地吸引了我的注意。东侧坡上没有铁丝网，我从那里来到了墓地前。对照相关书籍，这里就是法海寺的兴建者，历事五朝的著名宦官李童的墓地。坡上的墓地被一圈矮的石墙围住成一个前方后圆的平台，墙外有一块已经加固保护起来的石碑，碑额篆有"大明"二字，下面叙述了李童和他创建法海寺的情况。

据《石景山文物（普查专辑）》介绍，李童墓是石景山区登记文物，"李童墓位于模式口法海寺西南山坡上。李童（1389—1453），字彦贞，号朴庵，为明永乐至景泰朝近侍太监，法海寺的创建人。现墓前有景泰四年（1453年）方首方座，汉白玉石碑一座，碑高1.65米、宽0.65米，座高0.3米、宽0.8米。碑额雕刻二龙戏珠，额篆'大明'二字。首题'御用监太监朴庵李君碑'，碑文由光禄大夫兼太子太师礼部尚书前太子宾客兼国子奠酒胡濙撰。楷书75行，记载李童身世经历和他建造法海寺的情况"。

这座汉白玉石碑历经五百多年的风雨，大致还能看清上面的字迹，据说以前曾有人以此碑练射击，因而有一些损伤。不过有些奇怪的是，现在墙内墓园里并没有李童的墓，墓园中心的位置是一个水泥石块砌就的墓冢，前立汉白玉石碑，题为"江夏李凤山先生之墓"，两侧分别是"民国己巳年三月"和"长白宝熙……"墓园入口又有铁门，我没有进去，只在外面观察一下，发现在主墓的右手下方还有一座墓，题为"辛亥革命老人江夏李介如先生之墓"，旁边署为"赵朴初敬题"。

查阅旧文《李凤山先生二三事》（作者陈康），得知"李凤山，生于清同治五年（1866年）二月二十一日，卒于民国十五年（1926年）四月十六日，终年61岁。……按墓碑所刻，他是由其子李钦在己巳年，即民国十五年（1926年）安葬在'宛平县模式口村万安山麓'，时年李钦任中华懋业银行总经理。按李天楷（李凤山长孙）先生的说法，李钦在安葬李凤山时，出资买下了从今四柏一孔桥位置往上一直到法海寺前的地"。而靠近院墙的这座墓，即是李钦（字介如）之墓。至于为何李钦会把其父葬在李童的墓园中，就让人费解。

从墓前的向西走，前面是一道山沟，对面有很多的民房，山脚下还有很宽的石墙的遗址，柏油路顺着墓园的西侧一种向上，是一个比较陡的坡了，一口气走上去还有些难度。走到坡顶，又是一个平台，这里也有一座寺庙，庙门紧闭，没有标志牌，庙门也无门额，不过可以肯定这里就是法海寺边的大寺龙泉寺了，据说以前很热闹，还有城内和附近的圣会来此进香，与东边的法海寺并称为东、西二寺。从寺前的夹杆石的大小来看，以前这里的两根大旗杆应该在山脚下很远就能看到。

这一大片的寺庙并不开放，从西开始，有一个半花园状的院子，以前应该在这里办过茶社。

这座龙泉寺的年代已无考，但当时李童修建法海寺时，这座寺就在这里了。现在看这座建筑远比不上黄琉璃瓦顶的法海寺气派，据说寺西侧有龙泉，不过早已干涸。龙泉寺供奉碧霞元君，清代康熙年间称"蟠龙山圣母祠"。该寺多次重修，现存龙泉寺为乾隆年间重修时的格局。站在庙外，前后不见一人，只闻庙内院里隐隐传来嬉闹之声，循声到高庙的东侧，又见一个新建的影壁挡住一个很新的古风小院，也是大门紧闭，倒是挂着一块崭新的不锈钢竖牌，一看原来是"北京大龙建筑集团有限公司古建工程分公司第三项目部"。

在这个小院的前面，就是一座石壁，挂着滑坡风险的警示牌，石壁到头就是刚来时的那条路了，此时站在坡顶回望来时路，平原上的高楼大厦尽收眼底。抬头看山，发现离地十来米的壁顶上用碎石砌出一块平地儿，最上是一块很大的整石雕成的石额，上刻"葡萄台"三个大字，苍劲古老。我疑心上面还有古迹，于是顺着小土坡走到石额之上，发现这里面积很小，根本不可能在这里盖起什么亭台，而且虽说已上层楼，但坡上林木茂密，远眺起来反不如刚才在路上看得开阔清楚。

二〇一七年五月中旬

第十二章　西山大道

黑陈路上双泉寺

　　历史上很多辉煌的王朝，因为后人的好恶而不传其盛名，曾雄踞北方的金朝就是其中之一。在金朝的黄金时期曾出过一位以书法诗歌擅名的皇帝，这就是金章宗，现在仍然屹立不倒的卢沟桥就是他在位时所建。这位与乾隆性格经历有些类似的女真皇帝流连于西山之美，曾就泉水建成八大水院，八百多年过去了，这些离宫有的已荒不可考，有的转身成为新的离宫或庙宇。我久闻石景山双泉寺即是金章宗双水院的旧址，在盛夏的一日终于有机会到那里看一看。

　　过模式口，沿京门公路西行，地势渐宽，左侧一马平川，是永定河谷地，东侧北侧山势渐起，从黑石头村路口向右拐去，坡顶处就是黑石头村，从此又有一条路向右面山上而去，是为黑陈路，这也是上双泉寺的大路。

　　黑陈路分为南北两道，向北的路标上有"双泉寺"的标志，此处即为黑石头村，村委会就在路北，此处地势平坦，已经快拆完了，只有零星的一些房子还没有动，估计也快了。向北不远，是一座桥，不过两侧的河岸都被施工用的蓝色彩钢板挡住了，从缺口一看，应该是一处河道治理工程，下游的河岸已经用整齐的石块砌好，上游开挖了很深的大沟，最低处的石岸也已经砌起。

　　过桥后远远望见路左侧前面有一个高大的挑脊大顶，像一处古迹，我于是顺着河边左转，走了十几米，就见到一个破败的庙门，面南背北，正对河岸，原来的门扇已经换成新式的大门，但门顶上的白石门额还非常完整，上面刻着"敕封三界伏魔大帝"，不久前曾用红漆描过，所以看得很清楚，庙门东侧墙上钉着闪亮的标牌"北京市石景山区登记文物　关帝庙石景山区文化委员会",落款是2013年1月。门框上钉着门牌,是"黑石头中街2号"。在旧日的乡村,每个村差不多都应该有一座关帝庙,只是保存下来的不多,像这座黑石头村的关帝庙,现在就可以作为文物得到保护了,真是幸事。

从此向北走,一路就都是缓坡了,两边草木茂盛,左侧为山,沿山还有一条半米宽的水泥砌的水沟,右侧就是刚才看到的那个正在进行治理的山沟了,对面也是山,时值正午,路上基本没人,一路上走去,心情感觉越来越畅快。

走了两三公里,渐渐上了山顶,右侧的山沟林木高大茂盛,对面远处是一座平平的山顶,还开着一大片的梯田,旁边是一个村落生意盎然,从地图上可知,此村就是陈家沟村,这也是脚下这条黑陈路名字的由来:黑石头——陈家沟村。这时,路左又分出一条仅有一车之宽的柏油路,路标指示由此上双泉寺,再走四五百米,是一个小平台,前面是一个很高大的石块砌成的石壁,上面有花草亭台,隐隐有佛乐传出,从台下左转,走上去便是双泉寺。

据史料记载,这里有寺是从唐朝开始的,不过有确切的记载却是金章宗时的双水院。此后屡经兴废,明代成化年间此地有寺名为香盘寺,清代有双泉寺,不过这座双泉寺却并不在香盘寺的旧址上,而现在看到的双泉寺就是在清代双泉寺的废址上新建的,规模不大。

在庙门对面的影壁上有双泉寺的由来和重修经过,原来是2010年开始重修,2013年落成的。山门内供有佛像,一位五十多岁的居士正在和一位四十来岁的女士说话,听起来应该也是在这里修行的,我先问那师傅,这里是否开放?他怔了一下说,开放,能进。于是我就进去了。走进山门,只见里面建筑焕然一新,前院内有两通石碑,这都是明代香盘寺的石碑,清代修双泉寺的时候移了过来,两碑的碑额还有明代篆书的大字,西面一块名为"敕赐香盘寺报恩记",碑文早已风化不见,另一块在东面,额曰

"重修香盘禅寺碑新铭",碑文大字清晰可读,却是清光绪年间所刻的《重修翠微山双泉寺记》,从碑文上看,立碑者为晚清大太监刘诚印等人,身份是全真派道士。

正在这时,刚才那位女士走过来低声说,大雄殿里请不要进了,有活动。我忙说,不进不进,我就在院里看看。我见她往回走的时候还回了几下头,我于是拾几级台阶进了二道院门,这里有大雄宝殿和东西配殿,整个院子都被明瓦天棚盖住,上面挂了很多佛教标志物,虽然没有进殿瞻仰,也觉得金碧辉煌,院中地上整齐地布了很多拜垫。因为正午的原因,院内不见一人,显得异常安静。在正殿外的侧墙上嵌着一块碑,看起来是老的,除此院内的建筑都是全新的感觉,不过,院中的四棵大柏树笔直挺立,粗细都不止合抱,没有几百年,不能长成这样。

原路出庙,经过了壁上有四大金刚浮雕的庙门,返身一望,视野宽广,近处的山谷和坡地之下就是永定河的谷地,门头沟一带的新城高楼林立,不见边际,谁能想到只是三四公里之外,尘嚣就显得那么遥远。

在庙门的东侧墙上有一块文物保护牌,说明这里是石景山区重点文物保护单位,惟所立日期不明,另有一块牌子说明,这里是宗教活动场所,为国家宗教事务局监制,另有一块北京市宗教事务局所颁发的"北京市'和谐寺观教堂'创建先进场所"牌子。在庙的左前方,就是刚才我上来绕行的那倒石壁应该是一个修行的场所,因为从庙门看,这里有一个大门,额曰"五观堂",黑洞洞的,里面应该很有洞天。

在庙门前是一长条的平台,庙门西面没人走动,地上却晒着三大片的菜干,尽西头墙上嵌了一块碑,因为前面有晒的菜干,无法仔细看看内容,不过从形制上看已经很奇怪了。这块碑字体很密,写得也不好看,不过右面是汉字,左面却是梵文,落款却是正统元年,而四边的花纹也有些特别。原来这是一块有五百多年历史的明碑。从此平望远景,效果更佳,这时我突然发现庙西的民房中有一个小院,墙上写着大字"院内清泉售水",这里莫非就是当年章宗的双泉所在？

  我急忙下去，走到院前，这个小院的门楼虽然是旧式，但应该是新建的，院内一棵大树很是显眼，只见铁皮门紧闭，旁边指示"有事按电铃"。我犹豫了一会儿，还是没有按。据史料记载，现在的清代所建的双泉寺的位置是在双泉之东，那么这个小院的位置很可能还真就是当年的双泉所在的位置，只可惜已圈入人家成为私物了。不过，想来章宗时这满山必是郁郁葱葱的原始森林，这泉眼流出的泉水必然与今天大不相同。

二〇一七年八月中旬

第十二章　西山大道

古镇还看三家店

随着城市的不断扩展，大片的村庄一个个消失在水泥丛林之中，其中不乏一些存在了千百年的古村古镇，随之而去的还有历久流传的乡土风情。京西古道源自北京内城的阜成门，向西一直穿过永定河到达西山的深处，在这条古道上也有着众多因古道而生，因古道而繁华过的古村古镇，永定河东岸上三家店，就是古道上现在保存最好的一座古镇。

现在从城里到三家店的道路也大致与以前的京西古道平行与重叠，只是在永定河边上，新修的京门大道改从南面绕过，将一座昔日车水马龙的平静老街留在了北面，也正如此，让这条穿村而过的老街保留了更多昔日的味道。

三家店是因京西古道而兴起繁荣的，于是整个村的主要建筑都是围绕着大道展开，形成了一条三四里长的长街。现在一进村子东口，两边还都是热闹的商店和饭馆。

因为还没有经过大规模的改造，街边的建筑还都是以面向街面的平房为主，有的进行了重建或者外面加了一些广告板之类的装饰，还有很多连翻盖都没有，仍保持着一百年前的古道繁华时的样子。这些老房虽然看起来很破败，但细节处的讲究仍让人称奇，门楼上的精美砖雕显示了主人的阔绰，粗大结实的大门已看不清原来的颜色，但看样子再坚持一百年也没有问题。

在街上，可以看到的旧房子大致有两类，一类是如北京城内胡同里常见的那种四合院，只是这些院子的正门，就是有着精美砖雕的门楼一般开在院子一角，并不在正中的位置，守着磨砖对缝的青砖大瓦房，这是街上的富人所居，虽然有钱，但在讲究等级分别的旧年代，门楼的大小和制式，以至门墩的样子，都远不能与城内的那些大宅门相提并论。

南北两侧常有让人眼前一亮的旧房，在街中段路北有一大簇开得异常饱满的红色的春花，北面就是一排的长房，走进最西面的有着旧门联的大门，是一个跨院，再走进去，是这个大院的主体院落了，又被一道院墙分成内外两部分。在这个院里，在墙壁上，在院墙上，在砖门上，都有细致的砖雕。这份精致，也只有进了院子才能看到。院子的正房是北屋，后山就浮在屋顶之上。

在街上另一类常见的旧房在城内就很难见到了，外面是极宽阔的大门，宽度相当于普通四合院大门的两倍以上，但高度倒不一定很高，从做工上讲，也远没有那些四合院那么讲究，木架结构除了粗犷结实外别无特点，如果用居住的眼光看，这样的大门实在没有必要，不过，在了解了三家店历史上的主要商业形式后，就会知道为何要开这样的大门。

清中期以来，把守着永定河桥东岸的三家店成为京西深山区王平村、煤窝一带外运煤炭的中转站，煤炭就是京西古道上最重要的货物，运输煤块的车马终年不休，于是三家店也就兴起了众多煤厂，相当大一部分煤在此进行集散，而要堆放原煤和停留车马都需要很大的地方，所以这些煤厂在面向大街的一侧都修建了宽敞的大门，里面都有充足的地方，有的煤厂大院占地数亩地之多。

随着现代化的铁路和公路的出现，三家店的众多煤厂也完成了自己使命，将繁华留在了无声的历史当中，只留下了沿街这些宽阔结实的大门。如果走进门洞，你就会发现原来存煤停车马的大院已经盖满了房子，有的里面还形成了小胡同，如果不清楚以前这里的用处，自然会百思不得其解。

因为没有了穿街而过的源源人流物流，又已不当交通的要冲，现在

第十二章　西山大道

的三家店大道就是一条普通的很长的大胡同，仍然繁华的街市也只是存在于长街的东端，越往西走，路上就越冷清。

在三家店村的西口外，铁道桥下，有一块新砌的影壁，上写"古村落"三个大字，这也是很多慕名而来的游人必要拍一下的景物。从此走进街口，就是三家店村最著名的古迹龙王庙，庙不大，只有一进院落，其中有一棵巨大的老槐树，将院子和门前的路罩住。不像大部分的古寺庙遗存那样只剩下一个房架子，这庙里供着北京现存唯一的一堂龙王像，只是可惜经过多次，庙门始终不开。

三家店的古迹都在长街之上，像西口路南岔口上的一座小庙，也是不开门，庙额刻在山门上端的石头上，原来是"关帝庙铁锚寺"，外墙上嵌着一场已经完全看不清字的汉白玉石碑，据说这里保存着一支当年固定三家店浮桥的古代铁锚，而浮桥就在村的西口。在长街的东部有两处古迹，一处是白衣观音庵，现在是一个村民俗展览馆，可惜从来不开，这么一座狭窄的两进小庙，居然是黄琉璃瓦顶，也是让人称奇。另一个就在三家店小学内，是当年的山西会馆。

因为偏僻，在人们文物保护意识不强，不讲究说说什么乡愁情调的时候，三家店村得以在落寞中自行老去，终于在无数古迹灰飞烟灭之后，等到了将乡愁上升到一种境界的美好时代，也留下了继续存在下去的可能。走在这条老街上，你会经过那些南墙下晒着太阳的老者，当街闲聊着物价与家长里短的乡邻，以及在房前平地上用铁铲切着煤饼的灰白头发的大哥，没人与你搭讪，也没人注意你的去来，一切都如这条老街一样波澜不兴，慢慢向前。

二〇一七年五月中旬

在繁华隔壁——走过北京角落的篇章

铁路小站旧沙场

2017年全国两会期间，全国人大代表、中国工程院院士王梦恕向十二届全国人大五次会议提交建议说："随着高铁施工的进程，百年京张铁路已在分段拆除，保护工作刻不容缓。"京张铁路是由中国人自行设计和建造的第一条铁路，在北京的西部，还有一条京张铁路的支线，三家店就是这条支线上的一个小站，现在还在发挥着作用。

据《北京交通史》记载，京张铁路有两条支线，其中一条就是京门支线。这条铁路是为了运输门头沟煤矿的煤炭而专门修筑的铁路，于光绪三十二年，也就是1906年开工，光绪三十四年，即1908年的八月竣工。全线有车站四个，从西到东分别是西黄村、石景山、三家店和门头沟，营业里程长25.96公里。

按照百度地图的指示，三家店火车站就在三家店村的东南，我从三家店东口公交车站下来，过了马路到了路西，再向里走，是一大片夹杂着厂房的低矮紧凑的旧平房，安静中带着落寞，工业时代的气息扑面而来。走不多远，就看到街中停着一个火车头，它的北面是一个维修厂，车头前后都有铁轨，看来还是正在使用中的。这里没有通常道口处常见的护栏和挡杆，应该是不常走火车。再往前走，就看到一道铁路横在前面。

铁道修在很高的护坡上，两侧都围着铁栅栏，为了方便铁道两侧人员的出入，在铁路下修了一个不太高的半圆形的过道，由于上面的道线很多，这个通道也有几十米的长度。走过去，那边也是一大片平房，这时就看到了指向三家店火车站的路标，在左手不到一公里的地方的东南方向，顺着铁路走就行了，也可能是天气的原因，一路走过，感觉灰蒙蒙的，好在没

第十二章 西山大道

多远就到了。

三家店火车站修在一块平地之上，背后的铁路高高在上，车站向西开门，是一座旧房，但感觉不到有多久的历史。我本以为这里已经不运营了，不想还有客运业务，在进站的玻璃门上贴着一张白纸，上面列出了经停三家店站的所有车次及售票时间，从车次来看，北京到张家口南往返的4415次－4416次，和石家庄北到张家口南往返的Y 517次－Y 518次上下程都在此经停，还有北京至张家口南的Y 525次、天津到朔州的K 605次、北京西到呼和浩特的K 617次和包头到南昌的K 1278次列车只是单程在此经停。虽然没有做专门的研究，也不难看出，现在的客运线路走向已经与京张铁路京门支线没有关系了。

虽然是个一天只停八趟车的小站，但入口处的安检也毫不马虎。时值中午，不大的候车室内也有一些乘客，安安静静地等着列车的到来。出站口在车站的南侧，有一大排绿色的铁栅栏围着，典型的三四十年前的风格。再看站前的小广场，仍是一个具体而微的火车站前的布局，有商店，有饭馆，中间还有人摆着流动的摊子，虽然行人无多，一点儿也看不出热闹来，但可以想象，在交通方式还没有那么便捷的年代，这个小站前一定也免不了熙熙攘攘。

三家店火车站背枕铁路和京门公路——也就是古代的西山大道，站前大路向西不远就是永定河，眺望过去，是永定河西侧的高山，正好扼住了京城通往永定河西岸的要道，因此这片河边的小小平地也是兵家必争之地。据《京西军事遗址》记载，清光绪初年，朝廷在三家店村西南修建了健锐营火药局，生产火药，后来又进口机器制造枪炮。北洋政府时期，改为陆军部军械局。张作霖的奉系军阀控制北京政府时期，这里是奉军的军火仓库和后勤基地。1922年，为争夺这一军火重地，直系与奉系在此发生激战，即"三家店"之战，这也是直奉大战中的一个关键。

直奉大战首先在西路的长辛店打响，这也是主战场。奉军的预备队主力有5个补充旅和9个混成旅，驻扎在以三家店为中心的永定河沿岸一带，三家店的陆军部军械局是奉军的后勤基地、军火库，因而设有重兵把守。在西路战场，吴佩孚指挥的直军主力主动后撤，意在诱敌深入，从长辛店撤退到涿州。两军厮杀胶着之际，吴佩孚以为奉军主力离开三家店已远，于是率领一部分军队去偷偷攻打三家店，不过奉军已屯有重兵，吴佩孚率领军队包围了三家店军械局，并发起了猛攻，奉军拼死抵抗，战斗十分激烈，奉军知道后方受到袭击，忙分兵来援，双方大战两天两夜，吴佩孚的直军损失惨重，只能退去。经此一扰，直军在正面战场得以重新夺回良乡，将奉军压回长辛店。

吴佩孚虽没拿下三家店，却更加认识到三家店是战局的关键，为此，再次派出重兵攻打三家店，其他各路也一起行动，拖住奉军不能回援。这次直军围攻三家店好几天，还是没能攻下三家店军械局。不过这里的弹药也运不出去，导致长辛店主战场奉军的弹药接济不上，加之冯玉祥带领直军的援兵赶到，最终导致奉军全线溃退，坚守三家店的奉军成为孤军，只得向西部山区突围而走。

三家店之战的地点就是三家店村东南，现在的三家店火车站处。不过现在这里一点儿也看不到昔日激战的遗迹了。顺着火车站前的路向西走，先经过一个很大的货场，接着就是一座桥，桥名为老店，桥下一条大致西北东南走向的水渠，桥下清流激湍，浩荡春水从此流去。

二〇一七年三月中旬

第十二章　西山大道

永定河上洋灰桥

马可波罗在他的游记中记载了很多他在中国看到的奇事，如他说在中国北方亲自见到有一种黑石，采自山中，燃烧与薪无异，其火候且较薪为优。这当然就是煤了，北京人以煤作为燃料的历史已很久远，从西山的煤矿至城中的运煤大道也应运而生，这就是从阜成门到门头沟的京西大道，在大道上诞生了永定河上第一座现代化的桥梁。

据《北京交通史》记载："北京——门头沟公路从北京阜成门通往门头沟（圈门）。门头沟一带盛产煤炭，设有中英煤矿公司，河东石景山旁又有电灯公司发电厂及龙烟铁矿炼钢厂，琉璃渠还出产精致的琉璃制品，工业较为发达。国内外资本家为了把门头沟的物资运进北京，急需一条既能通行大车，又能行驶汽车的道路。另外，由阜成门至小黄村，是去香山、八大处、碧云寺、卧佛寺和玉泉山、青龙桥等名胜古迹游览以及夏季避暑的必经路线。所以京兆尹公署决定拨款20万元修建北京至门头沟的道路，工程始于1919年8月，年底竣工通车。该路起自小黄村（即西黄村），经磨石口、三家店，过永定河至圈门，长约29公里，这是北京地区修建区域性公路之始。1921年，京兆尹公署拨款30万元，在三家店修筑现代化钢筋混凝土大桥一座，俗称洋灰桥。从而使京门路更加畅通了。"

参与修建大桥的张广海老人1993年撰文《永定河上最早的一座混凝土大桥》，他说：

"……"

"此桥由法国工程师设计。当时参加修建的本地壮工城子村张广海、张广利现都已八十多岁了。当时一头卷曲黄发、年龄四十岁左右的法国工程师在现场指挥,他的妹妹陪伴在左右,据说图纸是她设计的。张氏兄弟参加修建时才二十六七岁,日工资五十个铜元。修桥用的材料除钢材水泥是进口的外,其余都是就地取材。"

"该桥结构系钢筋混凝土制成,……设计桥面荷载4吨,使用限期20年。为了确保安全,当时限载2吨通行。大桥修好的第二年就经受了一次大洪峰的考验,当时水流湍急,大浪淘沙,6米高的洪峰冲刷桥基,大桥安然无恙。"

"为了保护桥面和征收必要的维护费,查处漏捐车辆,桥头设临时收费站,汽车、骡车每次通过大桥征收八大枚铜元,由20名路警分段管理征收。货物(包括猪羊牛马骡)每次交两大枚铜元。"

时值深秋,我顺着京门公路的踪迹来到了三家店山峡南面的永定河边,一观这座近百年高龄的大桥。只见永定河上,北面是新中国成立后修建的三家店闸,闸北是三家店水库,南面是清末修建的京门铁路桥,中间一座大桥跨在永定河上,桥上车流川行不息。走上桥一看发现,走车的是近年新建的大桥,南面紧挨着它的才是民国年间修建的永定河大桥了。

新旧两桥相隔数米,完全平行,透过两桥间的空隙可以看到旧桥的结构,与新桥比起来,略显得纤细。看来新桥设计建设时考虑了两桥外观的协调,与旧桥的风格尽量接近,也是八孔,新桥是水泥护栏,旧桥上是铁栏。

旧桥东西两端都有石礅和铁栏围护,禁止进入,虽然没有继续使用,桥面仍十分干净整洁。桥的西侧桥头连着新建的开放式公园,在这里可以从侧面看一下这座大桥的风采。西侧的桥头上还有一块石碑,正面是向西,题为"门头沟区文物保护单位 水闸公路桥 门头沟区人民政府2005年9月公布 门头沟区文化委员会2006年3月立"。碑身背面介绍了此桥的由来:"三家店水闸公路桥由法国工程师设计,京兆尹公署拨款30万大洋,华洋义赈会法商承建。……大桥跨越永定河,是京西地区与京城的重要通道。桥全长253米，总宽9米，高14米。……该桥造型新颖，轻巧玲珑，是中国桥梁史上首次出现的新式结构，也是我国最早修建的一座最大的现代化公路桥，在世界桥梁史上占有重要地位。"

旧桥已作为文物保留，留下历史的回忆，成为永定河上的一座景观。此外，这座大桥桥面下还有很多的管线通过，还负担着一定的作用，仍为两岸人民的生活提供着便利。南北一望，短短的几百米的范围内，清末的铁路桥，民国的公路桥，新中国成立后的水闸，依次而列，让千百年的天险变成了通途。现在永定河早已没有了急走的湍流，我们只有在古人的诗句里才能找到那条洪流的影子。

在洋灰桥出现之前，这里也有一座木板桥。袁树森在《西山大道》一文中说，西山大道自三家店村起，要乘摆渡船，或走板板才能跨过永定河：

"三家店村西是浑河（永定河），河中有小岛，俗称'小河子'，在每年的汛期结束过后，即由地方上进行集资，负责在小岛两侧的河道上架设临时的木板桥，以利往来通行。至第二年汛期到来之前拆除。这种板桥很有特色，有桥墩子数十个，均是用柳条编成大圈，内填河卵石，用木桩子将其固定在河道内。桥墩上并排铺设6条桥板，每块宽2尺，厚半尺，长3丈，一般采用榆木或柳木等既结实又有弹性，韧性好，不易折断的木料。"

那座板桥在明代由官府经办，设置有固定的桥夫进行维护和管理，清代时改由民办，由三家店村山西会馆的民间组织公议局经办。岛上设有桥工看管，凡过往的骡驮、骆驼都要收取过桥费，每头通过一次交铜钱3至7枚不等。这就是人们一百年前过河时的样子。

二〇一六年十月下旬

横岭探源门头沟

说起北京的地名来，都是有讲究的，比如说，海淀是因为这里曾有南北海淀两个小村落，石景山就是因为这里有京都第一仙山石景山，而门头沟呢，就是因为这里有一条小河叫门头沟。我久闻门头沟源头处有一座窑神庙，这一日有空，正好前往一探究竟。

从百度地图可知，到窑神庙最近的公交站是门头沟圈门，从苹果园地铁站正好有370路公交车到这里。到站下车一看，北面西面和南面都是山，向东就很开阔，有大片新建的楼房，西面曾有山村，现在基本已经拆迁完了。

脚下这块土地是一个小的山谷，中间就是一条河沟，已经完全硬化了，两边砌着汉白玉的栏杆，过一座桥，西面有一座新建的石坊，过了石坊就是窑神庙。这座窑神庙坐北朝南，看面积不小，门前有高大的古槐，四周有围墙，只是锁着不对外开放。庙的周围已经绿化成一片公园，到十几亩大，有六组铜像，反映当年这里兴旺的煤产业的各个环节。从这里望窑神庙，里面建筑一层层，套成一个个院落，山门顶是整齐的青瓦，而入门两侧的配殿就是石片盖顶，边沿处才用青瓦，体现出京西山区的特色。

马可波罗曾在他的游记中惊奇地提到大都的人们以一种黑色的石头作为燃料，北京的煤就产在西山里，就产在门头沟，因为燃料的运输还兴起了通往西山的大道。在这座千百年来的煤炭基地里，有数不清的煤窑，也有成千上万的窑工，当然也就少不了祭祀窑神的庙宇，门头沟的窑神庙很多，但最大的就是这座圈门窑神庙了，关于这座窑神庙的最早文字记载是嘉庆年间，但据推测它的历史还要至少上推到乾隆年间。

第十二章 西山大道

虽然现在这里安安静静,但在门头沟的历史上,这里却是最热闹的地方,因为对窑神的祭祀让这里名声远扬。百业都有祖师,窑神就是煤业的祖师,也叫窑王爷,在门头沟一共有四种风格的窑神形象,而圈门窑神庙里的当然是最正宗的一位。据记载,此处窑神为坐像,高1米73,文官打扮,武官相貌,头上戴乌纱高帽,身披黄色锦袍,面目凶猛,须发蓬松。窑神的生日在全国各地都是腊月十八,只有门头沟窑神的生日是腊月十七,这是应了那句北京城的歇后语"宛平县的官——管得宽",现在门头沟这一大片都是宛平县的地界,宛平与大兴是赤县,天下首县,知县都是六品,窑神自然也要压别的地方一头,早过一天生日。这一天也是煤窑歇工的日子,窑工们要回家过年了,为了庆祝一年的辛苦,要大办三天,除了祭神,要大吃大喝,在唱大戏,在庙前庙后成了一个巨大的庙会,比春节时还要热闹。

这座窑神庙不但在门头沟,据说在全国也是规模最大的一座供奉窑神为主神的庙宇。据庙前2013年门头沟区政府所立《窑神庙公园简介》等资料,这是北京地区仅存的以窑神为主神的庙宇,因为规模较大,历史上还曾经作为宛平县丞办事公署、门头沟军管会公所、京西矿区公所在地,也是门头沟区委和区政府所在地,门头沟区委和区政府迁往大峪后,又成为圈门中学的校舍。在这期间,窑神的祭祀传统也消失了,据资料说是1956年当地煤业全部实现公私合营之后。

窑神庙与圈门过街楼和圈门大戏楼并称为圈门三宝,呈一个三角形的排列:窑神庙在沟北,大戏楼在沟南,过街楼在它们的西面,正好跨在沟上。

大戏楼就在圈门公交场站的西面,桥的南侧。建筑坐东朝西,这也是一个罕见的走向,估计就是为了迎接沟里大大小小煤矿的矿工,让他们在山上,在洞口,很远很远就能看到吧!在楼的后身现在修起了很整齐的石级,还有一块碑,横写"门头沟之源"五个大字。戏楼修在近一人高的石台上,舞台在西面,已经油饰一新,楼内正中悬挂一块大匾,上有四个大字"歌舞升平",很难相信这是一座明代建筑,比窑神庙的历史还要久远。从此路就夹沟而上,两侧地面时陡时缓。

圈门过街楼是一座造型奇特的建筑,实际上是一座从沟南跨在河中的城台,上面是一座坐西朝东的房子,台下是一个很高大的砖砌券门,像城门一样,正中上方嵌有"圈门"两个大字。台北侧有一座小木桥通向另一座小的城台,上面有一座面南背北的琉璃瓦大殿。现在这座建筑属于一家文化类公司使用,并未开放,也是锁着。

过了过街楼,就顺着沟向上走。这时远远走过来一位老者,我忽想起一事,忙向他请教:"劳驾问您一下,这个'圈'字怎么念,是 quān,还是 juàn?"老者看来是本地人,没想就说"是 juàn!"

看沟边的路牌,这条没有水的山溪就是门头沟了。沟边的是《河长制信息公示牌》,有好几处,其中说明这条河就叫门头沟,又称黑河沟,发源于官厅煤矿西部山区,汇入永定河,全长 10.45 公里,我想,这黑河沟倒是很贴切,煤末子水能不黑吗?现在这里正按风景区进行环境整治,公路沿河而行,不时切换左右岸,两侧原有不少的山村,现在都已经拆迁了,残垣断壁间偶有一两间没有拆完的房子,有的可能是有历史价值而保存的吧。

看这些房子拆迁的时间应该已经有一段时间了,但感觉并不荒凉,走上两三公里,路边的景色已与沟口外区别很大了,我见一段崖岸颇有些古画卷中的风格。沟中正在进行治理,宽阔的河道,陡直的砌岸,沟底也用水泥铺上,很多大石都被保留了下来。旧路还与一条宽阔的新公路相交,应该还没有正式通车。仰望山坡,远处山腰有一些说不上来是做什么的建筑。

再往上走,门头沟越来越窄,终于在一座桥下,沿河的工程结束了,上面也看不到河道,只有一些丛石、草和低树,我虽不敢断定这就是门头沟的源头,但应该也不会离此太远。面前的地形也符合我的判断:南北两

第十二章 西山大道

侧的山向中间靠拢，正前方的山还很高，远远地在日光下很亮，底下隐隐一道山岗横在路的尽头。地图显示，这个地方就叫横岭，应该是因地形而得名。

从此上岭，是几个"之"字形的大拐弯，在最后一个拐弯下，有一处红砖砌的厂房院子，虽然铁门外停着一辆电动车，但大门紧闭，看不出有人活动的样子，看来这处地方废弃已久。铁门正对一座小房，房后有斜斜的隧道，房子的正面原来一人多高宽大的弧形出口已被砌死，只留下一扇紧闭的小铁门。看房子上方有字，上写四个大字"横岭风井"，下面是"1972年8月建 三班"的字样，房子的左右各有一个大字"门矿"。

这就是赫赫有名的京西煤矿的遗迹啊！在院墙上有留有并不遥远的过去的标语："艰苦创业""开发山区，造福子孙"等，白灰的字迹已有些模糊。院墙的一角外，紧靠墙洒落着一些煤渣，依稀是那个山林通明的火热年代的影子。从此向上还有路，据说通向京西古道上的名胜。回首来路，山谷中一派苍黄萧条，来时小路几转几折，悄然隐没在丛莽之中，尽头出是一片是夹在山色中的淡淡楼影。

二○一八年三月上旬

后　记

　　在写这些小文之前，我也写过一些东西，全是即景随性，事先既不查资料，写好也再不修改，最多只是放在网上自己的博客里。约三四年前，我决定要持续写作一些将资料与实地走访结合起来的小文，初定为一周写一个，后因故经常辍笔，以至于前后用了两三年的时间，才积累了这些。

　　金元明清以降，关于北京的著作浩如烟海。近几十年来，老北京已成为一门显学，大家名作迭出，而新科技的出现，又让弘扬和保存北京文化有了更加便捷和全面的方法，至于述说老胡同、旧风情的文章更是数不胜数。因此，在决定将自己的这些小文汇集出版之前，我也曾一次次地自问："你的这些东西既没有历史专家的深度，也没有文学家的妙笔，除了摘抄文字，就是流水账一样的行程，有什么必要拿来发表？"于是迟迟下不了决心。

　　在有关北京的著述中，有两部不朽的北京城市通史，一为是清初朱彝尊先生所著的《日下旧闻》，一为清末民国间陈宗蕃先生所著的《燕都丛考》，都是朝代陵夷之际，天翻地覆的动荡。朱彝尊先生在书序中说："……故老沦亡，遗书散佚，历年愈久，陈迹愈不可得而寻矣"，于是，"……彝尊谪居无事，捃拾载籍及金石遗文会粹之。"陈宗蕃先生说，"……予居京师前后几三十年，见夫朝市之一盛一衰，与夫达官贵人之倏得倏丧，未尝不泣然而流涕也。夫下泉之什，徒形寤叹，黍离之作，只写心忧。不有述者，后将奚志？是用排比前书，网罗近事，续春明之旧梦，补日下之琐闻。"两书中每于一街一巷、一亭一台之下，分列史事旧闻，令人读之神往。

后 记

《燕都丛考》成书还不到一百年，有时我在前往一个地方之前会找书中相应的部分看一下，有时所见即如书中所述，有时变化很大，有时则是天壤之别。此书共三编，分述宫苑、内城和外城，虽然已是鸿篇巨制，而具体到一个地方，叙述又感简单，先生以一人之力完成此书，其难度可知。我有一本1997年出版的《宣南鸿雪图志》，皇皇八开大厚册，对于当时宣武区内的胡同、历史古迹和现存的古迹都有明确记载，大部分的重要古迹都有精确的测量图，比《燕都丛考》所载又详细得多。当我按图索骥访问时发现，一些三十年前还存在的胡同和古迹已完全消失在新开的大道与林立的楼群之中了。

与农业社会两三千年地缓缓前行不同，现在的进步一日千里，以古人的方式形容和感受现在的变化已经没有意义。我们既然置身于这个伟大时代，见证和参与民族复兴的伟大奇迹，就应习惯于前进中的种种变化。不过，作为城市中生活的一分子，那些景物伴随着我们的成长，见证亲人与往事，于是有时睹物生情，有时不见物亦生情。

我生长于海淀古镇，后观书得知，我上小学前住过的那个大杂院名为赵守备府，我上过的彩和坊幼儿园以前是僧格林沁花园，南大街小学是为慈禧太后供应家禽而发家的鸡鸭佟的宅院，八一中学则是礼亲王的别园。在二十年前中关村西区的建设中，除了被分辟为多个食府的八一中学初中部外，其他全都消失了，连同那里的老街坊和被老舍先生称为最美北京音的海淀话。在历史的洪流中，这些变化本不足怪，但让我痛心自责的是，没有在这些消失之前好好走走看看，没有拍下哪怕一张照片留念。我想，这样的心情可能不止我有吧？

这十多年，没事时我常常到城里走走。五六年前的初冬一个周末的上午，我来到菜市口的西北，那里已经开始拆了，但居民还很多，有一个很大的早市，熙熙攘攘很热闹，在附近的一个角落里，我看到了一个民国风范的砖券门，上有"广安东里"四个大字，院里的房子还在，只是人几乎走空了。过了没多久,我给一个同事看了这张照片,他也很感兴趣,于是也去看那个院门,不想那片房已经拆了。我想,如果曾住在这里的人以后忽然想起看看老房子的样子,而在网上查到了我的这张图片,他也应该很高兴吧?我无专家的知识和作家的文采,但能记录下这个地方现在的样子,留下的或许就是最后的记忆,这样不也是有些意义吗?

北京是一座国际名城,有数不清的名胜古迹。对于这些,我实在没有画蛇添足的必要,因此所记大部分不是景点:有的是胡同,如《记住廊坊二条》;有的是村落,如《再见,北辛安大街》;有的是公共场所,如《铁路小站旧沙场》;有的是拆迁场中的所见,如《海柏古藤废墟中》。当然,这些古迹绝大部分已经被很好地保护起来了,只不过少有人到访,北京四处明城墙遗存,我以前多少次从下路过,但从未登城一览。至于白云观、孔庙国子监、万松老人塔等,文中的重点也并非建筑的本身,而在于笔者在那里的所见所闻,象孔庙国子监,就有三篇写它,但在时间上并不一致,内容上两篇见闻《大成殿后的开笔式》《留言季,诉心声》各写一事,而《立碑为证!看乾隆皇帝如何为张廷玉点赞》则是对碑文的解读。

我的写作实际上仍属于漫游的性质,对于景物的理解也很粗疏,为了言之有据,我也常阅读一些参考书,《日下旧闻考》《燕都丛考》之外,北京古籍丛书如《帝京景物略》《宛署杂记》等也常翻看,大量的是当代的作品,因为它们记录了景物的变迁并融入当下之中,如《北京名胜古迹辞典》《北京历史地图集》《宣南鸿雪图记》等,还有北京市及各区政协出的各种文史资料选编等,象《抚今追昔话北京》这本书,就让我解了很多的趣事,《北京交通史》虽然是一本交通方面的专著,但对于我理解古代北京的空间结构有很大帮助。除此之外,很多前辈和大家的旧京风情和游记考证的书也让我受益匪浅。这些都是公开出版物,文中引用处都已注明。

书中文字除了笔者的实地见闻和公开出版物的引用并无其他来源,每

后 记

个字都是我在键盘上一个一个字地敲出。网络上有关北京古迹和老北京往事的作品非常之多，它们形式多样、内容鲜活、研究深入，对于弘扬北京文化非常有意义，对于这些作者，我深表钦佩！我之所以很少阅读这些网络作品，在自己的文中也无一字征引，其实除了怕有拾人牙慧之嫌外，主要是自知水平有限，若多看佳作，恐怕就没有勇气下笔了。

我陆续写完这些小文后，过了半年多之后始考虑结集成书，又花了三四个月的时间完成整理。随文附自绘小图，希望能给同好做一个小小的向导。

在采写这些小稿以及确定成书的过程中，得到诸位师友的热情鼓励，并蒙我的老领导安晓宇老师于百忙之中撰写序言，在此一并致以衷心的感谢！

何宇
二〇一九年八月